LA ESPLÉNDIDA CIUDAD

LA ESPLÉNDIDA CIUDAD

UNA NOVELA

TERENCE CLARKE

TRADUCCIÓN DE JAIME COLLYER

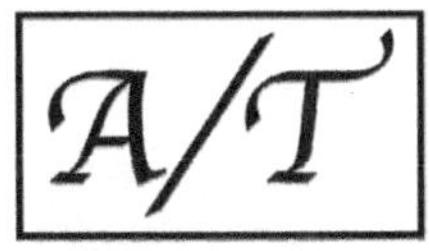

A Beatrice Bowles

"Pero en tu nombre déjame navegar y dormir."

Hundí la mano turbulenta y dulce
en lo más genital de lo terrestre
Pablo Neruda

ÍNDICE

1
PRÓLOGO

Pablo Neruda estaba aún en el podio luego de recibir el Premio Nobel de Literatura, y miró el medallón dorado que ahora había en su mano, ese trozo de metal que tantos anhelaban, en una de cuyas caras venía grabado el bondadoso perfil del inventor de la dinamita.

Los aplausos habían sido tan entusiastas de su figura como cabía esperar de parte de esa audiencia, vestida toda ella de etiqueta y de manera conservadora, representativa del gran mundo de las letras, el mismo que acababa de concederle el galardón más prestigioso que ningún individuo dentro de ese ámbito podía recibir. El salón se erguía por encima de ella con toda su pompa y su augusta grandeza, iluminado para enfatizar la solemne felicitación que su obra le había granjeado.

Pablo rebuscó nerviosamente en su discurso. Hablaría ciertamente de poesía y de su devoción por los versos. Y de política, eso seguro, y su adhesión para muchos controvertida al comunismo, aunque en ese momento, el año de 1971 (tan tarde en su vida), y allí en Estocolmo (tan lejos de todo), lo que verdaderamente quería decir era algo más; algo de lo que esa gente no sabía nada y él, en cambio..., bueno, lo sabía absolutamente todo. *Les diré lo que han venido a oír*, pensó. *Pero ahora... ahora...*

"Mi discurso será una larga travesía..."

Se palpó la solapa del frac, echando un vistazo a la flor en su ojal y alisando unos segundos la propia solapa, ensayando una última vez en su mente el discurso que iba a darles.

"... un viaje mío por regiones, lejanas y antípodas, no por eso menos semejantes al paisaje y a las soledades del norte..."

Las frases acudían de una en una a su mente. *Sí, claro. La huida.*
"Hablo del extremo sur de mi país..."
El extremo sur, pensó. Pero más incluso del inmediato flanco al Este, de la Cordillera de los Andes y sus aterradoras montañas..., montañas amantes y espectrales, tan brutales, tan espléndidas..., que sin muchos remilgos se tornan implacables.

"Tanto y tanto nos alejamos los chilenos hasta tocar con nuestros límites el Polo Sur, que nos parecemos a la geografía de Suecia, que roza con su cabeza el norte nevado del planeta..."

En este punto sonrió, disfrutando de la loca metáfora que acababa de acuñar. Igual su respiración comenzó a acelerarse. De pronto, le pareció estar de nuevo en peligro, al evocar todo aquello.

"Por allí, por aquellas extensiones de mi patria...", sintió su voz afirmándose para la ocasión, su propio anhelo de contar la historia, "adonde me condujeron acontecimientos ya olvidados en sí mismos, hay que atravesar, tuve que atravesar", puso una de sus manos en su pecho, "la cordillera de los Andes".

2
PABLO SELLA SU DESTINO

Las cosas habían mejorado en 1946. La guerra en el Pacífico estaba concluida, los japoneses habían sido frenados y derrotados. Los ingleses y australianos en Malasia, y los neozelandeses con ellos; los indios en su propio subcontinente o los gurkhas del Nepal; y, claro, hasta los Estados Unidos –Pablo tuvo que admitirlo–, se habían impuesto todos juntos al adversario. El fascismo había sido aplastado en Europa bajo el peso del camarada Stalin y las gloriosas victorias soviéticas, con una pizca de ayuda de los ingleses y –aquí también hubo de ser justo– los Estados Unidos.

Y ahora, en Chile, la izquierda encabezaba las preferencias de voto y su líder había convocado al mismo Pablo a una reunión. En opinión del poeta, como estadista y político Gabriel González Videla estaba en el umbral de la grandeza y llamando a su puerta, con su mano aferrando desde ya el picaporte que la abriría para él. Lo único que requería era un triunfo en las elecciones recién convocadas, a punto de realizarse. Aquí y ahora, el gran hombre hizo un gesto a Pablo para que se sentara en un sillón de cuero frente a su escritorio de roble. La bandera chilena pendía de su asta y el soporte a espaldas de Gabriel, que pronto sería presidente de la nación y, en ese momento, acababa de formular a Pablo una oferta notable:

–Yo sé que usted es comunista.

–No aún.

–Ya, claro –dijo Gabriel desviando la mirada y aclarándose la garganta–. Y afín al viejo y bondadoso tío José…

Pablo sonrió. Después de la Guerra Civil Española, y ahora después de Hitler, él sentía que el comunismo había probado ser la única defensa real contra el fascismo. ¿Por qué no iba, pues, a merecer José Stalin que él lo felicitara? Había derrotado a los alemanes a las puertas de Estalingrado, llevando la batalla final hasta el mismo Berlín, arrasando el lugar y matando a Hitler en su búnker. Todo ello en sí bastante memorable.

–Yo necesito a los comunistas, Pablo. Sin ellos, no tendré los votos necesarios.

–Lo sé.

–Y, contando con usted en nuestro flanco, el mayor poeta de este continente y un comunista declarado…

Pablo había crecido habituado al elogio. Su amigo Pablo Picasso había declarado que Pablo Neruda era el mayor poeta del siglo XX en todas las lenguas. Dos años antes, había sido elegido al Senado chileno, y era para entonces conocido dentro y fuera de su país.

Pero esto de ahora era especial.

–Quiero que sea usted mi encargado de comunicaciones y jefe de campaña… y, por supuesto, que mantenga usted su muy merecido cargo de senador.

Gabriel se reclinó hacia atrás en su silla, juntó las manos sobre el vientre y estudió la reacción de Pablo. Izquierdista por convicción, Gabriel González Videla era el individuo más indicado en todo Chile para coger las riendas del Gobierno. Un individuo honesto, franco y confiable en el más vasto sentido… y necesitaba a los comunistas.

–Será usted uno de los hombres más importantes de este país –le dijo ahora apoyando las manos sobre el escritorio y buscando la mirada de Pablo–. Lo necesito, Pablo. El país lo necesita.

Era, el propio Gabriel, un individuo formal, no demasiado entretenido, al menos a ojos de Pablo. No parecían gustarle mucho las fiestas y recepciones, lo que para Pablo era un punto menos a su favor. Su educación había ocurrido a salto de mata y su dicción era algo descuidada. No era muy ducho en cuestiones relativas a la imaginación. *Puede que nada ducho*, pensó Pablo. Se vestía como era lo prescrito, rígidamente, con ternos grises o negros y corbatas grises o negras. Pablo jamás había cenado con él, pero se imaginaba que, si sus comidas eran en algún sentido como sus discursos, ingería con seguridad lo mismo al desayuno, el almuerzo y la cena. Tostadas, claro, pero sin mantequilla, y agua…

—Hemos hecho un largo camino hasta aquí, ¿no, Gabriel?

—Ya lo creo, sin duda.

—Recuerdo unos pocos años atrás, allí mismo en el desierto, cuando me postulé al Senado —la voz de Pablo derivó al silencio.

—Es duro por allí.

—Siempre lo ha sido. —Pablo miró por la ventana, recordando como en un sueño el tanque de guerra que había venido a escucharlo recitar su poesía—. Muy buena gente, en todo caso.

—

Aproximó sus manos a la estufa a leña encendida en el lugar. El frío dominaba en la reducida caseta y no era fácil hablar con esos hombres, todos atentos a él, aunque parecían igual impacientes, con un matiz impertérrito en su abierto desdén, como si la voz de Pablo fuese solo una palada adicional de la misma indiferencia que solía dedicarles la gerencia, de la misma mierda —parecía oírlos mascullar— habitualmente proveniente de quien estuviera a cargo de la función.

Eso le ofendía un poco, considerando la discusión que había sostenido a gritos con el gerente de la mina para hacer respetar su derecho a hablarles a esos hombres.

Pablo admiraba a los mineros, especialmente a uno al que había conocido ese mismo día: el chico Josecito. Un indio atacameño del desierto lejano y de más al norte, sentado ahora entre los demás, envuelto en un poncho de lana que los protegía del frío, debilitado por la crisis que había vivido varias horas antes.

Las labores del minero eran de las más arduas que podía realizar cualquier trabajador y, de hecho, muchos de ellos morían haciéndolas. Pablo era a su vez consciente de que el dueño del cobre y su explotación en Chile era Estados Unidos y que compañías de nombres como Braden y Kennecott habían pagado para ello, a unos pocos altos funcionarios chilenos, el presidente y otros, un par de millones de dólares a cada uno. Para esos funcionarios era una fortuna, pero virtualmente nada de ello fue a parar a manos del pueblo chileno. Las compañías gestoras habían extraído a contar de entonces el mineral y enviabano –de manera expedita– a Estados Unidos.

Pablo se imaginaba que en las oficinas de gobierno en Santiago se habían alzado copas de champaña para celebrar todo ello. ¿Y los derechos de los mineros? ¿Qué mineros?

Trabajar allí en los socavones podía resultar desde ya terrible, en túneles tan oscuros y claustrofóbicos que el propio desplazamiento era, por necesidad, encogido y doloroso. Adicionalmente, y cada cierto tiempo, algunos mineros perecían atrapados tan al fondo de la mina que hasta sus oraciones quedaban sofocadas en oscura sumisión.

En esa región al norte del país y el desierto de Atacama, llovía menos de dos milímetros al año, de manera que, en la superficie, la vida era casi tan abrumadora como bajo tierra. Había poca gente en los alrededores, pero la que había –los hombres que trabajaban las minas y su familia– constituían un bloque significativo de votos. Inmerso en su primer viaje de campaña para ser elegido senador, el candidato Pablo Neruda, un hombre que nunca había viajado a Atacama y jamas había descendido a una mina, sentía la necesidad de tomar consciencia en carne propia de los peligros a que se enfrentaban esos hombres. Así que esa mañana había resuelto bajar a la mina Paraíso n° 1 de la Braden. El gerente de la misma, un imbécil originario de Santiago, de pantalones abombados, camisa impecable y corbata, cuyo nombre Pablo no conseguía recordar –en realidad, no deseaba recordarlo– le había dicho que era contra las normas que un no empleado de la empresa descendiera a la mina, algo que Pablo había objetado enfrente de un grupo de mineros que, justo en ese momento, caminaba hacia la entrada al socavón para comenzar su turno.

–Amigo mío, si voy a representar a estos hombres en el Congreso, debo entender lo que hacen.

Con las picotas y palas al hombro, los mineros se habían parado un segundo en el camino a observar lo que ocurría.

–Y además, ya lo verifiqué yo mismo, claramente, cuando estaba en Santiago. Me dijeron que habían contactado a sus jefes en Nueva York y les habían preguntado si podía hacerse y les dijeron que en un par de meses tendríamos la respuesta, posiblemente… en algún momento luego de las elecciones. –De entre los mineros surgió un murmullo sugestivo de que entendían perfectamente la idea–. Entretanto, yo sé con certeza que esa normativa no existe, visto que mi oponente estuvo aquí mismo hace una semana, en una visita de campaña.

Hubo un nuevo murmullo, más altisonante, entre los mineros, esta vez de aprobación, incluyendo algunas risas, al tiempo que uno de ellos le tendió a Pablo un casco con la linterna incorporada, este le dio las gracias al gerente, palmoteó al minero en cuestión en la espalda y se dirigió con el grupo a la entrada.

La mina se cerró sobre Pablo como la muerte. Era su primera vez en un lugar así, y sintió como si la sangre se le hubiera adelgazado cuando cruzaba ahora por su corazón, a causa del inmenso calor que comenzó a hacer allí abajo y en la mina a medida que descendían. Él sabía que esa era una ilusión sensorial. *¡Pero menuda ilusión!*, pensó. Con la temperatura en aumento de la mina, su sangre parecía volverse una lava incandescente, adentrándose en su cualidad viscosa por cada nuevo corredor allí abajo. *¿Cómo se sentiría eso de verdad?*, se preguntó a medida que descendía con los mineros, en un vagón de hierro cuyas ruedas avanzaban por un par de rieles. Miró hacia adelante, por el túnel angosto cuyas paredes y el techo se sostenían en vigas cortadas a mano, gruesas y amarradas entre sí con cuerdas negras. Así y todo, a medida que el vagón seguía yendo por el túnel descendente y en la oscuridad, las vigas comenzaron a parecerle cada vez más frágiles, tanto así que –fue lo que imaginó– de colapsar ahora, como le pareció al menos a él que iba a ocurrir en ese preciso momento–, él y los mineros quedarían perdidos allí para siempre.

Se imaginó que lo que ahora había en su interior era una única gota de sangre, cuyas partículas se hacían más y más resbaladizas a medida que aumentaba la temperatura. Finalmente, en su último movimiento con vida, su cuerpo entero se descomponía y burbujeaba en los varios charcos y manchas, hasta volverse un desecho tropical bien muerto.

–No tenga miedo, amigo –le dijo uno de los mineros tocándole el hombro.

–Lo tengo igual.

–Bueno. Todos lo tenemos.

Así siguieron descendiendo cada vez más, hasta un punto en que Pablo sentía tanto miedo que ya no creía posible sentir más, aunque aún le quedaba una reserva de temor, cuando atendió a su corazón y lo único que sintió fue como un martillo en su interior, algo que hubiese estado golpeteándolo. El vagón siguió bajando. El aire era tan encerrado que apenas si le permitía respirar cuando, por fin, el transporte llegó al final de los rieles. El sudor desbordaba a Pablo por todos sus poros. Un martillo neumático, manejado por un individuo pequeño e inclinado por la escasa altura del techo en aquella recámara de forma cónica en que trabajaba, golpeaba la piedra con su instrumento más allá de donde concluían los rieles.

Al descender Pablo del vagón, del agujero más adelante afloró una nube de polvillo de roca, y él sintió un principio de vahído. Varios de los mineros lo rodearon de inmediato, pero al recobrarse él los rechazó:

–Estoy bien. Déjenme solo.

–Pero, don Pablo…

–Quiero ver cómo es esto. Déjenme.

Después de unos segundos, Pablo se arrastró hacia arriba unos centímetros por el agujero, para aproximarse lo más que pudo al martillo neumático, pese a la densidad del polvo y el olor que emanaban del propio agujero. Como los demás, tan cercanos todos a la realidad de la mina, se había puesto una tela doblada sobre nariz y boca. Uno de los mineros le había pasado unas gafas de protección como las de los pilotos de guerra estadounidenses en las películas de Hollywood sobre la Segunda Guerra Mundial, gente de la que Pablo era auténtico admirador. Solo que él mismo apenas si podía ver algo con ellas.

El cuerpo entero del operador del martillo neumático se estremecía con la fuerza del instrumento. Sus ropas estaban tan negras como el polvillo que salía del agujero, y sus manos, la nuca, el casco que llevaba puesto, todo se había vuelto igualmente negro. Igual que debía estarlo él, reflexionó Pablo, con esa oscuridad viscosa adhiriéndose a él como un pegamento. El ruido del martillo incidía al centro mismo de su cerebro y entre sus oídos y mejor se los cubrió con ambas manos, intentando ver más allá del minero y por sobre su hombro. La broca del martillo cortaba la roca y el minero lo operaba entrando y saliendo con la punta en las grietas del muro. Tras unos minutos adicionales de ese ruido ensordecedor y angustiante, el minero apagó el martillo e indicó por señas a Pablo y los demás que iba a salir del agujero. Una vez hecho eso, retrocedió alejándose del muro.

El chico había entrado en pánico, tosiendo medio asfixiado, pero cuando los demás trataron de ayudarlo los alejó con un gesto, apretando la tela sobre su boca y nariz. Enseguida la apartó de su rostro y escupió una materia oscura, tras lo cual afloró de su boca un vómito negro y caliente. Él arrojó sus gafas de protección a esa suciedad y se arrodilló. Dos de sus colegas se arrodillaron a su lado, dándole golpecitos en la espalda. Su tos sobrevenía en espasmos y entre gruñidos, expulsando líquidos varios, como un perro que hubiera estado ahogándose. Hasta que terminó de colapsar, retorciéndose, y los otros pudieron al fin lograr que se tendiera de espaldas para atenderlo.

–Josecito –gritó uno de ellos–. ¡José!

Josecito se apretaba el pecho con las manos y pataleaba en el aire, en un empeño de recuperar el control de la respiración. Finalmente, luego de varios minutos, se calmó, aceptando el abrazo del otro minero, como un niño en brazos de su padre.

El martillo seguía allí detrás, en el agujero. Pablo miró hacia allí, a la manguera de goma conectada a través del túnel a alguna fuente de aire comprimido a baja temperatura. Era un chorro de aire constante como el que no se le había suministrado a José. Mezcla de grises y negros, como inmutable en su enfado y su cualidad metálica, el martillo parecía abatido. O, más exactamente, parecía que hubiera muerto recién. Las puntas de acero, el gatillo y la broca agresiva y afilada parecían, a ojos de Pablo, haberse quedado sin alma. Sin el minero para darles vida, eran solo un montón de piezas metálicas ensambladas para brindar una fuerza que él mismo había abandonado con enojo. La máquina servía como esclava a los siervos contratados, vale decir, era la esclava del esclavo.

Pablo comprobó que Josecito era prácticamente un niño.

–Gracias, tío Mateo –dijo ahora al minero que lo sostenía. Su voz aflautada no había aún cambiado–. No se lo digas a mi madre…

—

–No puede hablar con estos hombres, señor Neruda.

El gerente había llamado a Pablo a su oficina, situada en un edificio de tablas cercano a la entrada a la mina. Pablo, con su overol y la camisa inmundos a causa de haber descendido a la mina, se sentía ahora, pura y simplemente, como un sucio versificador. Hasta hizo un intento de limpiar el polvillo húmedo del socavón de su rostro, pero sus dedos embadurnados de esa materia pegajosa y oscura solo consiguieron que ella intercambiara su lugar con la materia pegajosa y oscura de sus labios.

–¿Por qué no?

–Le advertí que no bajara a la mina. Y hay otras restricciones. Por ejemplo, estas… –El gerente le indicó con el índice las cosas escritas en una hoja de papel unida a otros por un gran clip sujetapapeles–. Tengo órdenes claras desde Santiago de no dejar que los candidatos políticos de Santiago se acerquen a nuestros hombres.

–¿Y qué hay de mi oponente?

El gerente sostuvo con firmeza el clip.

–¿No estuvo él aquí la semana pasada?

El gerente miró el clip como si hubiera sido un trozo de excremento. Era un hombre educado, de nacionalidad chilena, con un título superior en el área de la minería, obtenido en la Universidad Nacional de San Juan, en Argentina. Muy acicalado, con el corte de pelo justo, pantalones abombados y muy bien planchados, igual que la camisa blanca y la corbata azul marino, inamovible en su postura.

–Pero es que a él lo aprobó la compañía.

–Y a mí no.

–Correcto.

–Entonces… ¿cómo van a saber estos hombres por quién votar?

–Ellos saben por quién votar, señor Neruda.

–Por mi oponente, supongo.

El gerente miró de nuevo el sujetapapeles:

–Tendremos que esperar a comprobarlo, ¿no, compañero? ¿Quizás hasta después de la elección?

—

Esa misma tarde y en el comedor de los mineros, que era una caseta alargada de tablas sin pintar, con puertas de rejilla en ambos extremos, en la cual había tres mesas también de madera y hechas a mano, con sendas banquetas en sus flancos, Pablo les soltó el discurso habitual que daba a los sindicatos, en el cual fustigaba al actual régimen oligárquico y hacía una arenga febril a los trabajadores para que utilizaran el arma dual del derecho a organizarse y el derecho al voto. Su voz subía y bajaba alternativamente de volumen, transmitiendo la justicia de su mensaje con incontenible furor, atenuándose al presentar más reflexivamente unos pocos datos económicos por aquí y por allá –la forma en que el Gobierno estaba jodiendo a diario a los mineros, etc.– y retornando enseguida al histrionismo previo. Así se iba aproximando al eslogan de fondo, ese que la Asociación Internacional de Trabajadores del Mundo enarbolaba a su vez en Estados Unidos: un llamado vehemente y gatillador de oleadas de apoyo, de exigencias que propiciaban un cambio de Gobierno. El grito unificador que habría de llevarlo –Pablo estaba seguro de ello– con colores triunfales al Congreso. Se encaminaba a paso firme hacia ese grito, como ocurría en cada reunión sindical, y su voz subía en intensidad. Estaba cerca. *Es un discurso excepcional*, pensó para sí, conmovido él mismo por sus palabras.

–Así, pues, se los digo, compañeros, por el bien de sus familias, por el alimento en su mesa, por mejores condiciones de trabajo, por salarios más elevados y una patada en el culo a la gerencia, ¡voten por los trabajadores! ¡Voten por los comunistas! ¡Voten por mí, Pablo Neruda, para senador! De manera que el rico y el pobre, los de piel morena y blanca, los electricistas, trabajadores del campo, obreros industriales, criadas y mineros por igual puedan gritar desde la Cordillera de los Andes a las azules aguas de Isla Negra, desde los verdes bosques de la Araucanía al ventoso frío de la Patagonia, desde los grandes edificios de Santiago a la desolación de la pampa en Atacama..., de manera que los trabajadores en cada pueblo, en cada una de las ciudades, pueda entrar al fin en las dependencias del gobierno en Santiago gritando: "¡Trabajadores del mundo, uníos!"

Con esto y su mano derecha empuñada bien alto, y sus ojos refulgentes de patriótica intensidad, esperó la irrupción de un estruendoso aplauso de esa pequeña asamblea reunida frente a él.

No lo hubo. Esperó aún unos minutos hasta que, incomodo, preguntó si había alguna pregunta que quisieran hacerle. Tampoco la había. Los mineros siguieron todos en su banqueta, y él tuvo la impresión de que no habían descifrado del todo lo que él acababa de decir. O, simplemente, no parecía interesarles. Sus hombros lucían abatidos y, muchos de ellos, con sandalias en sus pies nudosos, los movían con sus uñas renegridas e inquietud, mirándose los unos a los otros, sus ojos yendo de aquí para allá, algunos rascándose la cabeza con nerviosismo.

Uno de ellos, el tío de Josecito, de nombre Mateo, se alzó por fin con la mano levantada. Un hombre como hecho a trozos, de puro músculo y pura masa corporal, y el rostro estragado por la vida, que inclinó levemente los hombros hacia adelante, como agobiado, a la par que buscaba el coraje necesario para hablar.

–Don Pablo, nosotros…

Bajó la vista y miró a su derecha, a su sobrino. Josecito seguía aún muy débil, apoyado contra uno de los restantes mineros. En ese momento, parecía un chico de doce años, no más.

–Josecito quisiera que… que… todos quisiéramos… que recitara usted algunos de sus poemas.

Pablo había traído consigo un montón de panfletos, cada uno de ellos impreso con los puntos fundamentales de su plan para devolver las riendas del gobierno al pueblo, y esperaba desde luego repartirlos al final, pero ahora mismo ellos seguían en sus manos.

–¿Poemas?

Depositó los papeles en una mesita de madera que había cerca de él.

–Nos sabemos varios de ellos, maestro.

–¿Ah, sí?

–Obvio. Muchas veces, cuando no tenemos mucho que hacer o estamos cansados por las noches, los recitamos.

–¿A quién?

–Entre nosotros. A nuestras familias.

Pablo se sentó al extremo de una de las banquetas, inclinado hacia adelante, y preguntó a alguno de ellos qué poema quería escuchar.

–Ese de los antitanquistas, don Pablo…

—Usted habla con acento.

—Sí, señor. De Madrid.

—¿Es de por allí?

—Estuve allí. Mi hermano peleó en la Guerra Civil.

—¿Y sobrevivió…, espero?

El minero bajó la mirada y no respondió. Pablo sabía de la crueldad demencial de la batalla de Madrid durante la Guerra Civil Española, en 1936.

—Los antitanquistas —dijo Pablo—. *Habéis sido en la nocturna boca de la guerra… ¿Ese, mi amigo?*

—Ese mismo. ¿Cómo dice? *¿Los ángeles del fuego, los terribles, los hijos puros de la tierra…?*

—Eso es.

—*Habéis lanzado… habéis lanzado…* —el minero perdió el hilo y lo miró—. ¿Cómo sigue?

—*Habéis lanzado no solo un trozo pálido de explosivo…*

—Sí, claro… *sino vuestro profundo corazón humeante, / látigo destructivo y… y…* —miró de nuevo a Pablo.

—*Azul.*

—Eso… *y azul como la pólvora.*

Nadie habló. Con una expresión de tristeza en los labios, el minero exhaló un suspiro y se sentó de nuevo.

—¿Así fue como murió tu hermano, Carlitos? —le preguntó uno de los otros.

Carlitos siguió en silencio.

Pablo miró otra vez a la fila de hombres sentados:

—¿Josecito?

El chico tosió en su lugar, envolviéndose en el poncho, y comenzó a recitar con voz tímida y vacilante:

—*Cuerpo de mujer, blancas colinas, muslos blancos…*

Su tío, que se había vuelto a su lugar para escuchar los poemas, soltó una carcajada abrupta:

—Pero, José… ¿tú sabes de todo eso?

Los demás rieron también, como hizo Josecito por primera vez en toda la velada.

–Sí, tío –dijo y sonrió para sí mismo, bajando la mirada–: Bueno, no.

Desde el exterior, no lejos de allí, llegaba el estruendo de alguna excavadora industrial, quizás una gigantesca pala mecánica que parecía aproximarse dando zancadas al lugar en que se encontraban. Asustado, Josecito miró hacia la puerta como hicieron todos.

–Dilo, chico –lo alentó Pablo.

El ruido en el exterior subió en intensidad y las banquetas comenzaron a vibrar. La voz del muchacho se fue atenuando. Los mineros, igualmente distraídos que él por esa cacofonía aproximándose, se esforzaban igual por escucharlo.

Entonces Josecito se recuperó y volvió atrás:

–Con su permiso, maestro.

–No se preocupen de lo que pasa ahí afuera –les dijo Pablo–. Compañeros, José quiere seguir.

La mayoría estaba claramente alarmada, pese a lo cual prestó atención al muchacho.

–*Pero cae la hora de la venganza, y te amo.*

La pala mecánica se detuvo con brusquedad en el exterior de la caseta y sus focos inundaron la estancia.

Pablo miró en dirección a la puerta y el resplandor aquel:

–No te pares.

–*Cuerpo de piel, de musgo, de leche ávida y firme.*

Los mineros prorrumpieron en aplausos. Mateo exigió silencio, insistiendo en que su sobrino concluyera la secuencia.

–*¡Ah, los vasos del pecho! ¡Ah los ojos de ausencia!*

Anonadado, Pablo se sentó y prestó oídos a ese pequeño caos de reconocimientos a su persona. Al ruido en el propio salón, y la alegría de haber escuchado fragmentos de "los poemas de don Pablo" recitados por sus dos nuevos amigos, de haber visto al gran poeta en persona recitándolos, de escuchar a los demás solicitando a gritos otros poemas, el Poema 3 de *Veinte poemas de amor* o "Viejo ciego, llorabas" de *Crepusculario*, y tantos otros, contando lo mucho que ese poema había significado para la novia de uno en particular, cuánto le había gustado ese a la esposa de otro, cómo lo había disfrutado un primo de Antofagasta, una amante en el Perú, una madre o hermana, todo ello cayendo sobre Pablo como una avalancha cristalina de nieve.

Entonces la puerta con rejilla al extremo de la caseta se abrió de golpe y el gerente irrumpió en el lugar.

—Bueno, ¡ya basta de esto! Todo el mundo afuera.

Pablo se levantó de inmediato:

—¿Ya basta de qué?

—Salga, Neruda. Le advertí que no podía hacer esto.

—¿Qué? ¿Un libre intercambio de ideas?

—¡Fuera!

—¿La democracia en acción?

—¡Fuera!

—Bravo —dijo Pablo y se volvió hacia los mineros—. Vengan, amigos. Síganme.

Los mineros parecían renuentes a hacerlo, hasta que el gerente les ordenó a su vez que abandonaran la estancia. Los focos enceguecieron a Pablo y los demás y, al cabo de unos segundos, Pablo se dio cuenta de que el gerente no había traído ninguna excavadora industrial a la reunión. Era un tanque del ejército, ese que descansaba a pocos metros de la puerta, con la torreta apuntando al salón de reuniones.

—¿Qué es esto?

El gerente se cruzó de brazos:

—Órdenes de la compañía.

—¡Órdenes de la compañía! Cobardía fascista, querrá usted decir. Estupidez…

Pablo caminó hacia el tanque con las tripas hirviendo en su interior. Enseguida miró hacia arriba, cubriéndose los ojos ante el foco gigantesco del tanque. La torreta artillada, como la almena oscura, circular, de ese castillo de hierro, giró blandamente frente a él. En ella pudo discernir otros dos elementos: el cañón en sí y lo que era evidentemente la cabeza con el casco puesto de uno de los tanquistas asomando por la escotilla.

—¡Hey, tú! ¡Tú, el de ahí arriba!

Al principio, el tanquista permaneció inmutable.

—Baja de ahí, hijo de puta.

Pablo escuchó a sus espaldas las risas agradecidas, aunque cautelosas, de los mineros. Sonaban como rezongos apagados bajo una frazada. El tanquista, por el momento inmóvil, parecía tan estático como el tanque, como si hubiera sido parte de la estructura de acero y hubiese estado apernado a ella. Con todo, repentinamente acabó de salir por la escotilla y se inclinó unos segundos hacia abajo para escudriñar desde la torreta el entorno, con las manos en sus rodillas. Desde allí miró a Pablo, como si hubiera sido la silueta de un simio enfurecido, escrutando a su rival antes de arremeter contra él.

–¿Qué fue lo que me dijiste?

–Hijo de puta.

El tanquista saltó hacia la plataforma delantera del tanque y luego al suelo, donde se paró ante Pablo, con las manos ahora en las caderas. Iluminado enteramente desde atrás por la luz blanca, con Pablo encandilado e incapaz de verle el rostro.

–¿Qué *yo* soy un hijo de puta, dices?

–Y lo eres.

El soldado cogió a Pablo por el brazo.

–No me toques, carajo.

–Señor —dijo el soldado y asintió con la cabeza en dirección a los mineros, más allá del hombro de Pablo—, tengamos una palabrita en privado, si le parece…

Pablo miró a sus espaldas. Los mineros se habían reunido en las afueras de la caseta y permanecían allí de pie, harapientos y desaseados, resplandecientes a la luz del tanque. Todos con aspecto de estar, igual, aterrados.

–Muy bien, vamos.

Caminaron los dos unos metros adentrándose en la pampa, por entre sus cactus despreocupados, y muy ocasionales, y sus arenas resecas, que habrían estado allí, al norte de Chile y sin sufrir mutaciones, durante más o menos veinte millones de años.

–¿Cuál es su nombre?

–Teniente Ochoa.

–¿Del Ejército de Chile?

–Eso es.

–Bueno, ¿qué desea?

Se pararon en la oscuridad, tan densa que Pablo apenas si conseguía ver su rostro.

—Don Pablo, está usted poniendo en peligro a estos hombres.

—Yo no. Es ese estúpido gerente y sus superiores yanquis.

—Puede ser. Solo espero que me escuche usted… Yo… yo he… —Ochoa volvió la cabeza. Los mineros seguían formados junto a la caseta, como blancos plateados dispuestos para un pelotón de ejecución—. ¿Qué estaba haciendo usted ahí adentro?

—Recitando poemas —dijo Pablo y aproximó su cabeza a él—. Dios mío, teniente…

—¿Suyos?

Pablo sintió que estaba en compañía de un fantasma de un poder destructivo inusitado, que podía arrasarlo todo en cualquier momento a su alrededor.

—¿Por qué lo pregunta?

—¿Eran *sus* poemas?

Pablo esbozó una mueca extraña:

—Sí, claro.

Repentinamente, el fantasma soltó una risita:

—He leído su obra, don Pablo.

—¿Y?

—Soy un admirador suyo.

—¿Usted?

—Sí, y solo querría pedirle un favor, por el bien de esos hombres. — Ochoa miró por encima de su hombro—. No quiero hacerle daño a usted.

—¿Usted? ¿El lacayo encargado de hacer cumplir esta…?

—Oígame, hijo de puta. Mi padre es minero. No quiero hacerles daño a ellos, así que desista de esto.

—¡Desistir! ¿De un acto a favor de la libre expresión resguardado por la Constitución de su país…?

—No… No, señor. —Ochoa miró de nuevo a sus espaldas. Y alzó una mano como para pedirle paciencia a Pablo—. No eso. Pero si solo pudiera usted, por estos hombres, don Pablo, por sus familiares… Si solo pudiera usted… —suspiró— detenerse por el momento.

Los mineros no se habían movido de su sitio.

–Maldito gerente… Estoy obligado a hacer lo que él ordene –suspiró Ochoa–. Si él me lo pide, deberé entrar en acción.

Los mineros lucían enfurruñados bajo la cegadora luminosidad del foco.

A Pablo le parecieron tan asustados en esa instancia como los había visto en la mina. Y él también exhaló un suspiro. En silencio, reconsideró el destino de esos hombres, posiblemente un destino mucho peor –encarcelamiento por obra de la compañía, posiblemente asesinato a manos de ella– que el que enfrentaban allí abajo y en la mina. Finalmente, miró al soldado.

–Muy bien. Pero debiera usted sentir vergüenza de sí mismo, teniente.

El uniformado no se movió.

–Espero que me considere usted menos hijo de puta, maestro –dijo y miró al suelo–. Eventualmente.

–Las cosas van a cambiar, eso se lo aseguro.

–Sí, podría ser, don Pablo.

Pablo miró hacia el tanque, que parecía ahora un perro ciego surgido del infierno, aposentado en la oscuridad, ese que imponía inexorablemente las llamas a los condenados:

–Muy bien, vamos.

—

Gabriel se inclinó hacia adelante en el escritorio y le tendió la mano.

–Este será un momento histórico en Chile. Y si puede usted conseguir el voto comunista, Pablo, eso va a significar que su partido tendrá un poder real.

Pablo estrechó la mano de Gabriel entre las suyas. Conmovido por esa perspectiva y –tuvo que admitirlo ante sí mismo– halagado de que el futuro presidente fuese tan sincero en su petición de ayuda, se comprometió a hacer lo que estuviera en su mano para contribuir a la causa, eso que estuviera en su mano para ser elegido. *Menos que eso, sería traicionar mis convicciones*, pensó, *y ante todo a Josecito y su tío Mateo.*

3
LA FIESTA

El año 1948 no había sido gran cosa, excepto por la copa de champaña y el canapé en la mano de Pablo, y desde luego el peligro de ser arrestado. Durante meses, solo había implicado cambiarse de una casa de seguridad a otra.

—Estoy aburrido, mi amor.

Acarició el cuello de su esposa Delia, que estaba sentada al escritorio y redactando una carta. Ahora anhelaba, él mismo, tener una fiesta de Navidad, pero los encargados de su persona no lo permitirían, especialmente el jovencito aquel, ese chico Álvaro.

—¿No se da cuenta, maestro, de que lo andan buscando?

Era un buen chico Álvaro Jara, estudiante de historia que quizá llegara a ser profesor algún día, aunque un poco demasiado serio. El solo hecho de que la Corte Suprema hubiese despojado a Pablo de su cargo en el Senado, y de que el poeta hubiera sido acosado hasta tener que desaparecer de la circulación y pasar a la clandestinidad, hacía pensar a Álvaro que una fiesta era simplemente imposible, pese a que las fiestas fueran la razón de vivir o hicieran, según el poeta, que estar vivo valiera la pena. Una fiesta era como el momento en que un hombre y una mujer, entreverados en los brazos del otro, veían resumido su amor con intensidades orgásmicas. Era lo que le hacía a uno una buena fiesta. El vino. La comida. Era todo eso y más. Las risas. Los aperitivos. El champaña. Era lo que anhelaba en ese momento. La conversación. Los besos.

—Puede que sea así, joven, pero el Partido Comunista me protege.

Álvaro se rascó la cabeza, a un paso de echarse a reír. Era un hombre joven, aunque en ese momento demostraba más sabiduría que el poeta ungido por el mundo y frente a él. Sus deberes, que le habían sido asignados por "el partido", lo hacían darle a todo un giro más serio.

–El partido, señor, es como un montón de conejos corriendo en círculos.

–¿Habla usted, propiamente, de los herederos de Lenin…?

–Sí, señor. Usted es un fugitivo y…

–No me lo recuerdes, Álvaro –dijo Pablo haciendo un gesto con su mano.

–Y ser un fugitivo, y estar… –Álvaro se encogió de hombros–. Perdone, maestro, pero ser un paria político y un delincuente hace que organizar una fiesta resulte difícil. –Volvió el rostro del otro lado, apretando los labios al ir desbrozando sus pensamientos en voz alta–: Hay que preocuparse en exceso de la posibilidad de un arresto y la cárcel. De todos nosotros. Es demasiado alta la posibilidad de ser castigados. ¡Es demasiado, en fin!

Pablo comprendía, ciertamente, la razón de que estuviera ocurriendo todo eso. Era ese artículo que había escrito y después, para empeorar las cosas, el discurso que había hecho público. *No puedes acusar al presidente de la República, menos en el salón del Congreso, de egocentrismo, Santo Dios, de manipulación y asesinato por motivos políticos y quedarte esperando que no haya reacción*, reflexionó ahora. *Pero es el problema habitual con esa clase de gente.* Los presidentes solían considerarse a sí mismos intocables solo porque habían obtenido una mayoría y, por esa vía, la presidencia del país. Para él, un mandatario era siempre muy tocable, aunque obtuviera el cien por ciento de los votos (lo que ocasionalmente sucede en países de Sudamérica, aunque rara vez –se corrigió a sí mismo– en Chile), y especialmente si, una vez elegido, ese presidente se niega a hacer lo que había prometido. O todavía peor, cuando hace justamente lo contrario de lo prometido. *¡Y eso es lo que este imbécil de González Videla ha hecho, ni más ni menos!*

Era fácil de resumir, todo el asunto. Gabriel González Videla, el candidato del pueblo, del que Pablo había sido ardiente partidario y el encargado de propaganda en su campaña, se había comprometido a la nacionalización de los bancos una vez elegido. A grandes redistribuciones de tierras que reducirían a los oligarcas al estatus de cualquier mortal, mientras que al resto se le garantizaría la propiedad de alguna porción de las propiedades tan inmerecidas y –era lo que él pensaba– estéticamente grotescas de los oligarcas. ¿Todo ese mobiliario francés? ¿Todos esos sucedáneos de los palacetes campestres ingleses, los caballos de polo, las canchas de golf...? Las corporaciones norteamericanas serían puestas de patitas en la frontera y los presidentes como este Truman y ese otro que lo había precedido, el tal Roosevelt, serían rechazados en sus pretensiones. El pueblo regiría el país. Los mineros. Los empleados ferroviarios.

Solo que, al ganar González Videla, nada de eso ocurrió. El nuevo mandatario comenzó a sonar muy pronto como el viejo mandatario. Empezó a pedir cautela ante la posibilidad de ir demasiado rápido, ¡el sistema no estaba preparado para tolerar cambios tan radicales! El pueblo tenía que ser primero educado en torno a la forma de utilizar la tierra que obtendría ("¡Que recuperaría!", era una frase más acertada y lo que mascullaba ahora Pablo). Un cambio tan acelerado en el sistema monetario tendría graves repercusiones en la esfera internacional, Estados Unidos se enfadaría con nosotros. Los mineros no necesitaban, en rigor, un sindicato.

El señor presidente se convirtió en la baratija de los ricos y ese fue el fin de todo. Y adquirió a su vez múltiples rasgos de esos ricos, especialmente los que asoman cuando dichos sectores se ven amenazados: cárcel para los tontos que desfilan por las calles con sus carteles y sus protestas; prisión para esos mineros convencidos de que verdaderamente debía haber un sindicato; el campo de concentración en Pisagua para los realmente problemáticos, ¡y vaya si había de esos!, la mayoría de ellos mineros; y redadas a medianoche en los pueblos conflictivos, desapariciones, asesinatos.

Pablo sentía todo ello como una profunda injusticia, básicamente porque la mayoría de quienes habían votado por González Videla eran ahora los perseguidos con mayor dureza. Así, para compensar todo eso, él mismo había redactado un artículo para un diario venezolano –*un texto imparcial*, pensaba él, *la simple corroboración de la verdad*– en que había hecho constar que "el ideal de vida del señor González Videla puede resumirse en una única frase: '¡Quiero ser presidente!' En otros lugares de América, políticos veleidosos y tan superficiales como él recurren a la intriga y los golpes de Estado para conseguir el poder, pero esto es imposible en Chile, con su democracia tan sólida de base. Así que el señor González Videla se ha puesto, por su cuenta y riesgo, la capa del demagogo."

Al día siguiente, Gabriel solicitó a la Corte Suprema que despojara a Pablo de su cargo, y la corte así lo hizo.

Pablo apeló a la medida y todo estaba en suspenso cuando, una veraniega mañana de enero de 1948, se puso de pie en el Congreso y lanzó una agitadora proclama, una de sus mejores, según él, en que acusaba a Gabriel de mentir, de hipocresía y genocidio contra su propio pueblo. Y detalló cada uno de estos alegatos de manera impresionante. También leyó en voz alta los nombres de los 628 prisioneros políticos retenidos sin cargo alguno en el campo de concentración de Pisagua.

Dos semanas después, alguien incendió la casa de Pablo en Santiago y apareció un cartel pegado en varios sitios ofreciendo recompensa por información conducente a su arresto, a raíz de lo cual él se refugió con su esposa Delia en la Embajada de México.

—

Una fiesta, entonces. A esas alturas, él y Delia llevaban ocultos casi un año, primero al alero de los mexicanos, después en las casas y apartamentos de amigos poetas, otros escritores, pintores y músicos, diplomáticos simpatizantes, casas de playa y áticos, yendo de ida y vuelta a Valparaíso, Santiago, Viña del Mar y quién sabe cuántos lugares más.

Y ahora se venía la Navidad.

Para entonces, se hallaban ocultos en un gran departamento propiedad de Sergio Insunza y su esposa Aída Figueroa, ambos abogados, que no era una profesión habitual entre quienes Pablo escogía como amigos, pero estos dos abogados eran en extremo gentiles e inhabitualmente amistosos con los mineros del sindicato que ahora rehuían el arresto del Gobierno. Los Insunza eran los dos comunistas y Pablo solía reírse al recordar su cara de sorpresa cuando Álvaro, tras avisarles que tenía otra pareja de fugitivos que temían por sus vidas, les presentó a Pablo Neruda y su esposa.

—Tenemos que hacer una fiesta —dijo Pablo a Álvaro.

—Mire, don Pablo, puede usted planificar una fiesta si quiere…

–Con un arbolito, Álvaro.

–Lo que está muy bien porque nadie sabe nada de ella aún.

–Con ornamentos.

–Pero entonces, cuando contrate usted a la gente para que traiga las flores, el vino, la comida, el árbol navideño, Dios mío, alguien va a terminar enterándose de todo ello. Y si además goza usted de cierta… ¿fama política, podríamos decir? –Álvaro dijo esto último con una sonrisa irónica–, terminarán haciendo una redada de su fiesta y llevándoselo.

Pablo se sintió agraviado. No era culpa suya que el presidente de la nación fuera un imbécil falto de carácter y la parodia de un dictador en serio. Ni era culpa de Pablo Neruda que Gabriel González Videla fuera un mentiroso y un soplón. Había que obligar a los mentirosos y soplones a comparecer ante el Congreso porque no tenían restricciones éticas a la hora de mentir y soplonear, ¿no era así?

Así que no. Voy a tener mi fiesta de Navidad, resolvió. *Y el joven Álvaro, que el bendito Jesús lo bendiga, tendrá que hacerse simplemente a la idea.*

Se sintió mal por sentirse mal por Álvaro Jara, que era verdaderamente un individuo muy valioso a la hora de contar con él. Un chico enamorado de los ideales de libertad universal y un trato justo para todo el mundo. *Que es la esencia del comunismo, ¿no?* Al menos para Pablo, esa había sido siempre la esencia. Y, al final, Álvaro tenía razón, aunque daba a la vez muestras de cierta pusilanimidad. Vivía presionando a Pablo y Delia alrededor y obligándolos a abandonar una casa por la siguiente, a veces sin aviso previo. No era posible discutir con él, y la insatisfacción que ahora provocaba en Pablo tenía que ver con eso. Un chico que parecía eternamente preocupado de que la policía terminara arrestando a don Pablo y secuestrándolo el resto de sus días en una caverna. Pablo entendía todo esto, pero igual le costaba sobrellevar las inquietudes de Álvaro. El chico no sabía, pura y simplemente, lo que era la diversión. Seguro había leído un montón de poesía y sabía quién era Pablo Neruda. Hasta sabía quién… quién sería, digamos, William Butler Yeats.

Pero igual era imposible sentarse un rato y charlar con él. Un chico delgaducho y ansioso, siempre vestido en forma descuidada, con pantalones y abrigo negros, era un entusiasma sempiterno de la doctrina comunista y la belleza latente en las ideas de Lenin. Uno de esos individuos cuya personalidad está tan subyugada a lo doctrinario que son incapaces de sostener una conversación con cualquiera que exhiba una visión más amplia, de teatro, o pintura, o de la comedia. O del *chimichurri*, aquella salsa argentina deliciosa y tan maravillosa para el asado.

Álvaro apenas sabía, en rigor, lo que era el *chimichurri*, así que naturalmente estaba contra la fiesta.

—

En cualquier caso, Delia estaba a favor de ella. La espigada Delia. Durante once años había sido el dulce amor de Pablo. Argentina, pero en realidad francesa y criada en París, Pablo siempre había envidiado su amistad con artistas como Leger, Picasso, Le Corbusier y otros. Y se había sentido a la vez celoso de su vínculo con los poetas Louis Aragon y Paul Eluard, ¡el firmamento lírico francés! Pero "celoso" no era la palabra: más bien sentía admiración por la forma en que Delia era capaz de atraer la atención de esos hombres.

Y lo mejor de todo era que ella era también comunista.

Cuando él mismo fue expulsado del Congreso, había volado como los patos a su casa en Santiago, haciéndole una descripción nerviosa de lo ocurrido.

—Pero ¿qué pasó verdaderamente, Pablo? —se había impacientado ella ante sus explicaciones balbucientes.

Y cuando lo hubo soltado al fin todo, terminó abrazándolo, corrió a la hielera en busca de una botella de champaña, trajo una ración de *brie* francés, otra de manchego español con un pan fuerte y muy bueno y una ensalada verde, y se bebieron el champaña, esa botella y enseguida otra y buena parte de una tercera. Finalmente, a la mañana siguiente, se quedaron un rato en cama, desaliñados y exhaustos por todo lo que había sobrevenido después del champaña y el queso.

—¿Y ahora qué hago, amor mío?

Delia estaba ahora sentada ante el tocador y aplicándose el maquillaje para la jornada. De espaldas a él, y Pablo deleitándose un momento con la forma en que su musculatura hacía desplazarse la seda de sus bragas, en una especie de lánguida ondulación contra su cuerpo. Era una mujer aún plena de juventud, pensó y la vio sonriéndole en el espejo, disfrutando del examen que él hacía de ella. Pablo no se había levantado aún y sentía que todo el cuerpo se le había vuelto líquido, y los músculos laxos. La sensual energía de Delia, pensó ahora sonriendo para sí mismo, le había arrebatado toda habilidad residual de moverse de la cama. Pero la parsimonia con que ahora se aplicaba el lápiz labial, en un movimiento altivo de sus dedos finos que —era lo que ella misma parecía implicar— se hacía incluso más impresionante con la gesta ilustre de su esposo en el salón del Congreso, ¡todo eso revivió en Pablo la chispa del interés! Y no precisamente interés, que estaba siempre de fondo, sino sus habilidades, el movimiento que ahora sentía en su propio vientre.

Delia era veinte años mayor que él y Pablo la amaba a un grado tal que, sin ella, tenía la impresión de que el mundo rotaba más lentamente, que las grandes masas de gente que habitaban la superficie terrestre se veían liberadas del suelo a medida que el orbe se ralentizaba y volaban por inercia rumbo al espacio y el olvido, expulsadas centrífugamente cuando el planeta se detenía en su movimiento circular.

—¿Tú me preguntas a mí qué hacer? —dijo ella cerrando el lápiz labial—. Mantenerte firme, blandiendo el dedo índice en las narices de Gabriel. —Arrojó el envase metálico del *rouge* a un cesto en que estaba todos sus restantes lápices labiales—. Y sigues agitando su traición en el aire para que todo el mundo la vea.

—Difícil será sin mi escaño senatorial.

—Eres el mayor poeta de tu generación, Pablo.

—Eso es verdad.

Él coincidía de veras con esa idea, aunque de momento se sintiera algo menos seguro de sí mismo.

—La brújula moral. A los chilenos los tienen sin cuidado los senadores, pero adoran a los poetas.

—Sí, claro, amor mío. —Pablo se dio vuelta de costado en la cama, apoyando la cabeza en su brazo doblado—. Pero igual estoy en problemas.

—Lo sé, Pablo. Lo sé. Y me preocupa.

–¿Debiéramos irnos, entonces, de aquí? –suspiró él, volteándose ahora para quedar boca abajo, y arregló la almohada para apoyar la cabeza contra ella–. ¿A París?

–¿Así de simple, dices tú? ¿Irnos?

–Gabriel no me dejará asomar la cabeza por las calles de Santiago. Muy pronto andarán tras de mí, en unos…

–Días, querido. Horas.

Y efectivamente, al cabo de unos días, Pablo y Delia estaban ya en fuga, llevados por los amigos de aquí para allá, escapando por un pelo de ser detenidos, huyendo en las narices mismas de la policía. Durmiendo en catres arrumbados en los subterráneos.

Lo peor de todo fue que aprendieron a vivir enclaustrados y en silencio, a no mostrarse festivos por nada.

—

–¿Cuánta gente?

–He logrado reducir la lista a doscientas personas.

Delia bebió un sorbo del *pinot noir*, una cepa que ella misma adoraba, experimentando cierta infelicidad por que los vinos hechos en Chile no fuesen muy buenos. El país carecía, hasta allí, del modo francés, era lo que ella sentía y decía a menudo. Habían vividos juntos con Pablo en París, en 1937, y los vinos de Francia lo habían impresionado a él, que se había hecho experto conocedor de muchas de las diversas regiones que lo cultivaban (una especie de experto *amateur*; sencillamente bebía lo que le gustaba). La gran variedad de vinos disponibles, la cuantía asombrosa de viñas y apelaciones existentes en Francia, lo habían hecho desear que las cosas fueran distintas en Chile, donde lo habitual era ordenar tinto o blanco a secas. (Pablo imaginaba un futuro lejano de su país en que finalmente los grandes viñedos igualarían a los vinos chilenos con esos caldos franceses, en cuanto a refinamiento al menos, tanto que de ellos se diría que eran los vinos más augustos y valorados del mundo, los mejores del orbe. Pero eso sería a futuro. En 1948, seguía todo siendo cuestión de tinto o blanco.)

Pablo tenía un conocido en Santiago, un importador apellidado

Huneeus, que traía al país vinos franceses, y el día previo se había escabullido por la puerta trasera del edificio de departamentos en que él y Delia habían estado ocultándose en las últimas semanas. Con su novedosa barba y un terno claro de color *beige*, camisa blanca, sombrero de fieltro y gafas de sol, él mismo sentía que nadie podía reconocerlo, pero lo desconcertó vivamente que varias personas en la vereda se volvieran de hecho a su paso a mirarlo con detención, preguntándose quién sería ese individuo, el grandote aquel del sombrero de fieltro, estoy seguro de haberlo visto en algún lado… Muchísima gente.

—Dos botellas de *pinot noir* —pidió al señor Huneeus, a quien Pablo conocía muy bien y que, en esa ocasión, jugaba a la fantasía de no conocer en absoluto a ese individuo grandote con sombrero de fieltro y gafas de sol. Huneeus era a su vez alto, un individuo muy delgado y cortés, con una personalidad oculta afín a la aventura. Era un hombre divertido, que era una de las razones por las que tanto le gustaba a Pablo. Hasta sabía cómo pilotar un aeroplano, algo que suscitaba unos celos más bien cómicos en Pablo.

—Ahí tiene, hermano.

El viñatero le pasó las botellas por sobre el mostrador, negándose a recibir nada por el vino.

—¡Un prensado como este es por decir digno de grandes versos! —rio—. El vino es del color del día…

—Y de la noche.

—Correcto. Pies de púrpura. Sangre de topacio. ¡Es el hijo estrellado de la tierra! Así que no aceptaré dinero por él.

Otro cliente entró en ese momento en la tienda y Pablo se mantuvo de espaldas a él para evitar que lo reconociera.

—¿Pablo? ¿Eres tú?

Él se volvió a mirar hacia su izquierda. Ante él estaba Víctor Bianchi.

—¡Claro que lo es! —dijo Víctor y le tendió la mano—. ¡Qué milagro! Y qué bueno verte.

Pablo se volvió a mirar hacia la puerta. Viendo que, por el momento, nadie más entraba al lugar, abrazó a Víctor.

—Estás vivo —dijo este riendo.

—Bueno, sí, eso al menos.

Un tío de Víctor había intercedido veinte años antes en el primer nombramiento diplomático de Pablo, en Rangún, y él había cultivado la amistad de la familia desde entonces. Víctor le resultaba de singular interés en tanto era un destacado montañista y escalador, una actividad que Pablo admiraba por el valor que implicaba simplemente asumirla. De hecho, el propio Víctor había estado a un paso de morir durante una expedición realizada desde Argentina al Aconcagua, la montaña más alta del hemisferio occidental. Él mismo había sobrevivido, pero la mayor parte de los restantes escaladores había perecido en el lugar. El rostro de Víctor lucía de hecho las huellas de las penurias vividas, y estaba muy erosionado; se veía que el frío y el viento de montaña lo habían azotado implacablemente, haciéndolo ver bastante más viejo de lo que en realidad era.

–¿Y Delia qué tal?

–Muy bien, pese a los problemas.

–Sí, yo… –Víctor extrajo de uno de sus bolsillos una tarjeta de visita y se la entregó–. No te preguntaré dónde te estás quedando, pero si llegarás a necesitar algo, no dudes en llamarme.

–Así lo haré, Víctor.

Yendo de vuelta al apartamento (Pablo hubo de apresurarse, sabiendo que Álvaro habría ya descubierto su desaparición y estaría en movimiento para encontrarlo) se sintió revivir, solo con haber visto a su viejo amigo. Y palpó la tarjeta en su bolsillo, enervándose un poco con la cantidad de gente que se volvía de nuevo a observarlo cuando cruzaba a toda prisa junto a ella, toda ella preguntándose quién podría ser. "¡Carajo! Yo creo que lo conozco."

–Con esas invitaciones debiera bastar –dijo Delia depositando la copa de *pinot* sobre la mesa y miró hacia la ventana–. Lo que no sé es si podremos recibir a doscientas personas aquí.

Llevaba puesta una blusa de seda blanca y de mangas cortas, con ornamentos de ganchillo, una falda corta y marrón de lana delgada, medias también de seda y zapatos de charol cafés. La imagen de sus piernas delgadas y cruzadas en su sitio inundó la visión de Pablo cuando llegó. Sus cabellos finos y largos, de rizos naturales, ocultaban la mitad izquierda de su rostro mientras sus grandes ojos, y sus párpados pestañeando como dos anémonas flirteando entre sí, repasaban la lista de invitados. Habían tenido unos pocos desacuerdos en cuanto a ellos y a quién invitar exactamente. El único criterio que ambos sustentaban para una fiesta era el de invitar solo a personas por las que sentían verdadero afecto. Ambos detestaban la conversación con zoquetes y, por cierto, debía haber suficientes de ellos en el mundo que podían ir a otras fiestas. Esta política garantizaba que las fiestas de ambos fuesen siempre caóticamente bulliciosas.

—¿Y qué hay de Álvaro? —dijo él.

Delia borró un nombre del listado con su lapicera:

—Él estará aquí, asegurándose de que sigas aislado y escondido.

—Pero ¿le contamos del asunto?

—Por supuesto que no. Él se enterará de la fiesta cuando empiece a llegar la gente. —Dobló el papel con la lista y lo puso dentro de un pequeño libro de contabilidad en que ella misma llevaba su diario de vida—. Lo pondremos a atender la puerta.

—

Álvaro le había advertido esa mañana que las cosas se estaban volviendo particularmente riesgosas. El partido creía mejor que Pablo abandonara el país y había elaborado un plan con ese objetivo, que habría de iniciarse dentro de un mes o poco más, en enero o febrero de 1949.

Con todo, sin Delia un viaje así redundaría en pura oscuridad y solitaria desdicha para él. El partido insistía en que ella permaneciera en el país y en que, si ella se le unía en la fuga, eso complicaría tanto las cosas que su propia seguridad no podría quedar garantizada.

—No está garantizada en ningún caso, don Pablo —le había dicho Álvaro—. Pero su detención es inevitable si se queda aquí.

Al decir esto, había puesto un codo en la mesa de la cocina a la que estaban sentados dialogando. Era un día tibio y llevaba las mangas de la camisa blanca arremangadas. Su cabello había crecido desaliñadamente en los últimos meses, preocupado como había vivido en su determinación de mantener al poeta a salvo. Los complejos sentimientos de Pablo por Álvaro, especialmente su rencor ocasional, se vieron al fin atenuados por esa clase de afecto que sobreviene en última instancia al darse uno cuenta de que el pariente difícil o el conocido taciturno se preocupan verdaderamente por uno y que actuarían de modo distinto si pudieran hacerlo. Pablo había comprobado a menudo cómo una expresión de hastío podía ser, en realidad, un indicio de buen humor si venía matizada con el destello apropiado en la mirada. Un destello que sí había cada tanto en los ojos de Álvaro, y Pablo había aprendido a captarlo cuando asomaba.

–Pero quiero que Delia venga conmigo.

Álvaro apretó los labios:

–No.

Pablo apreció justo entonces el destello, aunque en este caso venía contaminado de la renuencia del muchacho y un aire triste. Con Álvaro mirándolo y dando golpecitos sobre la mesa con el dedo índice, Pablo sintió de pronto, y por primera vez, que alguien parecido a un hijo le estaba implorando que fuera razonable.

–Insisto, Álvaro.

–Don Pablo, no podemos autorizarlo.

–Pero…

–Será demasiado peligroso.

–¿Y qué? Ella se ha enfrentado ya a cosas así. Vivió la Guerra Civil en España. Es una buena militante del partido.

Álvaro quedó cabizbajo y su voz se redujo a casi un murmullo:

–Don Pablo, la señora Delia nunca se ha enfrentado al tipo de cosas con que se topará usted en los Andes.

–¡Los Andes!

–Es donde vamos. Y quizás a pie.

Pablo tuvo una visión instantánea de Delia, y de ambos, congelándose hasta morir en los brazos del otro, envueltos por la nieve. Las cumbres elevadas. El hielo circundante.

–Ay, Álvaro.

–Exactamente, señor. Ya veo que lo entiende.

Pablo apoyó la cabeza en la palma de sus manos, cerrando los ojos.

–No me lo habías dicho.

—

–No.

El camarada Saturno se dejó caer en la silla y ante Pablo, vagamente desolado. Había sido convocado allí por Álvaro, en su calidad de un operador más importante del Partido Comunista de Chile, para que llamara al orden al poeta. Su cuerpo entero estaba ahora reclinado hacia su izquierda y su cabeza parecía una saca desbordante de arena. Y arena húmeda.

Pablo se cruzó de piernas. Se dio cuenta de que Saturno no llevaba calcetines y que la basta derecha de sus pantalones estaba raída.

–Ella debe venir conmigo.

–No –insistió Saturno y miró con una suerte de indiferencia previamente ensayada hacia la ventana.

–¿Es usted capaz de otra palabra, Saturno?

–Sí –dijo Saturno y cambió de postura en la silla, sin dejar de mirar a lo lejos.

Haría desde luego un estupendo cadáver, pensó Pablo al mirarlo en detalle.

–¿Qué más quería usted que le dijera?

–Que mi esposa Delia me acompañara en este viaje, que atravesaremos juntos los Andes y llegaremos a Argentina en una alfombra mágica turca como hicieron Juan y Evita Perón.

Saturno quedó en silencio. En rigor, parecía haberse muerto recién, y efectivamente, de fastidio, salvo por el hecho manifiesto de que seguía respirando.

–No.

—

Estaban aún en cama. Versiones diversas de varios de sus poemas escritos a mano y corregidos a fondo yacían esparcidas alrededor de ambos y sobre las frazadas. Había escrito profusamente durante aquel año de clandestinidad, un nuevo libro titulado *Canto General*. La radio estaba sintonizada en las noticias del país:

–El paradero del destituido senador Pablo Neruda sigue siendo desconocido…

La voz del locutor sugería la tozudez altiva de los noticiarios en los cines, esa de la burocracia expresándose en voz alta.

–… Él y su esposa desaparecieron diez meses atrás, y la policía y las autoridades se han mostrado incansables en su búsqueda, siendo su captura, según se dice, un hecho inminente. Al preguntársele hoy por la mañana dónde podía estar Neruda, el presidente González Videla señaló que está al sur del país. "La única forma de que no lo capturemos", insistió el mandatario, "sería que hubiese ya abandonado el país, pero estamos muy seguros de que nadie querrá ayudar a un individuo así."

–¿Dónde nos veremos de nuevo, Pablo? –preguntó Delia acariciándose el párpado con el dedo meñique.

Sus labios estaban tan cerca de los suyos que solo pudo concebirse a sí mismo besándola en ese momento. Sus labios plegándose entre los de él como pétalos de una rosa al restregarse con los de otra. *Sería tan fácil responderle solo con un beso*, pensó él y lo hizo. Hubo un estremecimiento de placer en ambos y la sangre fluyó dentro de ella, y ella anudó sus dos brazos en torno a su cuello, con cada una de sus manos abierta, aferrándole el cuello y la nuca.

–En París –susurró Pablo. Lo cual no era del todo falso, pues una mentira depende de si uno sabe o no cuál es la verdad y Pablo no tenía idea, en ese momento, de cuál sería exactamente la verdad. Solo intuía que, sin muchas dificultades, podía terminar convertido en un cadáver correoso y oscuro al fondo de una quebrada andina, con los dientes amarillentos y los labios petrificados en una mueca esquelética. O transformado en un trozo de carne olvidado y reseco sobre los sedimentos acumulados de hielo y granito y bordeados de riscos. O desaparecido en un río de montaña, atrapado bajo una roca sumergida, con los brazos cimbrándose en las aguas donde se habría ahogado previamente.

–¿Tú crees, amor mío? ¿París?

Pablo sintió que se le partía el corazón.

–Por supuesto, París. Claro que sí.

—

Víctor Bianchi había sabido encontrar, de hecho, un árbol navideño para Pablo, el cual había talado en la ladera de un cerro en su pequeña finca de las afueras de Santiago. Había enviado de hecho a un muchachito recadero al hogar de los Insunza después de que Pablo lo llamara, con una nota diciendo al propio Pablo que podía enviar "un mensajero, un amigo o hasta un lameculos comunista hasta allí, o a quién fuera", a buscar el árbol. Deseoso de no confiar a nadie más el secreto, Pablo resolvió que lo recogería él en persona.

Víctor lo condujo luego de vuelta al apartamento de los Insunza, con el árbol amarrado al techo del vehículo. Era ya el día de Navidad de 1948 y, al llegar, vieron a una multitud reunida en el exterior del edificio.

Una multitud ruidosa de unas cincuenta personas, todas ellas bien conocidas por Pablo y Delia. Esperando todas a que el ascensor subiera y volviera a bajar, llevando en cada viaje a cuatro o cinco invitados al departamento de los Insunza. Traían obsequios envueltos, ramos de flores, su frivolidad y sus risas.

—Sí, estaciónate aquí enfrente, ¿vale, Víctor?

Víctor se aproximó lentamente a la cuneta.

—Y te vas a sumar a nosotros, me imagino —le sonrió Pablo, dando una palmadita en la rodilla a su amigo.

—Desde luego.

Una vez que Víctor hubo desatado el árbol del techo del vehículo, Pablo lo cogió en sus brazos. Llevaba un abrigo enorme y negro a pesar del día caluroso, sus gafas de sol puestas y una boina al estilo francés. Al principio, muchos de entre la multitud no lo reconocieron, oculto como venía tras su barba reciente y el árbol a su vez enorme. Él los saludó al ir hacia la puerta del edificio, advirtiéndoles que no armaran escándalo pues estaban al aire libre, que simularan no saber nada de ese árbol navideño y que hicieran como que, hasta donde ellos sabían, el afamado poeta había muerto hacía tiempo. Ello provocó incluso más risotadas y, con Víctor ayudándolos a abrirse paso a través del grupo, Pablo ingresó al ascensor y dijo a Enrique, el encargado de seguridad durante el día, que lo llevara a él y Víctor al cuarto piso.

—Claro, maestro.

Al aproximarse al piso en cuestión, se hizo evidente, por la ruidosa charla y la música que provenía de allí arriba, que en el departamento había ya quizás un centenar de gente. Sonaba todo al intercambio entusiasta y las exclamaciones jocosas de una muchedumbre cuando ha visto un buen número circense. Enrique sujetó la puerta del ascensor y Pablo, con el árbol en brazos, precedió a Víctor a lo largo del corredor, extrayendo un dedo de entre las ramas del arbolito para tocar el timbre del departamento.

La puerta se abrió y Álvaro, con una copa de vino en su mano –a medio camino de responder confundido, y a la vez ofendido, lo que debía haber sido una pregunta divertida de alguno de los invitados–, cogió el árbol y lo metió al apartamento, ingresando en compañía de sus dos buenos amigos, Víctor Bianchi y Pablo Neruda.

4

EL SARGENTO URBINO

—Será un Mercedes Benz, don Pablo.

Pablo sintió la impaciencia de Álvaro. Al preguntarle "¿Qué clase de vehículo utilizaremos en la fuga?", se había limitó a suspirar, mirar al horizonte y abrir los brazos.

¿Por qué tan enojado? Pablo sentía que era, después de todo, una pregunta muy razonable viniendo de un senador de la república. *Bueno, un senador despedido de su cargo,* se apresuró a añadir en su interior. *Pero una vez que los tribunales examinen el caso y el desafío que implica, y la ira de la opinión pública, y el deplorable atentado del Gobierno a la ley, volveré con seguridad a mi cargo.* Enseguida se rascó la nuca. *Y además,* consideró adicionalmente, *siendo un poeta de una gracia verbal inexplicable en términos orales y escritos y un maestro de la lírica...*

—¿Te parece una pregunta muy inhabitual?

... ¿no tenía un hombre así derecho a preguntar qué clase de automóvil le asignarían?

—No sería inhabitual, don Pablo, en circunstancias más habituales—. Si estuviera yéndose usted a la costa con doña Delia, por ejemplo.

—Excelente.

—O a hacer el amor en un apartamento parisino.

—¡Menos mal! ¡Incluso mejor!

—Pero al presidente del país, ya ve usted, le encantaría encerrarlo para siempre. –Álvaro alzó de nuevo sus manos en el aire, abriendo muchísimo los ojos, parpadeando nerviosamente–. Para dejarlo pudrirse en su encierro.

Pablo guardó silencio unos instantes.

–Sí, claro, es lo que creo recordar.

–Así que yo veo todo esto, perdóneme usted, este parloteo sobre qué clase de vehículo le vamos a asignar...

–¿Sí?

–Lo veo, perdone usted, como una tontería.

Pablo hizo una mueca y se miró los zapatos.

–Que me van a encerrar por una eternidad, dices tú.

–Así es.

–Así que no tiene importancia cómo escape, mientras lo haga.

–Mientras podamos sacarlo a usted de aquí, no tiene importancia.

Pablo pensó, por un momento, en la Inquisición española. Había leído extensamente de ella, con sus excesos evocándole una buena cuota de los habidos en la historia de Sudamérica. En rigor, la Inquisición y toda esa historia habían sido una de las razones de sus a menudo invocadas y burlonas risotadas a costa de la Iglesia Católica, esa burocracia presuntamente austera, incrustada de sus privilegios, siempre dispuesta a engrandecerse a sí misma y condenar al resto. Se imaginó a sí mismo confesándole su punto de vista a la Inquisición y después siendo encarcelado de por vida en una de esas jaulas de hierro colgantes de un techo empedrado y húmedo en un oscuro castillo de Madrid, con las manos inmundas y como desgastadas en los barrotes de la jaula, su pelo como las ramas de un viejo roble ya sin vida y sus ojos desconcertados, sumidos en la desesperanza, para entonces con solo la débil evidencia de sus antiguas peticiones de clemencia.

Álvaro ocupó un taburete a unos pasos del poeta y no dijo más, examinándose las uñas de la mano izquierda, refrenando con su actitud su callada impaciencia.

Pablo era un hombre contundente, ahora de 44 años, conocido por su cabeza enorme e imponente y la nariz como el pico carnoso de un águila. Él mismo no se consideraba buenmozo, pero sabía que al entrar a cualquier lugar el clima allí dentro se alteraba. Acaparaba la atención casi por rutina, así que una fuga como esa no iba a ser fácil.

Por ahora, su pantalón café estaba bien planchado y su camisa blanca lo mismo. Llevaba un sweater negro de mangas largas en los hombres, anudado con lasitud sobre el pecho, mocasines también cafés, su tipo preferido de calzado, estiloso pero confortable, y se dirigió al balcón de ese cuarto piso en un edificio santiaguino. La barba, que se había dejado crecer como disfraz, estaba ahora gruesa y tupida y, pese a todo, bien cuidada. A él mismo lo hacía pensar, cuando estaba recortándola, en un Joseph Conrad. En el balcón permaneció largo rato observando el tráfico en la calle y saboreando el rumor del mismo.

Echaría terriblemente de menos a su país. Aquí estaba ahora, un trovador reconocido de su pueblo y poeta del mundo entero, al que ahora iban a expulsar de sus calles. De los bosques de Arauco. Del Pacífico azul y oscuro, fuente de todo lo que a él lo nutría. Del norte quieto y despojado de árboles, tan triste y tan ruinoso, hogar de esos mineros que lo había elegido al Senado. Su luz, sin importar en qué parte de sus campos estuviera, las lluvias del sur, la sensación misma de Chile, el corazón mismo del país… todos esos placeres bullían ahora por los ductos de su propia sangre, en lo más hondo de su corazón.

Por unos segundos, se afligió al pensar en el Océano Pacífico o, cuando menos, en los recuerdos que de él tenía, a todo lo largo de Chile. ¿Cómo podía un cuerpo líquido tan inexplicable, tan inexorable en sus movimientos, ser de una delicadeza tan azul y uniforme?

¿Sería capaz de alejarse simplemente de todo eso?

–¿Un Mercedes Benz?

–Sí, señor.

Pablo agachó la cabeza.

–Okey, vamos.

———

El Chevrolet ("¡Es casi nuevo!", le indicó Álvaro con un gesto ampuloso de su rostro, "¡de 1946!") estaba entero pintado de negro y era de dos puertas.

Pablo lo observó desde el balcón.

–Tuvimos que hacer un cambio, don Pablo.

Álvaro iba y venía a su alrededor con tanto alboroto que Pablo tuvo, en rigor, la sensación de que estaba intentando eludir cualquier pregunta suya. A toda prisa llevó la valija de Pablo a la entrada del departamento, fue a la cocina en busca del termo con café y las tazas, cogió su propio morral de cuero y lo trasladó del sillón a la puerta.

–Álvaro.

–Oímos que la policía andaba buscando un Mercedes Benz. Que sabían de él y se estaban acercando cada vez más.

–No te creo.

–Que podían caer por aquí en cualquier momento.

–¡Por favor! Hemos estado aquí dos, ¡tres semanas!, y no se han aparecido.

–Que podía estar en la calle incluso ahora mismo.

Pablo miró hacia abajo desde el balcón. Los Insunza vivían, allí en Santiago, al frente del Parque Forestal y Pablo había gozado de las pocas caminatas por el parque que sus guardianes comunistas le habían permitido a él y Delia. Él hubiera querido disfrutarlo a plena luz del día, pero eso no le fue permitido. Demasiado arriesgado. Así, solo habían deambulado por el parque al anochecer, cuando no resultaba tan sugestivo, a sus ojos, de los bosques de araucarias que lo habían cautivado en su infancia, tanto que al final se había sentido de nuevo joven en esas caminatas por los senderos de gravilla.

Ahora examinó la gran extensión verde allí abajo y se extasió unos minutos con los pliegues y arrugas como las de una frazada de las copas de los árboles vistas desde arriba. Pero no había allí abajo ninguna Policía Secreta, solo un montón de transeúntes habituales y autos.

De niños pequeñitos tomados de la mano de su madre en el parque.

De criadas yendo al mercado.

Álvaro comenzó a inquietarse otro poco.

–Los demás estarán aquí en un minuto.

El poeta siguió callado, pero dejó que la intensidad de su silencio, aparejado a su mirada, siguiera a Álvaro alrededor.

–¿Quién va con nosotros?

–Jorgelito Sáenz es el único que verdaderamente está en el auto.

–¿Jorgelito? ¿El minero?

–Sí. El partido insistió en eso, pero solo hasta que salgamos de Santiago. Los Insunza solo quisieron asegurarse de que estuviera todo dispuesto para usted.

–Y decirnos adiós, espero. Su departamento nos ha parecido simplemente adorable.

–Eso también, supongo.

Exhalando un suspiro y dolido en su fuero íntimo, Pablo se puso el abrigo y el sombrero. Se le había dicho que trajera ambos como parte del disfraz para la travesía. Él y Álvaro viajarían hacia el sur durante horas, después hacia el Este y la cordillera de los Andes, cruzando diversos pueblos y pequeñas ciudades, en cualquiera de las cuales podía ocurrir que él fuera reconocido. Sus papeles falsos, con el nombre pintoresco de Antonio Ruiz Lagoretta, podían servir cuando menos para protegerlo en primera instancia, pero non cabía olvidar que Pablo era un hombre muy famoso y que bastaría una única mirada de refilón, una única sospecha de parte de alguien de que ese tipo enorme y de barba, con grandes gafas de sol y ese abrigo también enorme, de aspecto estalinista, con su boina negra y gauchesca hecha de lana, bien podía ser el poeta en persona... Lo cual podía hacer que todo se desplomara de manera desastrosa a último minuto.

Ahora se sentó unos segundos en uno de los sillones, encogido de hombros, y metió las manos en los bolsillos del abrigo. Entre sus dedos, se coló secretamente la sensación de un objeto redondo y de textura áspera. Él lo extrajo de su encierro y sonrió al verlo en su mano, como una joya imprevista. Era la concha de algún molusco que Delia le había obsequiado, perfectamente circular, el pequeño turbante de un jenízaro en tonos blanco, marrón y dorado.

En ese momento se le ocurrió que quizá sus poemas fuesen como excrecencias coloreadas parecidas a esa concha. Cuando ya su propia carne no estuviera aquí, restaría su poesía, para ser atesorada por alguna mano afectuosa, y admirada por unos ojos enamorados. No quería ir a prisión, ciertamente, pero tampoco le importaba mucho, al final, si lo metían en ella. Su poesía les indicaría, por su sola cantidad, sin mencionar su inventiva, la sofisticación y el tosco refinamiento por los que era conocida, que se fueran al carajo.

Rio por lo bajo y entre dientes, recordando que esa conchita en particular provenía de las playas de Isla Negra y de una caminata allí realizada, cuando estaba de vacaciones con Delia. Un bello lugar, Isla Negra, donde había adquirido una casa, aunque ahora mismo no podían ir allí, a Isla Negra y ningún otro sitio en Chile. Hubiera querido que Delia lo acompañara en ese viaje, que el cruce de los Andes no hubiera resultado tan peligroso para ella, pero allí en las alturas el peligro era algo muy real, en esa cordillera resultante del empuje hacia arriba de ciclópeos movimientos telúricos en que continentes y océanos enteros habían colisionado y se habían endurecido hasta generar esa barrera mayor en el hemisferio austral.

Examinó en detalle la concha, parecida a todo eso, con sus mismas crestas y barrancos. Imaginó lo que sería, para una forma de consciencia infinitesimal, intentar cruzarlos.

—Muy bien —dijo Álvaro cogiendo su morral—. Ya es hora.

Pablo se puso de pie, se abotonó el abrigo y fue hacia la puerta del departamento.

Ambos se detuvieron unos instantes en el vestíbulo del edificio. El encargado de seguridad del lugar, Enrique, hombre de unos setenta años, cuyo rostro parecía una hoja de papel mil veces doblada sobre sí misma, con los ojos y nariz en su centro, sostenía abierta la puerta de acceso, siendo parte ahora de la conspiración y llevándose dos dedos a la frente cuando Pablo le hizo un asentimiento.

—Suerte, maestro. —Sus ojos sugerían su gentil consideración por el poeta—. Buena suerte.

—Pero, Enrique… ¿dónde está Sergio Insunza? Se suponía que estaría aquí, ¿no?

Álvaro habló con Enrique unos minutos, evitando que Pablo los escuchara.

—No pudo, don Pablo —dijo el propio Álvaro.

—Entonces subamos de nuevo para telefonearle.

—Don Pablo.

—Quiero avisarle adónde vamos.

—¡No!

Rápidamente, Álvaro hizo una seña a Enrique y entre los dos impulsaron a Pablo fuera del vestíbulo y rumbo al coche. Como una vela negra agitada por el viento, en medio de protestas, con sus gafas de sol centelleando bajo la luz del día, Pablo corrió igual por la vereda entre unos cuantos y sorprendidos transeúntes, rodeando por atrás el Chevrolet para dirigirse al asiento del pasajero. Solo que allí había ya sentado alguien más y, cuando abrió la puerta delantera de ese lado, el tipo se inclinó hacia adelante, arrastrando consigo el respaldo del asiento para que Pablo ingresara a la parte de atrás.

–Quiero sentarme aquí.

Pablo esperó a que el individuo dejara vacante el asiento del copiloto. Entonces reconoció a Jorgelito Sáenz, un funcionario del partido que había sobrevivido a la gran explosión en 1945 de la mina de carbón en Rancagua. Un hombre sin su brazo derecho, de terno negro y camisa blanca, sin corbata. Su mano restante era excepcionalmente grande para un hombre de un tamaño tan reducido, una mano a la vez cubierta de vellos blancos, muy vigorosa, del mismo color que el de su cabello ahora encanecido.

–No, compañero, usted va atrás.

–Jorgelito, yo me siento donde quiero.

–Usted se sentará atrás, maestro, y no discuta. De hecho, tendrá que ir tendido en el asiento y atrás.

–¡Tendido!

–Bajo el abrigo.

Pablo vio la mirada de Álvaro desde el otro flanco del coche, alcanzándolo por sobre el techo.

–Completamente bajo el abrigo.

Pablo soltó una sucesión de blasfemias, pero Álvaro solo mantuvo apretados los labios, mirando al poeta con severa reprobación. Pablo miró una vez más a Jorgelito, que claramente no iba a ceder. Recordó de sus días de campaña que los mineros, por regla, no ceden. Finalmente, y exhalando un suspiro, se agachó y entró en la parte de atrás.

Habían conducido cerca de media hora y llegado a las afueras de Santiago cuando Pablo asomó de debajo del cuello del abrigo, revelando solo sus ojos y nariz.

–¿Cuándo podré sentarme, Álvaro?

–Cuando lleguemos a la cordillera.

–Dentro de varias horas, entonces.

–Correcto.

El vehículo aceleró.

–Así que más adelante… Después, quizá.

Jorgelito no había dicho palabra casi desde que abandonaran el departamento. Ahora volvió la cabeza, puso su brazo izquierdo en el respaldo del asiento delantero y frunció el entrecejo. Su rostro era un manojo de líneas gruesas, atravesado de oscuras cavidades y quebradas y bolsitas de piel en algunos sitios.

–¿Después de qué, compañero?

–Después podré ir adelante.

Jorgelito se volvió a mirar el parabrisas trasero, negando con la cabeza. El vehículo siguió adelante.

Se detuvieron brevemente en un pueblito y Álvaro se lo describió a Pablo, sus tres o cuatro estructuras de madera, un molino de agua cercano a un arroyuelo y, en un extremo, un viejo roble. Pablo asomó una vez más de debajo del abrigo. Álvaro alzó una mano para impedirle toda charla. Pablo miró hacia arriba y por la ventanilla trasera, viendo el cielo azulado y un par de nubes, una de las cuales se le antojó una pata de pollo.

–¿Ves a alguien, Jorge? –preguntó Álvaro mirando alrededor–. ¿En ese granero de ahí?

–Nadie.

–¿Detrás del árbol?

–No.

–Así que esto es.

–Sí, claro. Suerte, compañeros.

Jorgelito miró una vez hacia afuera por las ventanas del coche, en todas direcciones, y asió la manilla para abrir la puerta.

–¿Por qué diablos viniste con nosotros, Jorge? –Los dedos de Pablo aferraban el cuello del abrigo, apenas asomados.

Jorgelito hizo una pausa, visiblemente crispado, con la vista fija en la manilla.

–Para tenerlo vigilado, compañero –dijo y bajó del auto, cerrando la puerta tras él.

Pablo bajó las manos bajo el abrigo, cruzándolas de nuevo sobre su vientre. Jorgelito lo miró desde el exterior, con su cabeza parecida a un nogal como suspendida en mitad del aire.

–He pasado, amigo mío, una hora entera bajo este abrigo. ¿Cómo podías estar tan seguro de que estaría aún aquí? –dijo Pablo tendiéndole la mano–. Bien podría haberme volado a los cielos.

Jorgelito sonrió:

–El partido todo lo sabe.

–¿Incluso cómo mantener a un poeta con la boca cerrada?

–¿Cómo dice?

–¿Stalin sabe cómo hacer eso?

Jorgelito le hizo un breve saludo llevándose dos dedos a una ceja.

–Especialmente eso, maestro.

Se dio media vuelta para alejarse y Álvaro metió de nuevo el embrague.

———

Condujeron hacia el sur durante toda la noche.

A la mañana siguiente pasaron por Temuco, la ciudad que Pablo consideraba su hogar.

–Quiero verla –dijo presto a sentarse.

–Es muy peligroso, maestro.

–Pero yo crecí aquí.

–¡Bájese!

Pablo acató la orden:

–Quiero que conste que lo hago con una protesta, Álvaro. Mi poesía nació en esta ciudad, entre estas colinas y el río. La lluvia de Temuco es como una voz. Fue en estos bosques que se incubaron mis versos.

–Sí, ya, don Pablo, pero...

–Estás haciendo que traicione mi propia alma, Álvaro.

Álvaro puso toda su rabia en el pedal del acelerador y el vehículo dio una sacudida hacia adelante.

–Don Pablo, por favor.

Pablo acomodó el abrigo sobre su cuerpo.

–Voy a llorar.

Permaneció en silencio unos minutos.

–¿Terminó de llorar?

–Aún no he comenzado.

–Entonces mejor que se refrene unos segundos porque se nos viene un control policial más adelante.

Pablo se apuró a cubrirse con el abrigo y puso los pies sobre el asiento.

–Dos pacas de heno, una a cada lado del camino –dijo Álvaro y redujo la velocidad–. Dos carriles. Tres policías, ¡cómo me gustaría que pudiera verlos! Los tres en esa actitud robótica típica de ellos, maestro. No piensan. Salvajes.

–La policía es siempre igual.

–Lo sé.

–Como los Estados Unidos. –Pablo ajustó el abrigo sobre él una vez más–. O el papa.

–Sí, claro, imagino que sí.

Álvaro detuvo el coche a un centenar de metros del control. Fingió estar buscando sus documentos en su propio morral, a la vez que murmuraba a Pablo que permaneciera bajo el abrigo, con las rodillas subidas al asiento para que no se le vieran los pies, respirando lo menos posible, y que se mantuviera en silencio. Aun cuando no miraba a Pablo hacia atrás, y a los policías más adelante debía darles solo la impresión de estar preparándose para el control, Pablo sintió que estaba asustado. Lo supo, en rigor, por la pátina de sudor en su frente, su respiración tan leve y la velocidad a que sus dedos hurgaban en el morral.

El terror del propio Álvaro reforzó el de Pablo. Era quizás el momento en que serían atrapados.

—

–Documentos.

En la oscuridad bajo el abrigo, con el corazón acelerado en su interior, Pablo oyó a Álvaro rebuscando una vez más en el morral. Sintió la camisa adherida a su espalda, molesto por el olor de su propio sudor. Hubo un silencio hondo y luego el ruido de un camión cruzando por allí mismo.

–Y se dirige usted a…

–El lago Ranco, señor.

–A pescar, ¿no?

–No, vendo útiles escolares.

–Ah, así que va a Futrono.

–Eso es, entre otros pueblos.

Hubo otro silencio aún más prolongado. Pablo se imaginó al policía pasando las páginas de la documentación con el dedo, considerando lo que iba a decir a continuación.

–¿Papel? ¿Lápices? ¿Ese tipo de cosas?

–Sí, señor.

Otros dos vehículos cruzaron por el lugar.

–¿Y no viene nadie más con usted?

Pablo mantuvo el nudillo del pulgar derecho entre los dientes, con la mano izquierda empuñada contra su pecho. Tuvo la sensación de que todo el abrigo se estremecía con él.

–No, señor.

Pablo dejó casi de respirar, esperanzado en que el oficial no metiera la cabeza por la ventanilla para echar una ojeada al asiento trasero. Entonces, para su propio horror, el hombre preguntó qué había bajo el abrigo.

–A mi hija le gustan esas cosas.

Pablo oyó un ajetreo adicional con el morral.

–¿Y cree que le gustaría algo así, señor?

–¿Lápices de colores? Claro que sí. Muchísimo.

–Con mis respetos, entonces.

–Gracias. Puede continuar.

Álvaro puso los documentos de vuelta en el morral y metió primera.

–Manténgase en la carretera principal.

Aún asustado, Pablo suspiró y dejó aliviado que su corazón se anegara de nuevo en sangre. El Chevrolet avanzó unos metros, hasta que el policía dio un grito inesperado:

–¡Hey, hey! Espere un minuto.

Se oyeron los pasos del policía, acompañado de otros, aproximándose desde atrás al vehículo. Seguro que habían extraído sus armas. Pablo vislumbró su arribo inminente a la prisión, y a las ratas encargadas de la bienvenida reptando sobre él al atardecer.

–¿Tiene espacio para un pasajero?

–¿Señor?

–Lo dicho. Es que el sargento Urbino aquí presente necesita que lo lleven.

–Hola, hermano –dijo una voz profunda y aguardentosa, víctima clara de años de tabaquismo–. ¿Tiene espacio que le sobre?

–Sí, por supuesto.

–Gracias.

La puerta del lado del pasajero se abrió y alguien subió al coche.

–¿Sargento Urbino era su nombre?

–Sí, bueno, pero dígame Gastón no más.

—

El Chevrolet aceleró por la carretera. La conversación había sido intensa, relativa a las mujeres de esta parte del país, las cosechas, a si el nuevo ferrocarril sería o no construido al final. Atento desde atrás, Pablo hasta logró interesarse en todo ello.

–Pero, aunque el Gobierno diga que hará algo… –el viento entraba por la ventanilla abierta de Gastón–, al final no lo hace, ¿no?, muchas veces.

–De eso yo no opino –dijo Álvaro.

–Es cierto igual. En la policía pasa todo el tiempo.

Algún objeto cayó sobre la cabeza de Pablo, que estaba aún oculto. Algo liviano, y circular. De pronto, una mano empujó el objeto sobre el abrigo y contra el apoyabrazos, como para enderezarlo. Pablo se recogió en su sitio.

–¿Qué es esto? –dijo Gastón y apartó el abrigo–. ¿Hay alguien más aquí?

Pablo seguía tendido en el asiento trasero, con las gafas de sol puestas y la boina en el rostro. Sin mover un músculo. La gorra de Gastón estaba ahora cerca suyo.

–Dios mío, por un segundo pensé que era un cadáver –dijo Gastón y estiró el brazo para mover la boina de su sitio.

Incapaz de pensar en nada, Pablo se limitó a sonreír y hacer un gesto:

–Sargento Urbino.

–¿De dónde viene usted?

–De Santiago.

–No, quiero decir ahora mismo.

Pablo se sentó y pasó la mano por el pelo.

–He estado aquí todo el tiempo.

Gastón se volvió hacia Álvaro.

–¿Y por qué no nos habló de él?

Álvaro seguía conduciendo con su mano derecha y el codo opuesto asomado por la ventanilla.

–¿Se le olvidó? –dijo Gastón mirándolo fijamente y con sus ojos acuosos. Era un hombre de piel morena con un grueso bigote negro. Su nariz parecía una manzana caída hacía largo tiempo del árbol. Su pelo engominado le daba el aspecto de uno de esos amantes latinos de las películas, pensó Pablo. Y en que no era para nada feo, o abrumadoramente feo.

–No, no, nosotros…

–¿Estaba muerto y ahora revivió?

–No.

Gastón se volvió hacia Pablo.

–Quítese las gafas de sol.

Pablo se contuvo un momento, pensando en negarse, pero enseguida se dio cuenta de que eso muy probablemente estropearía su cobertura y mejor hizo lo que Gastón le pedía. Gastón lo escrutó un minuto largo, mirándolo fijamente a los ojos, y después su rostro entero, la camisa blanca y su barba.

Los labios de Pablo se alzaron en las comisuras, como dos medias lunas.

–Quizá deba decirle a usted quién soy.

Gastón esperó y Pablo advirtió que los ojos de Álvaro pestañeaban en extremo, como intentando dictarle la escena a Pablo mientras conducía.

–Soy Antonio Ruiz Lagorreta –agregó Pablo y buscó la documentación falsa en el bolsillo del abrigo, extrayéndola junto al molusco obsequiado por Delia. Y le pasó al hombre los papeles.

–¿Y cómo se gana la vida?

Pablo vaciló. ¿Conocería ese policía a alguien con ese nombre? ¿Andaría a la búsqueda de ese apellido, Lagorreta, sabiendo que el verdadero nombre del tipo era el de ese sedicioso comunista, bueno para nada, de Pablo Neruda? ¿Estaba Gastón a las órdenes del presidente González Videla? ¿Sería incluso el integrante de algún escuadrón de la muerte?

–Soy malacólogo

–¿Un qué?

–Bueno, amigo, un…

–Esa es una concha de mar, ¿no? –dijo Gastón indicando lo que había en la mano de Pablo.

–Exactamente. Una *odontocimbiola maguellanica*.

–Yo no tengo idea de esas cosas. Nosotros la llamamos simplemente caracol rojo.

–Sí, claro, nosotros también. –Pablo examinó la concha, su tonalidad dorada y oscura, la superficie intrincada y como nacarada–. Es como una pequeña corona real, ¿no?

Extendió la concha en el aire hacia el policía, que la tomó con ambas manos, se volvió hacia adelante en el asiento y la estudió unos segundos.

–Yo solía coleccionar estas cosas –dijo sosteniendo la concha ente sus ojos–. Es muy bella, ¿no?

–¿Dónde?

–En Valparaíso, amigo –dijo Gastón y se volvió una vez más hacia él, sonriendo abiertamente–. ¿Conoce por ahí?

–¡Yo crecí cerca de ahí! –mintió Pablo–. ¡Junto al azul Océano Pacífico!

–Siempre azul. ¡Y qué mujeres! –comentó Gastón y se encogió de hombros, reclinando la cabeza hacia un costado–. Mi esposa Isabelita es de por allí.

–¿Vive con usted allí?

–No, no –dijo Gastón en un suspiro, desviando la mirada–. Está muerta. Se nos fue cuando dio a luz a nuestro primer hijo.

Por unos instantes, un rato largo, el único sonido dentro del coche fue el del viento cruzando junto a las ventanillas abiertas.

–Y a la niña también la perdimos.

Pablo no dijo nada más, concediendo a Gastón un momento para su duelo íntimo. Se lo imaginó cuando joven, un policía recién estrenado paseando con Isabelita por alguna playa de Valparaíso, ella ataviada con un vestido veraniego de color blanco y sandalias también blancas, una muchacha linda que a Gastón le aportaba la auténtica sangre que afluía hasta su corazón, vivificándolo con cada sonrisa suya. Ella también coleccionaba conchitas y –algo que dejó admirado a Pablo– cuando Gastón le ofreció como regalo de compromiso únicamente la concha de un molusco verdoso y muy bello, su brillo parecido al de los bosques lluviosos y oscuros de Chile la había hecho enamorarse y amar a Gastón como no había amado nunca antes a ningún hombre que hubiera conocido.

–Pero no creo, caballeros, que quieran ustedes escuchar mis problemas –dijo ahora y se aflojó la corbata del uniforme–. Aunque era verdaderamente muy linda, la conchita esa que le di a Isabelita el día que le propuse matrimonio. –Devolvió su propia concha a Pablo–. ¿Conoce usted esos trofones? Así creo que se llaman. Muy raros. Parecen una bocanada de humo de cigarrillo enroscándose en el aire.

–Desde luego que los conozco, ¡son de la Antártida! He querido tener uno durante años. ¿Usted tiene uno?

–No, pero mi Isabel tiene el que yo le di. A ella le gustaba tanto que lo pusimos con ella en su ataúd. –Al quedar de nuevo en silencio, sus ojos se humedecieron–. ¿Usted colecciona esas cosas, don Antonio?

–Sí, claro. Por miles.

–¿Clasificadas y todo?

–Absolutamente. Tengo un sistema de pequeños cajoncitos, ya sabe usted, como en una biblioteca.

–¿Tantas conchitas tiene?

–Miles, ya le digo.

El campo pasaba a toda prisa hacia atrás por la ventanilla mientras los dos hombres charlaban. A su izquierda, la Cordillera de los Andes se alzaba como un tapiz escarpado. Las tierras de cultivo y pastos daban paso cada tanto a los encadenamientos de cerros. Los caballos pastaban en una de aquellas versiones del horizonte. Un campesino araba el campo en otra. El aire se volvió más frío. Un águila volaba a la deriva en sentido ascendente. Incluso Álvaro se dejó envolver por la conversación, haciéndole notar a Gastón que pocos hombres contaban con un espectro tan vasto de conocimientos acerca de las aves e insectos de esta parte de Chile como don Antonio. El Chevrolet aceleró la marcha.

–Pero, don Antonio, mire allá adelante –dijo el propio Álvaro una hora después interrumpiendo el diálogo, y aplicó los frenos.

Gastón se volvió en el asiento a mirar a su vez por el parabrisas. Pablo se inclinó hacia adelante con sus gafas de sol y la barba casi apoyada en el hombro izquierdo de Gastón.

–Es un control.

–Así es –dijo Gastón–. No hay problema, Álvaro. Te van a detener un par de minutos, no más.

Álvaro redujo la velocidad y detuvo el coche, ante la petición por señas de los dos policías apoyados en una cerca a orillas del camino. Él comenzó a abrir el morral en busca de sus documentos.

–Un minuto, Álvaro –le dijo Gastón y le puso la mano en el antebrazo.

Uno de los policías se acercó al vehículo. Tieso como una viga, incapaz de sonreír. Llevaba a su vez mostachos, aunque mejor tenidos que los de Gastón, y las botas en extremo lustradas, diferentes también en eso a las de Gastón. Su autoestima parecía carente de fisuras. Las manchas de sudor en su camisa –solo dos, una bajo cada axila– eran exactamente del mismo tamaño y forma.

–Buenas tardes, señor –dijo–. Sus documentos.

–Atila. –Gastón acababa de inclinarse hacia la ventanilla de Álvaro, hablándole con firmeza al otro oficial–. Estos muchachos vienen conmigo.

–¡Hey, Gastón! ¿Cómo estás tú?

–Fenomenal, ¿y tú? ¿Los hijos?

–Todos bien, por suerte. –Atila apoyó su mano en el techo del vehículo y miró por la ventanilla a Álvaro y Pablo–. ¿Quiénes son estos jóvenes?

–Una pareja de malacólogos.

–¿Y eso qué es?

—Bueno, es esa gente que colecciona estas cosas. —Gastón se estiró para alcanzar la concha en el asiento trasero y se la pasó.

Atila la inspeccionó, sin el menor interés por el molusco. Pablo se lo imaginó suspirando con crispación, emitiendo uno o dos epítetos desdeñosos y arrojando la conchita al suelo. En lugar de ello, se la entregó de vuelta a Gastón.

—¿Y de dónde son? —preguntó a Pablo.

—Valparaíso.

El policía frunció el entrecejo.

—Ya sabes, de dónde mismo soy yo —dijo Gastón y le indicó a Pablo—. Crecí con el hermano de este muchacho. Recogíamos conchitas juntos.

—¡Conchitas! ¿Y eso para qué?

Gastón se rió entre dientes.

—Para mi madre. A ella le encantaban.

—Me acuerdo —dijo Pablo.

Gastón asintió en dirección a él.

—Y a tu padre también.

Gastón bajo la cabeza sonriendo.

—Muy bien —dijo Atila y se alejó unos pasos del auto—. Sigan no más adelante. —De pronto, una sonrisa tensa y como labrada a fuego asomó a sus labios—. Cuídate, Gastón.

—Siempre, siempre —dijo Gastón brindándole un gesto burlón—. Saluda a Gladys de mi parte.

—En tu nombre —dijo el otro y señaló la ruta hacia adelante—. Manténganse en la carretera principal.

—Sí, señor —murmuró Álvaro.

El vehículo se alejó a toda marcha del lugar.

—Gladys es su esposa, pobre mujer —dijo Gastón mirando hacia el campo vecino a la carretera.

Durante los próximos minutos, todos dentro del vehículo permanecieron callados. Atento a la nuca de Gastón, Pablo concluyó que *en fin, posiblemente este hombre aprecia de verdad las conchitas, y me imagino que verdaderamente piensa que soy el malacólogo Antonio Ruiz Lagoretta.* Tuvo el deseo de preguntarle directamente a Gastón si así era, pero las complicaciones de por qué lo preguntaba hacían de la interrogante algo en sí muy riesgoso. De tanto en tanto, Pablo sentía a Gastón mirándolo de refilón, como si hubiera estado deseoso de hacerle a su vez unas cuantas preguntas. Álvaro estaba demasiado nervioso para decir nada y mantenía la vista fija en la carretera.

Veinte minutos después, Gastón señaló un cerco de madera a un costado del camino, frente a un prado.

–Es aquí. De aquí ya puedo ir caminando.

El coche aminoró la marcha hasta detenerse.

–¿A quién viene a visitar? –le preguntó Pablo.

–A mi novia. –Gastón apuntó más allá del prado hacia una vivienda con jardín en la parte delantera, a la sombra de una media docena de robles–. Alma. Viuda, por desgracia. Pero feliz a causa mía.

–Eso está muy bien, Gastón.

–Nada como mi pobre Isabelita, en todo caso.

–Pero uno les desea felicidad a las viudas.

–Sí, claro, y yo a esta, al menos… Pero no es como Isabelita.

Al mirar hacia el prado, Pablo reparó en lo muy suave que era el pasto que allí crecía. Y buscó en el bolsillo de su abrigo.

–Llévese esto, ¿quiere? –Le pasó a Gastón la concha del molusco–. Es un regalo.

Gastón volvió a examinarla, indagando tan alegre como antes en sus líneas y círculos concéntricos. Un instante después, hizo amago de devolvérsela:

–No puedo aceptarla. Es demasiado bella.

–Es para su esposa, Gastón. Para Isabelita, no para usted. Para su corazón.

–Pero, don Pablo…

Álvaro masculló alguna blasfemia, extraviando la mirada en la ventanilla y la distancia. Pablo mantuvo la boca cerrada. Se llevó la mano al pecho. Su tráquea pareca de piedra.

–Don Pablo –dijo Gastón y buscó sus ojos. Su propia mirada había languidecido. Se movió para bajar del coche–. ¿Tendría usted inconvenientes en ir ahora adelante?

Pablo miró a Álvaro, que negó con la cabeza.

–No, me voy a echar otra siestecita aquí en el asiento trasero.

–Muy bien.

Gastón cogió su gorra de manos de Pablo y se la puso. Descendió del vehículo, cerró la puerta de su lado y entonces puso ambas manos en el antepecho de la ventanilla. La conchita seguía en una de ellas. Sus labios se curvaron hacia abajo. Enseguida indicó la ruta hacia adelante:

–Mantente en la carretera principal, muchacho.

Álvaro miró a lo lejos:

–Lo haré, sargento.

–¿Y el camino a Los Andes? Está a solo unos kilómetros más arriba. Hacia la izquierda.

–Gracias.

–No hay más controles entre este punto y eso.

–Me alegra oír eso.

–Y cuida a…

Miró a Pablo, quien reparó solo entonces que la dentadura de Gastón estaba revestida de oro.

–*Puedo escribir los versos más tristes esta noche*, poeta. –Retrocedió un paso en la ventanilla–. *En las noches como ésta* –se detuvo a mirar el crepúsculo más allá de un roble envejecido y artrítico– *la tuve entre mis brazos*.

Recobrando a duras penas el aliento, Álvaro orientó aprisa el vehículo hacia la carretera.

–Chao, chicos –gritó el policía.

Al volverse para mirar por el parabrisas trasero, Pablo lo vio examinando la conchita y negando con la cabeza, en un gesto que al poeta le pareció el del amante lamentándose por lo que una vez tuvo. Y miró al Chevrolet alejándose de él. Pablo le hizo una última seña. Gastón puso la conchita en el bolsillo de su casaca, saltó el cerco y se encaminó a través del prado hacia los brazos de Alma, su viuda.

5

EL BAQUEANO, EL CAPITALISTA Y EL ABOGADO

Mortificado, Pablo escrutó la gran cadena montañosa. Hubo de mirar hacia arriba, bien, bien arriba. La cordillera lucia bañada en plata allí donde prevalecían las nieves, resplandecientes bajo la luna llena, que parecía por su brillo y tamaño estar a horcajadas sobre el universo. La montaña regía en toda gloria bajo esta autoridad lunar y sus cumbres parecían riscos diamantinos.

Habían arribado al lago Maihue esa noche a una explotación forestal, después de recoger unos cuantos rifles y municiones en el pueblo de Futrono.

–¿Quién es el dueño de esto?

Pablo y Álvaro habían ingresado al barracón disponible y el poeta había dejado a un lado el rifle que él portaba. Uno de los trabajadores del rancho, un aserrador de nombre Ramada Salerno, les había mostrado el interior, donde Pablo dejó caer ahora su morral al suelo para mirar a su alrededor: al techo cubierto de telarañas, los catres sencillos y pulcros y el mobiliario hecho de madera.

–El señor Rodríguez.

Ramada era larguirucho y alto, de rostro moreno y rasgos delicados, un muchacho aún imberbe y en la veintena. Sus ropas eran de trabajador, víctimas claras de tantos árboles caídos y tanto cepillado de tablas. Era de voz suave, a oídos de Pablo su tono era incluso deferente, y un individuo a su modo agraciado, que, tras enseñarles los alrededores, los dejó a solas.

Pablo comenzó a desempacar su valija.

–¿Quién es Rodríguez?

–José Rodríguez Gutiérrez –le indicó Álvaro–. Vive en Santiago, un empresario muy importante.

–¿Un oligarca?

–Un capitalista, maestro.

Álvaro esperó a que la sorpresa de Pablo se atenuara, prefiriendo no interrumpir el paseíto intranquilo de aquí para allá y la respiración agitada con que Pablo estaba reaccionando a esa noticia.

–Últimamente, fue firme partidario del presidente González Videla.

–¿Y me has traído justo aquí?

–Correcto, don Pablo. Don Pepe vive lejos, en la capital, y casi nunca viene por aquí. Nadie sospecharía jamás que él acogería a un comunista en fuga y acusado de algún delito.

–¿De quién fue esta decisión?

–De los comunistas.

Pablo se volvió de nuevo, esta vez hacia la salida, donde tomó su rifle, se lo puso bajo el brazo y empujó con vehemencia la puerta de rejilla. Avanzó rascándose la barba rumbo al corral y hacia un fuego en que ardían varios troncos. Parecía un gran oso confundido acomodándose a manotazos el gran gorro de lana que alguien acababa de encajarle en la cabeza, hasta que se detuvo y apoyó contra el corral cercano, con la vista clavada en el suelo. Álvaro escuchó unos pocos insultos.

Las montañas permanecieron inmutables.

Pablo apartó la vista del escenario circundante, tras haberse quitado el gorro y ahora rascándose la cabeza.

–¿Quién nos va a guiar por este infierno?

Tuvo varios pensamientos inmediatos, ninguno de ellos demasiado feliz. Más bien, le sugerían un caos inminente y lesiones varias, al imaginarse a sí mismo extraviado en esas montañas, atrapado bajo una avalancha gigante, barrido hacia abajo hasta un río indiferente y revuelto, o volando hacia el olvido al ser arrastrado por una tormenta de nieve.

–¿Conoce alguien la ruta?

–Don Pablo. –Álvaro le indicó con un gesto de su diestra más allá del barracón en que iban a alojarse. Había seguido al poeta al exterior y ahora estaban los dos parados junto al fuego. El muchacho llevaba un traje negro de lana y bufanda, y tiritaba visiblemente de frío. La luna brillaba a su vez sobre él, dando a su barba rala el aspecto de una anémona de mar grisácea y de finos tentáculos.

En un principio, Pablo solo oyó un bullicio crepitante de palos y malezas pisoteadas. El barracón ocultaba, de momento, lo que fuese que venía, y el ruido aproximándose, como el de una criatura acezante emergiendo de un bosque húmedo de los alrededores, era tan inminente en su arribo que, por un momento, Pablo sintió miedo. Debía ser un animal de una sombría intensidad, ajeno al miedo. Su avance exigió un escrutinio aterrado de Pablo, que, echando una ojeada a Álvaro, tanteó el seguro de su rifle evaluando si liberarlo o no.

–No se preocupe –le hizo un gesto Álvaro en señal de cautela–. Habrá muy pronto un día en que querrá usted oír un ruido como ese precediéndolo.

Pablo se volvió hacia el barracón. El animal ese estaría pronto a la vista y la luz de la luna, que parecía alzar levemente en el aire el barracón y hacerlo levitar ante los dos individuos como una choza espectral, solo intensificaba cierta cualidad grotesca del ruido aproximándose. Pablo oyó ahora a la criatura respirando, como sorbiendo el aire hasta su interior y luego expulsándolo a través de unas membranas estrechas, saturadas de flema. Sus pisadas eran como peñascos cayendo sobre una capa gruesa de lodo. Pablo solo atinó a abandonarse al temor en propiedad y descorrió el seguro, apuntando el Winchester al dragón que se venía –¿o sería un grifo californiano? ¿Quizás un monstruo marino creado por Neptuno? ¿O un ente antediluviano, como el gigante Gargantúa, y surgido de la mente de Darwin?–, para eventualmente abatirlo, tras jalar varias veces del gatillo.

Entonces un burro rodeó un extremo del barracón y se hizo presente. Era como un viejo trapo raído, aporreado y lento, muy feo, aunque lucía una especie de guirnalda a un costado de la montura, media docena de cuerdas anudadas entre sí y que se asemejaban a una borla labrada, colgando de la silla de madera. El jinete a lomos del burro tenía un aspecto muy similar.

Era un individuo de contextura retorcida y unos treinta y cinco años, con un denso rastrojo de barba muy negra. Ataviado con unos pantalones baratos de algodón y una camisa aún más barata, de color verde oscuro o azul, era difícil saberlo a la luz de la luna, y un chaleco negro de lana con solo un botón residual para cerrarlo, los demás se habrían caído de a poco o perdido. Sus botas estaban gastadas, igual que el sombrero pequeño y de copa baja, parecido al de un gaucho, sucio y bordeado de sudor. Llevaba a su vez un *lengue* blanco, la delgada bufanda que, bien anudada al cuello, sirve hasta hoy para otorgarles algo de estilo a los baqueanos, pastores y otros individuos que, allí en Sudamérica, suelen escoltar grupos varios de animales de un corral abandonado de la mano de Dios a otro igual, a través de grandes distancias.

–¡Buenas noches, chicos!

La montura del burro no tenía estribos, de modo que los pies del jinete se agitaron en su sitio, arriba y abajo, al momento de cruzar con el animal frente al barracón. Sus codos sobresalían a ambos costados de su cuerpo, brindándole en su andar desvencijado un precario equilibrio.

Pablo bajó el rifle. A la luz de la luna, el burro parecía contrariado.

El animal avanzó hasta detenerse ante él y Álvaro, y el jinete se llevó la mano al ala del sombrero:

–Buenas noches.

–Buenas noches, amigo –dijo Álvaro–. ¿Cómo va todo?

–Muy bien. Hace frío, igual.

Se inclinó hacia adelante en la montura, cruzándose de brazos sobre el cuerno de madera de esta. Enseguida miró a Pablo, quien se dio cuenta de que él mismo debía parecerle un espectro extraño al jinete: un individuo voluminoso y con barba, arisco y armado de un rifle. Quizá si el jinete estaba tan impresionado con Pablo como él lo había estado con el recién llegado cuando al fin irrumpió a un extremo del barracón.

Mirando fijamente a Pablo, el arriero dio unas palmaditas al cuello de su animal.

–¿Y usted quién es?

Pablo se aclaró la garganta. Siendo un prisionero político conocido mundialmente y que había vivido en la clandestinidad durante un año, él mismo sentía que todo el mundo debía estar enterado de quién era, pero enseguida desechó la idea, comprendiendo que ese hombre en particular no debía saber mucho quién era nadie, más allá de su pequeño círculo de otros arrieros. Puesto a ello, dudó incluso que conociera la poesía o esas cosas.

—Neruda.

—Sí, claro, he leído sus, sus…

—¿Mis poemas?

—En realidad no los he leído yo, señor. Me los han leído.

El jinete se enderezó en la silla, miró al cielo y la luna y después hacia la cordillera. Y alzó una mano a los cielos:

Puedo escribir los versos más tristes esta noche.
Escribir, por ejemplo: "La noche está estrellada,
y tiritan, azules, los astros, a lo lejos."

Hizo un florido ademán con su mano y después la dejó apoyada en uno de sus muslos. El burro quedó en silencio, igual que Pablo y Álvaro.

A Pablo le agradó su timbre de voz. Había dicho esos versos con el tono divertido, de irónica melancolía, que él mismo había buscado al escribirlos.

—¿Quién es usted?

—Juvenal.

El jinete desmontó al fin. La luna plateada los iluminó a él y su animal con un halo resplandeciente y blanco surgido a espaldas de ambos. Juvenal dio una palmadita a las ancas del burro y el polvillo que se alzó de ellas brilló a su vez en la noche.

—Juvenal Flores.

—En Santiago me hablaron de este hombre —acotó Álvaro.

Juvenal hizo entrechocar un par de veces la palma de sus manos para quitarles el polvo.

—Me dijeron que él conoce estas montañas.

Juvenal se volvió hacia la cadena montañosa a sus espaldas. Quitándose el sombrero, lo apuntó a la cordillera imponente, de tonos grises y blancos a esas horas.

—¿Y usted, don Pablo, quiere atravesar todo eso?

—Es lo que deseo, sí.

Juvenal devolvió el sombrero a su cabeza con un movimiento que casi pareció un suspiro de resignación:

—¿Por qué?

—Porque si no cruzo esas montañas, el gobierno me hará detener, me llevará a juicio por sedición y terminará encadenándome.

—Ya veo. —Juvenal cogió las riendas del burro con su mano derecha y quedó inmóvil unos segundos, evaluando los alrededores—. ¿Y eso sería a causa de *esta* noche estrellada?

—¿Perdón?

—¿Lo encadenaría por sus poemas?

—No, por otras cosas. Pero, Juvenal, escuche...

Pablo se le aproximó y le tendió la mano. Juvenal se la estrechó.

—¿Cree usted que mis poemas merezcan ser encarcelados?

—No si le salen a usted de las tripas, poeta —dijo Juvenal y le apretó otro poco la mano—. ¿Es así?

—¿Usted come, Juvenal?

—Claro.

—¿Y qué come?

—Carne, señor.

—Excelente. Mis poemas hacen por mí lo que la carne por usted. Me alimentan.

—¿Y pasa hambre si no los tiene?

—Como los africanos durante una sequía.

Juvenal quedó en silencio.

—¿Cómo se llama el burro? —dijo Pablo y retrocedió para admirar al animal con divertido interés.

—El Miedo-a-nadie.

A Pablo el burro le recordaba a una alfombra añosa.

—Pero yo lo llamo solo el Miedo.

El Miedo alzó las orejas en su sitio.

—

Al día siguiente, una jornada muy calurosa, surgieron malas noticias.

Pablo se había despertado con jaqueca, como si una hoja de afeitar pequeña y recta se le hubiera instalado detrás de los ojos y delante del lóbulo temporal izquierdo. Se le explicó, frente a un desayuno bien abastecido de huevos, tostadas, porotos y café, que la altitud provoca a menudo cierta desorientación.

—No debe preocuparse —le dijo Álvaro y se llevó una cucharada de porotos a la boca, buscando la aprobación de Juvenal, que estaba hirviendo en una estufa a leña otro poco de agua para el café—. A mí también se me parte la cabeza, pero pasará en unas pocas…

—Muy bien, estupendo —dijo Pablo llevándose una de sus manos a la frente—. Pero tú no estás intentando escribir algo el *Canto General*, muchacho.

Al instante se arrepintió de su acotación, pensando que solo un aficionado proclive a la autocompasión diría algo tan tonto a la única persona que estaba tratando de ayudarlo hasta las últimas consecuencias. La protección de la que él y Delia habían gozado en Santiago y la ayuda en su fuga, y por ende el futuro de su escritura, habían dependido todos de Álvaro Jara. Pablo envolvió con ambas manos el tazón de café, advirtiendo los labios apretados de Álvaro, la expresión de honda tristeza que acababa de invadir su rostro, y se dio cuenta de que estaba claramente esforzándose por contener un insulto.

—Álvaro, por favor —dijo Pablo negando con la cabeza, con presunto aplomo aunque buscando su comprensión—. Perdóname.

—Usted nunca ha entendido los riesgos de todo esto, maestro.

Juvenal volvió de la estufa a leña limpiándose las manos con un trapo.

—Los entiendo, es solo que…

—No los entiende. Usted desdeña alegremente todo lo que estamos haciendo por usted.

—Yo…

—Nunca me ha escuchado. —Con una expresión de fatiga en los ojos, Álvaro se alzó y apoyó ambas manos en la mesa, y luego clavó una mirada sombría en el rostro del poeta—. Ha hecho todo cuanto ha estado en su mano para lograr que nos detuvieran a todos, como lo de ese estúpido árbol navideño y lo demás. Me trata a mí mismo como una basura y vive felicitándose porque desperdicia su tiempo escribiendo…

Álvaro hizo a un lado el tazón de café, salpicando el contenido en la mesa.

—¿Cómo se llama? ¿El *Canto Genial*?

—*Canto*…

—El *Canto Bestial*.

—*General*.

—El *Canto General* entonces. ¿Qué carajos es eso?

La pena envolvió al poeta:

—Álvaro, por favor, yo…

La simpatía por la actitud herida y la ira de Álvaro afluyó finalmente a las venas del poeta. Su gratitud sincera hacia el chico logró ahora marchitarle de algún modo el corazón. Y su propia estupidez.

—Perdóname, por favor.

—¡No lo haré!

—Te lo ruego.

Álvaro se levantó de la mesa. Juvenal dejó el trapo a un lado y atendió al diálogo con inquietud y muestras de pesar. Pablo comprendió que Álvaro había ocultado, durante el último año, cada momento de rencor en su corazón, manteniendo a raya sus propios sentimientos. Había sacrificado de a poco su propia autoestima por un poeta absurdo y sus estúpidas acotaciones, él y su temeraria fiesta navideña.

—¡El *Canto Jodido*! —estalló finalmente el chico, hundiendo sus manos en los bolsillos.

Juvenal contrajo el rostro. Confundido, como sin entender la conversación…

—Álvaro, por favor….igual deseoso de expresar su conmiseración por ambos individuos, extendiendo su brazo hacia el más joven de ellos: —Don Pablo dice que lo siente, muchacho.

Hasta que, repentinamente, Pablo les pidió silencio y miró por la ventana del barracón hacia un penacho de polvo que se aproximaba por el camino y desde la distancia.

—¡Ay, Dios mío! —susurró Álvaro.

Por el camino apareció un Ford negro cubierto de polvo, con el penacho tras él alzándose en el aire cual una cola harapienta de plumas. El camino ascendía serpenteando por entre dos colinas ondulantes, de modo que esa estela parecía ahora el humo de un cigarrillo. Hasta que, por fin, cuando el automóvil se detuvo en un extremo alejado del corral allí afuera, el penacho colapsó y se diluyó alrededor del coche como un pequeño edificio desplomándose sin aviso previo.

–¿Quién es ese? –preguntó Pablo.

–Es don Pepe.

El rostro de Juvenal se pobló, en sus líneas, de una inquietud sin palabras.

–¿Rodríguez Gutiérrez?

Se acercaron los a mirar por la ventana a medida que el polvo se asentaba alrededor del Ford.

–¿Qué hacemos? –preguntó Álvaro.

Pablo cogió su tazón de café. Hasta allí nadie había descendido del auto, pero estaba convencido de que, si era en efecto don Pepe, él mismo estaría en la cárcel de Futrono en cuestión de pocas horas. Se bebió un sorbo de café.

–No sabíamos que vendría –dijo Juvenal–. Viene a lo más una vez al año, casi nunca, don Pablo.

La puerta del lado del conductor se abrió en ese momento y por ella asomó un hombre de grandes dimensiones, de cabello liso y levemente gris, con anteojos sin montura, con el ceño en permanente tensión. Lucía bronceado y era, le pareció a Pablo, de aspecto europeo, español, quizás andaluz, un criador de toros de lidia tal vez. Ahora extrajo una escopeta de dos caños del asiento trasero y la examinó, manteniéndola abierta y descargada. Apoyando la escopeta contra el corral, inspeccionó enseguida el vehículo. El pantalón y la camisa marrón y vaporosa, empapada en sudor, le quedaban de pena. Llevaba unas botas de gaucho que daban la impresión de nunca haber sido lustradas. Debían haber sido originalmente de color café oscuro, pero ahora coincidían con el tono polvoriento que recubría el vehículo, un jaspeado amarillento y fangoso. Algo en el parabrisas del auto atrajo su atención y se dirigió al maletero, abriéndolo y extrayendo un trapo, que utilizó para quitar la mancha o abrasión, o la salpicadura en el vidrio. Al aplicarse a la labor con el trapo, mantenía los labios apretados, con una expresión de obcecada molestia al comprobar la resistencia de la mancha viscosa a la acción del trapo. Sus labios fuertemente apretados le dieron a Pablo la impresión de un hombre que se envanecía de terminar siempre lo que comenzaba, ya fuera amasar baldes repletos de dinero o desembarazarse de una polilla muerta contra el parabrisas.

Álvaro se paró a su lado con preocupación.

—¿Qué hacemos, don Pablo?

Pablo devolvió el tazón a la mesa.

—¿Él sabe quién es Pablo Neruda?

—Por supuesto, ¿quién no lo sabe?

—¿Sabe que me he dado a la fuga?

—De eso no estoy tan seguro.

Pablo se sentó con un ojo puesto en don Pepe a través de la puerta con rejilla del barracón.

—Entonces digámoselo.

—¿¡Decírselo!?

—Tendrá que ir en busca de la policía.

—¿Y qué hay de la escopeta?

—Está descargada. Nos arriesgaremos a que no tenga cartuchos. La policía está a unas horas. En el lapso que demore hasta aquí, podemos dirigirnos a la montaña.

—¿Sabe montar a caballo, don Pablo? —inquirió Juvenal.

—Eso lo averiguaremos más adelante.

—¡Más adelante!

—Álvaro, tú sal y dile quién soy, y ve cómo reacciona.

Álvaro permaneció de pie y callado, evaluando las opciones. Finalmente, y rascándose la nuca, se aflojó y volvió a ceñirse el cinturón en un gesto de atemorizada resolución.

—Muy bien, aquí vamos.

Pablo y Juvenal permanecieron sentados y juntos, viendo a través de la puerta de rejilla a Álvaro cuando abandonó el rellano del barracón, rodeó el corral y saludó a don Pepe. No llegaron a escuchar la conversación, pero fue claro, cuando Álvaro se presentó a sí mismo y siguió luego hablándole a Pepe –cuya boca permaneció cerrada, sin el menor esbozo de una sonrisa–, que estaba ciertamente impactado por lo que el muchacho le decía. Enseguida le hizo un gesto indicándole el barracón y Pepe miró hacia allí, en especial hacia la puerta de rejilla, con el furor creciendo nítidamente en su rostro a medida que Álvaro seguía hablándole.

De pronto, el hombre cogió la escopeta con ambas manos.

Con el corazón recogido en su interior, Pablo se inclinó hacia adelante, apoyando los codos en sus rodillas:

–Tiene los cartuchos en el bolsillo, apostaría.

Cada gesto que ahora ocurría en el corral hacía que su corazón latiera más aceleradamente. Pepe cerró la escopeta, como si acabara de cargarla, y miró hacia el barracón un instante. Pablo dedujo que había resuelto entrar a capturar por sí mismo a Pablo, allí y ahora. Pero, en rigor, no se movió de su sitio, permaneciendo quieto unos segundos adicionales, hasta que habló de nuevo con Álvaro, gesticulando con la escopeta en dirección al barracón. Hubo unas pocas preguntas por parte de Álvaro y unas pocas respuestas por parte de Pepe, hasta que Álvaro, de nuevo rascándose la nuca, volvió caminando en grandes zancadas al barracón.

Pablo se levantó de la silla.

–¿Qué dijo?

La puerta rebotó a espaldas de Álvaro, con sus bisagras crujiendo en su sitio, y después se cerró lentamente. El chico traía las manos en los bolsillos del pantalón, alicaído por lo que Pablo asumió era una honda desazón.

–Primero me insultó.

–¿Qué te dijo?

–Primero dijo "¡Mierda!" Después: "¡Condenado embustero!" Luego, cuando le reiteré la verdad, indicó que nunca habría imaginado gozar de la posibilidad de conocer al mayor poeta de toda América del Sur.

Pablo cerró los ojos, dejando caer la cabeza hacia adelante.

–Y exigió…

–¿Exigió?

–Que usted lo autorice a entrar al barracón para que pueda estrecharle la mano.

Pablo tragó saliva:

–Pero si… este barracón es suyo, ¿o no?

Alvaro alzó ambas manos en el aire:

–¿Puedo decirle que sí, don Pablo?

–¡Obvio!

—

Alrededor de las dos de la madrugada, Pepe vertió el último de los muchos vasos de vino que los cuatro hombres habían bebido. Habían pasado la hora de siesta, el atardecer y unas pocas horas después de la medianoche en un estado cercano a la vorágine y el abandono alcohólico. Habían comido carne con papas. Se habían sentado alrededor del fuego en el exterior del barracón. Habían discutido de política, literatura, mujeres. Ahora, Álvaro estaba en su cama y Juvenal dormido en una de las sillas.

–He aprendido hoy varias cosas de ti, compañero –dijo Pepe inclinándose hacia adelante y dando unos golpecitos en la rodilla a Pablo–. Hablas de las asperezas de la política, pero eres en realidad uno de esos comunistas románticos, ¿no es así?

Pablo se reclinó hacia atrás en su silla.

–Piensas que el capitalismo es injusto.

–Lo creo, sí.

–Lo cual es verdad, por lo demás. Pero tú eres todo menos un dogmático, todo menos un aplicado *apparatchik*.

–Gracias.

–No tan aburrido como para tener tu propio sistema de nociones económicas o elaborar planes quinquenales de nada. –Volvió a inclinarse hacia adelante y le rellenó el vaso a Pablo–. ¿No es así? No serías capaz de organizar un plan de redistribución de toda la tierra donde se planta el té en China.

Pepe tenía razón. Solo pensar en esas cosas tediosas hacía que Pablo quedara taciturno y se enervara.

–Así que tampoco meterías en prisión a la gente por sus ideas, ¿no?

Pablo tomó aire.

–No asesinarías a Trotski.

–Por supuesto que no. No tenía ninguna queja con él.

–Ni condenarías a todo tu cuerpo de oficiales a muerte.

–No.

–Entonces, ¿por qué escribiste sobre José Stalin… menuda bobada… eso de *"con blusa blanca, / con gorra gris de obrero, / Stalin, / con su paso tranquilo, / entró en la Historia acompañado / de Lenin y del viento"*?

Pablo hizo una mueca, llevándose el tazón de vino a los labios:

–Porque es verdad, Pepe.

–Stalin está arrasando su país, Pablo, algo que tú jamás harías. –Pepe masculló esta última frase para sí mismo, como buscando las palabras adecuadas–. Comete asesinatos, saqueos. Condena a los poetas a asilos de dementes y al pelotón de fusilamiento.

–Pero… ¿y qué hay de Franklin Roosevelt?

–Roosevelt, ¿qué tiene él que ver con eso?

–La Bolsa de Valores de Nueva York. La esclavitud. ¿O cómo las llaman ahora por allí? "¿Las Leyes de Jim Crow?" El robo de…

–Por supuesto –rió Pepe–. Como dices, el capitalismo no es justo.

Tanteó con los dedos la botella de vino, apoyando los codos en la mesa.

–Pero no asesina a millones de personas.

Dicho esto, se reclinó hacia atrás. La luz parpadeante de la lámpara a gas sobre sus cabezas proyectaba en la piel de su rostro un claroscuro de sombras, y sus anteojos parecían arder en su sitio.

Pablo miró dentro de su vino.

–Y tú tampoco lo harías, Pablo. Por eso digo que eres un comunista romántico. Tu corazón se conmueve ante la visión de algún pobre hombre en las calles, con sus ropas gastadas y en harapos.

Pablo quedó cabizbajo.

–Le darías con seguridad todas las monedas que tuvieras en los bolsillos.

–Así es.

–Lo ayudarías a levantarse, le darías un café.

–Por supuesto.

–¿Lo ves? Un romántico. Tu tipo de comunismo está muy bien porque viene del corazón. No de Lenin o Stalin y sus horribles manuales, o del terror que provocan en su pueblo –concluyó Pepe y sonrió. Las llamas de la chimenea centelleaban en su dentadura–. Libros que son, por sí mismos, terriblemente aburridos. ¿Has leído alguna vez algo de José Stalin?

–¿Escribe?

–¿Lee?

–Muy bien –suspiró Pablo–. Lo que tú digas.

Se bebió el resto de vino en su tazón y sirvió otro poco en el suyo y de Pepe.

–Pero, a fin de cuentas… ¿qué más me da si eres comunista? –La voz de Pepe se estaba volviendo traposa y su dicción cada vez más estrafalaria–. Dios, si solo pudiera contarle a mi padre de ti. ¡El mayor poeta de este siglo! –Se inclinó una vez más bastante hacia su interlocutor–. Esta ha sido una de las veladas más hermosas de toda mi vida, Pablo. –Siguió inclinándose otro poco hacia adelante–. *"¿Y dónde están las lilas?"* –Echó un trago de vino, apoyando con torpeza el borde del tazón en sus labios–. *"¿Y la metafísica cubierta de amapolas?"*. –Golpeó el tazón contra la superficie de la mesa, provocando una leve efusión del vino por sus bordes y en sus dedos. Enseguida barrió el líquido con su otra mano–: *"¿Y la lluvia que a menudo golpea contra / tus palabras, llenándolas / de agujeros y pájaros?"* ¿Ah? –Pepe se adelantó otro poco, sosteniéndose escasamente en uno de sus codos, y miró a Pablo con fijeza–: ¿Dónde está todo eso, mi amigo?

Entonces colapsó, el anfitrión, depositando su frente en la mesa, con un ruido como el de un trapo húmedo al golpear contra un piso de tablas. Su cabeza quedó de lado, indemne, y se durmió allí mismo.

Pablo le quitó cuidadosamente los anteojos, los cerró y dejó sobre la mesa. Después lo cogió por el brazo. Estaba él también muy bebido, pero sabía con certeza que no era el vino lo que determinaba su acción ni las palabras que articulaban sus labios. Difícilmente podía ser el vino. Se levantó y puso su abrigo sobre los hombros de Pepe, tras lo cual se volvió hacia su cama, que aguardaba en la habitación vecina.

–Está en ese gran corazón que late dentro tuyo, Pepe.

Entonces avanzó hacia el sencillo jergón, con las sábanas y frazadas que lo circundaban.

—

—¿Así que tienen un plan respecto a cuál camino tomar?

Era la fría tarde del día siguiente y Juvenal había reavivado el fuego próximo al corral. Todos habían dormido un poco y tenían ahora resaca.

Pablo se frotaba la frente, bajo la cual le parecía que había ahora un tremendo ladrillo.

—No, amigo. Pensé que por eso estaba usted aquí.

—¿Saben algo de estas montañas?

—Solo que ellas son como la definición misma de la elegancia hecha granito.

Juvenal aspiró su pipa, evaluando con dificultades esta observación de Pablo.

—Muy bien. Pero ¿saben algo siquiera de los pasos existentes? ¿De los ríos? ¿Del terreno que no es transitable?

—Nada.

—¿Y el frío extremo les crea problemas?

—No si tengo un abrigo a mano.

Juvenal exhaló un suspiro:

—Va a necesitar bastante más que un abrigo por aquí. —Se reclinó sobre el fuego y lo revolvió con una vara, suscitando de nuevo las llamas brillantes—. ¿Le tiene miedo a la altura?

—No.

—¿Sabe manejar una escopeta o un rifle?

—Sí.

—Bien, lo va a necesitar. Cruzaremos por el paso Lilpela. —Se volvió a indicar con su brazo la cordillera—. Ahí arriba.

Pepe apartó la mirada del baqueano y sus anteojos reflejaron el destello de las llamas:

—Es peligroso, Pablo.

—Todo es peligroso por allí —dijo Juvenal.

Pablo se frotó la barbilla:

–¿Puede uno resultar herido?

–Mire, como nosotros vamos…

–Pablo –intervino Pepe con una especie de fatigado temor–, muchos han muerto intentando cruzar por el paso Lilpela.

–Es la única forma de sacarlo –murmuró Juvenal.

–Pero, escúcheme, él no es… perdona, Pablito, pero… –Pepe se volvió hacia Juvenal–. El señor no está preparado para algo así.

–Y vamos a ir además por la vía clandestina.

–¡Pero si hay tantos senderos desconocidos por allí!

El humo de la pipa de Juvenal envolvió su frente.

–Correcto, y vamos a ir por el Paso de los Contrabandistas.

Hubo un prolongado silencio. Pablo se restregó las palmas para calentárselas:

–¿Verdaderamente se llama así?

Juvenal mantuvo la vista fija en el fuego:

–Es un sendero antiguo, apenas conocido. Los ladrones de ganado lo usaban hace un siglo. Bordea la orilla oeste del Lago Lácar.

–Ese nombre es mapuche. El Lago de los Muertos.

–Bravo, poeta –murmuró Juvenal.

–Pero lo del Paso de los Contrabandistas suena a un mal western mexicano –rio Pablo–. Ya saben…, Dolores del Río, Pedro Armendáriz.

Pepe esbozó una mueca irónica:

–Allí arriba, en el Lago de los Muertos, no te vas a topar con nadie tan bello como Dolores del Río, Pablito.

–Jamás –dijo Juvenal y removió una vez más el fuego.

Pablo reparó en que, aun en el tono indolente que Juvenal buscaba imprimir a su despliegue verbal, en su voz y las grietas de su discurso se filtraba igual, aquí y allá, una pizca de temor.

–¿Iremos a pie?

–No, maestro. Es demasiado lejos. Y muy difícil.

–A caballo entonces.

–Sí. ¿Sabe cabalgar?

Pablo alzó las cejas:

–Mientras no nos alejemos del corral.

Juvenal arrojó la vara al suelo y juntó sus manos detrás de la espalda, volviéndose a mirar fijamente a Pablo. Con los ojos inmóviles. Estaba, muy claramente, sopesando la ingenuidad del poeta. *O quizá*, pensó Pablo, *mi estupidez*. Parecía como si el cuerpo de Juvenal hubiera dejado de funcionar y estuviese ahora inmóvil en un sentido más amplio, no solo sus ojos. De los cuales emanaba cierto desdén. Después se volvió hacia Pepe:

–Muy bien, le enseñaremos a montar entonces.

–Solo tienen un par de semanas antes de que venga el invierno.

Pablo recogió la vara y comenzó a revolver él mismo el fuego:

–¿Y podré llevar en el caballo mi máquina de escribir?

–Dios santo… –musitó Álvaro.

–Es una Royal. Portátil. Fabricada en Estados Unidos.

Álvaro negó con la cabeza.

–¿Y mi nuevo libro? ¿Ese también? –Pablo dispersó ahora las brasas en rededor del fuego y pequeñas chispas saltaron en el aire y a través del humo–. Me gustaría también llevarlo.

–¿Cuál es su título? –preguntó Pepe.

Álvaro había permanecido en silencio durante casi toda la conversación. Con la boca torcida, como si unos dedos bruscos se la hubieran moldeado hasta brindarle una expresión de extrema inquietud, pero ahora esa expresión se diluyó. Había puesto ambos pulgares en su cinturón.

–*Canto General* –dijo.

Pablo asintió corroborándolo:

–Es la única copia que tengo.

Juvenal derivó a un silencio sibilino.

–Insisto –dijo Pablo.

———

–Está descartado, de momento.

Pepe acercó un taburete que solía estar al extremo del rellano y se sentó junto a Pablo, que estaba allí leyendo esa tarde y dejó en ese punto su libro de lado.

–Tenemos que posponerlo.

–¿Por qué?

Pepe apoyó los codos en sus rodillas y juntó las manos.

–Hay un hombre que trabaja en mi aserradero de por aquí. Indio. Un mapuche.

Pablo quedó a la espera.

–Alguien, uno de los capataces, le metió un tiro hace un par de semanas, en plena labor, y lo dejó malherido. Así que el tribunal de asuntos indígenas ha exigido una investigación y busca una compensación para el hombre, lo que supongo… supongo…

–… es justo.

–Supongo que sí. Pero el problema es, como hoy me enteré, que mañana llega aquí un representante del tribunal a quedarse unos cuantos días. Un abogado. A hablar con la gente del aserradero, los testigos y demás, y no podemos tenerte aquí, ni dejar evidencia alguna de que has estado aquí.

–Ya veo.

–Lo que significa, Pablo, que tendrás que irte por un rato.

Pablo suspiró afligido ante la evidencia de que debería hacer una vez más la valija, entrar él mismo en algún vehículo desconocido y conducir hasta otro cuchitril en que debería seguir oculto un tiempo.

–Así que me vas a traer otro Pepe Rodríguez.

–Por desgracia, sí. –Pepe quedó cabizbajo.

Pablo se cruzó de piernas, reclinándose hacia atrás en la silla.

–¿Y qué pasa si me contratas, Pepe?

La expresión de Pepe evidenció cierta confusión. Pablo se levantó y, tras caminar hasta el extremo del rellano, removió un viejo serrucho de mano que había en la pared y encima de una banqueta de madera, donde era ahora parte del decorado.

–Yo puedo manejar uno de estos –dijo blandiendo el serrucho en el aire, como si hubiera estado haciendo precalentamiento para un combate de esgrima–. Dame trabajo.

–Demasiado arriesgado, Pablito.

–Me disfrazo, entonces. Denme ropas viejas, un par de botas también viejas. Yo ya tengo la barba, ustedes sol consíganme un sombrero viejo. ¡Será fácil!

Pepe ya se había hecho a la idea de que había que detenerlo todo transitoriamente, pero Pablo, habiéndose acostumbrado a tantas sorpresas durante el pasado año, le dio unas palmaditas en el hombro.

–No estorbaré en absoluto –dijo y se sentó, cogiendo de nuevo su libro–. Lo prometo.

Pepe se fue a la mañana siguiente, para acudir al tribunal. Pablo, vestido para su nuevo trabajo como aserrador, se adecuó al atuendo de Juvenal y Álvaro. Pese a lo muy inquieto que estaba, Álvaro se rio igual al verlo agacharse y encogerse de hombros como si hubiera trabajado varias décadas en el aserradero, y luego desplazarse a través de la estancia, pisando con fuerza contra los tablones de madera. Y respirar como si se hubiese pasado una vida entera fumando centenares o casi de cigarrillos cada día.

Al día siguiente, justo después del almuerzo, vieron venir el Ford de Pepe por el sendero que subía hasta el barracón. Una vez más, el polvo del camino formaba una nube a espaldas del vehículo. Para cuando se hubo detenido, Pablo se había situado en un sector de cortar la madera próximo al corral, con una gran pila de troncos aserrados en la vecindad, y permaneció allí con aire taciturno, sosteniendo una de las hachas en su mano. En rigor, no sabía cómo manejar un hacha, pero deseaba resultar convincente y para ello ensayó la postura de un Neanderthal. También planeó hacer como que era medio mudo, no escolarizado y parcialmente sordo. Incluso lo había practicado un poco. Igual estaba algo nervioso y sabía lo aprehensivo que era Álvaro, sentado ahora en la cerca del corral y fumándose allí un cigarrillo.

Pepe y el otro individuo bajaron del coche y Pepe gesticuló en todas direcciones mostrándole las instalaciones, el corral, invitándolo a pasar unos minutos al barracón para servirse un café. El tipo vestía con sencillez, de terno y camisa blanca, sin corbata. Les dio la impresión de un individuo atlético y a la vez elegante, incluso vigoroso, cuando buscó su portafolio en el asiento trasero y se dispuso a seguir a Pepe al interior del barracón. Su rostro lucía, pese a todo, gastado, haciéndolo ver un poco mayor de lo que en realidad era. Arrugado y erosionado, se veía que había atravesado varias tormentas en su vida. Tras dar dos, tres pasos, vio a Pablo y se paró en seco, quedando súbitamente inmóvil, mirando como de soslayo a la aparición que ahora había ante él.

—¡Víctor! —gritó Pablo sorprendiendo a todo el mundo, excepto al hombre al que estaba convocando. Dejando caer el hacha al suelo y quitándose el sombrero para enarbolarlo en el aire, se vino en grandes zancadas hasta los recién llegados.

—¡Pablo! ¿Tú aquí?

—Yo mismo.

Pablo cruzó por delante de Pepe y abrazó al visitante. Ajustándose perplejo los anteojos, Pepe vio a Pablo y Víctor palmotearse mutuamente la espalda, riendo y dando saltitos en círculo.

—Víctor Bianchi, no lo puedo creer.

—El gobierno… Ellos te creen muerto.

—Bueno y lo estoy, ¿no?

—¿Qué haces aquí?

—Soy un prófugo, ya sabes.

—Por supuesto.

—Voy a dejar el país.

Víctor se lo llevó aparte un segundo:

—Pero el gobierno ha estado diciendo durante días que estaban por atraparte vivo o muerto.

—Puede que falte aún para eso —dijo Pablo y se volvió hacia los demás—. Este es Víctor Bianchi, uno de mis más cercanos amigos.

El resto quedó estupefacto.

—¡Es cierto! Es un hombre espléndido y alegre, cordial, abierto de espíritu… Gran amigo mío. —Pablo lo palmoteó en el hombro derecho—. Su tío… un hombre bueno, un verdadero diplomático… me consiguió el primer nombramiento diplomático. —Pablo volvió a sonreír—. ¡En Birmania, Dios me libre! Hace veinte años de eso.

Víctor echó una ojeada al grupo, especialmente interesado en Álvaro, a quien sin duda reconoció de la fiesta navideña, y le clavó la mirada, como si le hubiera parecido en algún sentido poco confiable. Álvaro era un chico de ciudad, no como los arrieros de los alrededores, y sus zapatos y pantalones de ciudad lucían muy embarrados.

—¿Quiénes son ellos, Pablo?

—Están colaborando en mi fuga.

–¿Y tú? ¿Estás preparado para algo así?

Pablo se encogió de hombros. Seguía, desde luego, preocupándole la posibilidad de quedar, al momento de abandonar el refugio aquel del aserradero, expuesto a lo peor que el destino pudiera ofrecerle. Se había despertado por las noches luego de sufrir pesadillas de su propia muerte violenta. La cordillera lo esperaba con su avidez homicida y su astucia, dichosa de que Pablo Neruda viniera a su encuentro. Ella pondría fin a toda su irreflexiva irreverencia. La cordillera habría de silenciarlo como nadie en las tierras bajas había logrado hacerlo. Por las noches se estremecía con la expectativa de las nieves profundas e insoslayables.

–Espero que sí.

–¿Sabes montar a caballo?

Pablo quedó en silencio.

–¿Cuándo fue la última vez que cabalgaste uno, Pablo?

–Creo que a mis trece años.

–¿Conoce alguien la ruta que van a tomar?

Juvenal levantó su mano: –Yo, hermano. Muy bien. –Su porte y presencia parecieron silenciar a Víctor de momento–. Pero ¿tú quién eres, por qué haces todas estas preguntas?

–Un escalador –dijo Pablo–. Casi murió una vez en el Aconcagua. –Dicho esto, bajó la cabeza–. Lo recuerdo, Víctor… –Y suspiró–. Fue bajado de la montaña con toda la piel desollada. Y el alma. Destrozado.

–Que fue el caso de los que allí dejamos, Pablo.

–Precisamente.

–¿Y tú sabrás qué hacer cuando todo se desplome?

Esta última pregunta hizo que Pablo sintiera parársele el corazón.

–¿Lo sabrás? –insistió Víctor, depositando su portafolio en la banqueta del rellano–. ¿Si estos hombres que irán contigo sufrieran alguna herida o no supieran qué hacer? ¿O hasta estuviesen muertos?

Alrededor solo hubo silencio.

Víctor exhaló por fin un suspiro, gruñendo unas pocas palabras que nadie entendió bien:

–Muy bien. Iré con ustedes.

6
EL JOVEN TUERTO

El caballo tenía un único ojo.

—Es su nombre —dijo Juvenal cuando Pablo le señaló que el caballo era medio ciego—. El Joven Tuerto.

—¿Así que no ve nada hacia su izquierda?

—No si está mirando al frente, mi amigo.

Juvenal dio unas palmaditas al cuello del animal y el Tuerto sacudió la cabeza buscando más atención por parte del baqueano.

—Igual se vuelve a mirar a veces hacia la izquierda, para ver si no se está perdiendo algo. —Pasó su mano derecha hacia arriba y abajo por el cuello del Tuerto-. Los caballos hacen eso, ya verá usted.

Con la sensación de que le tomaban el pelo, Pablo estudió al animal. A fin de cuentas, era a lomos del Tuerto que cruzaría el macizo andino y eso lo dejó preocupado.

—¿Y podrá llevarnos por el Paso de los Contrabandistas?

—Podrá.

—En realidad, la pregunta es, me imagino yo: "¿Podrá llevarme a mí por ahí?"

—Eso depende.

Durante una hora, Pablo cabalgó en círculos dentro del corral. No podía decir cuál de los dos, si él o el Tuerto, estaba más impaciente. Si esto era todo en cuanto a montar un caballo, pensaba él, bien podríamos haber partido ayer.

Juvenal cabalgaba detrás de él en el Miedo.

—Siéntese derecho, don Pablo. No sostenga las riendas como si ellas fueran las que tironean de usted. Relájese. Mantenga la calma. Relaje los hombros.

En el cercado estaban sentados y observando otros dos hombres, Víctor Bianchi y el joven peón Ramada, quien, de no estar a sus veinticinco años escasos tan aporreado por la dureza de su oficio, habría tenido el aspecto de un ídolo de la pantalla en uno de esos westerns aludidos antes en que actuaba Dolores del Río. Con un sombrero negro de ala corta confeccionado en lana, una bufanda también negra en torno al cuello, camisa blanca arremangada hasta casi el hombro, unos viejos jeans Levis y un cinturón de gaucho al que había cosido un par de monedas de plata, lucía el perfil mejor delineado que Pablo había visto alguna vez en un hombre. De piel morena, los ojos tamizados de una suavidad ligeramente asiática, negros como la obsidiana, y un bigote de niño apenas visible pero suficiente para reafirmar su virilidad, Ramada era de aspecto casi distinguido. Sus manos eran, con todo, manos de trabajador, encallecidas por sus labores de leñador y peón a cargo de las reses. Y ahora estaba, junto a Víctor, fumando y observando lo que sucedía, riendo ambos por lo bajo y apuntando pequeños fallos e imprecisiones en el método que Pablo exhibía de montar un caballo. Juvenal le había ya dicho, al poeta, que Ramada vendría a la vez con ellos a través del paso Lilpela. En la puerta estaban también Pepe y Álvaro, mirándolo todo.

El Tuerto hacía gestos sugestivos de su temple, pero estaba demasiado restringido al círculo del corral para hacer verdadera demostración de él. Solo de vez en cuando abandonaba la caminata parsimoniosa para emprender un trote ligero y ponerle un dejo de picardía a su avance, y hasta una pizca de crispación. Igual conservaba en alto la confianza de Pablo. *Todo cuanto debes hacer es rodar con este caballo*, pensaba él. *Si vuelve por sí solo la cabeza, tú vuelas con él. Si eres tú el que lo hace volverla, él vuela contigo. Más simple, imposible.*

Así que ahora estaba aburrido.

—¿Cuándo salimos a correr?

Se había vuelto él hacia atrás y puso ahora su mano izquierda en la parte trasera de la montura. Tras él, Juvenal aferraba firmemente las riendas del Miedo, con el burro trotando a su ritmo. Mientras el Tuerto galopaba alrededor del corral con auténtico garbo, el Miedo parecía siempre empeñado más bien en estar a la altura.

–Mañana.

Juvenal observaba al Tuerto atentamente, estudiando al caballo y analizando lo que estaba ocurriendo.

A ojos de Pablo, nada.

–¿Y por qué no ahora mismo?

–No está listo, maestro.

Durante otra hora trotaron en círculos. Para entonces, una especie de letargia había hecho presa de todos. Juvenal se había apeado del Miedo y ahora seguía al Tuerto simplemente a pie, con una fusta en su mano que no precisaba utilizar, en absoluto. Álvaro y Pepe habían abandonado el corral y estaban ahora sentados en el rellano del barracón bebiendo cerveza.

Pablo descendió del caballo y le palmoteó la cabeza.

–No sé cómo haremos para cruzar alguna vez el Paso de los Contrabandistas –susurró al oído del animal–, si vas así de lento todo el camino, Tuerto.

Así y todo, había advertido una cosa respecto al animal. El Tuerto era medio ciego, pero su musculatura era de un vigor tan formidable, había sido fortalecida con tanta rudeza y de manera tan áspera, que Pablo lo sentía capaz de ir, en rigor, a cualquier lado. El animal le hacía evocar, de hecho, la juventud probable del animal, vital, atolondrada, impaciente. Cada tanto volvía la cabeza para fijarse en algo y lo miraba todo como si nada le hubiera parecido muy confiable, como si hubiera listo para insultar a quienquiera lo insultara a él. En efecto, aún en el corral se había mostrado muy apacible. *Fuera del corral*, pensó Pablo, *sería bien distinto*.

Así que mejor juntó fuerzas, inquieto por lo que se venía al día siguiente y lo que eventualmente podría ocurrirle cuando el Tuerto se diera cuenta de que podía ir de nuevo en línea recta. Con seguridad, su comportamiento cambiaría rápidamente y pobre del idiota que fuera montado en él.

—

A la mañana siguiente, el sol refulgía como la plata recién bruñida en varias porciones de la cordillera, proyectándose en haces estrechos a través del bosque. Pepe había facilitado a Pablo un chaquetón de lana especialmente grueso para proteger al poeta esa mañana, en particular, contra la ventisca y la nieve en las grandes alturas, muy útil en caso de que una tormenta de nieve imprevista les cayera encima.

—Tú no te imaginas, maestro, el frío que puede llegar a hacer allí arriba —le dijo Pepe sonriendo—. Incluso un hombre con tu talento para las palabras, enfrentado a un clima así, queda demudado.

Apurando el abrigo sobre sus hombros, Pablo se limitó a gruñir su agradecimiento ante la advertencia.

Aún estando en el corral, Pablo montó al Tuerto y de inmediato advirtió un cambio de ánimo en el caballo. Parecía estar preparándose para la libertad. Sus orejas estaban alzadas y oscilaban atrás y adelante en forma alternativa. Tenía los ojos más abiertos que antes y examinaba con ellos el sendero que iba del corral al bosque más allá del barracón. A Pablo le pareció oír, de hecho, la sangre del animal cuando atravesaba su corazón, como el viento cuando cruzaba por los grandes bosques araucanos, recordándole a Pablo el sonido real del viento ese cuando, en un éxtasis onírico, lo había oído desde su cama, a una hora tardía de la noche. El Tuerto daba coces sobre el terreno y dio un paso, y luego uno hacia atrás, golpeando el polvo con sus cascos como si hubiera querido castigarlo. Después alzó la cabeza, empeñado en desprenderse de Juvenal.

—No, Tuerto. Cálmate.

El Tuerto no escuchaba.

—¿Estás seguro de esto, Juvenal? —dijo Pablo firmemente agarrado al cuerno de la montura.

—Lo estoy, maestro. Usted puede hacerlo demás.

Pablo cogió las riendas de manos del baqueano, que rápidamente se montó en el Miedo. Víctor y Ramada esperaban fuera del corral, montados cada uno en un caballo, listos para cabalgar. Pepe abrió la puerta y, con Pablo luchando por controlar a su caballo, le palmoteó al poeta la pierna cuando cruzó junto a él:

—No te preocupes, Pablito. Solo ten cuidado.

El Tuerto partió al fin, yendo los dos hacia el bosque, el Tuerto rumbo a las primeras ramas bajas que vio. Pablo se agachó repetidas veces para esquivarlas, hasta que llegaron a un claro en el sendero de tierra, donde Tuerto se abandonó al fin a un galope resuelto.

–¡Sujétese, don Pablo!

La voz de Juvenal se oyó tan lejos que, sumado ello al ruido de los cascos al galope del Tuerto, Pablo apenas si la escuchó.

Tras correr unos minutos a toda velocidad, el Tuerto disminuyó un instante el ritmo de carrera. Había localizado un bosquecillo de pinos tiernos más adelante, a su izquierda, y corrió hacia ellos. Al acercarse a los árboles, pareció evaluar sus opciones. ¿Rápido? ¿Lento? ¿Al galope? ¿Lo arrojo contra un tronco? ¿Lo hago caer al pasar por una rama un poco más baja que otras? Solo que, antes de arribar a ninguna decisión, Pablo le tironeó la rienda de la derecha, sacándolo de su equilibrio.

–¡Hijo de puta!

Pablo espoleó al animal con sus tacones para llevarlo en la dirección opuesta. Confundido, el Tuerto pareció repentinamente furioso, como si la sangre que acababa de circular por todo él como una tromba hubiera dado contra un dique temible y se hubiera devuelto por sus venas, obligándolo a tambalearse y quedar atento.

–Por aquí, maldita sea.

El caballo volvió la cabeza en una suerte de gruñido, una objeción violenta mientras intentaba liberarse de las riendas. Pablo se las aflojó y él comenzó de nuevo a correr, alejándose de los árboles.

–No. –Pablo lo hizo detenerse de nuevo–. ¡No!

El Tuerto se detuvo. Crispado y nervioso, bajó la cabeza hasta el mismo suelo y luego pareció –por decirlo de algún modo– mirar por sobre el hombro hacia atrás, para ver lo que el poeta iba a hacer a continuación.

–¡Salvaje! ¡Cálmate! –gritó Pablo tirando fuertemente de las riendas.

El Tuerto se detuvo del todo, atragantado un segundo, inspirando y espirando con pesadez.

Entonces el Miedo se acercó a ellos, seguido de los otros dos caballos. Los tres jinetes con cara de asombro, especialmente Juvenal, cuyo sombrero cayó al suelo cuando llevó con las riendas al Miedo junto al afligido Tuerto.

–¿Qué hace usted cabalgando así?

Acicateado por la resistencia evidente del Tuerto a él, Pablo optó por mostrarse magnánimo:

–Solo quería probar su temperamento, amigo.

–Es un buen caballo este, maestro, no me gusta que lo maltrate.

–Si se comporta como debe, será tratado con corrección –dijo Pablo. Su corazón latía como una bandada de pájaros despegando hacia las alturas, pero pensaba hacer lo que estuviera de su mano para evitar que Juvenal lo supiera.

–Tiene que tener usted paciencia con un caballo así –insistió el propio Juvenal.

Pablo se restregó la pierna derecha por sobre el pantalón. Sentía como que acabaran de aporrearle el pie con un garrote.

–No. Soy yo el que está a cargo de él –dijo–. El caballo tiene que entender lo que quiero.

Juvenal se apeó del Miedo y recogió su sombrero del polvo.

–Dice usted que el caballo debería entenderlo.

–Eso es.

–En vez de usted a él.

–Correcto.

Juvenal hizo girar en su mano el sombrero, que a Pablo se le antojó una copia ajada de la Vía Láctea girando sobre sí misma. Los miles de millones de años que aún iba a requerir en ello, los varios millares de estrellas que aún debían morir o desaparecer, antes de que recomenzara el próximo ciclo, le pesó de súbito en el corazón.

–Usted preocúpese de sus propios talentos, Juvenal. Yo montaré al Tuerto, usted al Miedo.

Atento al diálogo en curso, el Tuerto se estremeció en su sitio, como si hubiera estado encantado con la idea.

—

Al cabo de diez días, exactamente el 7 de marzo de 1949, estaban listos. Era ya casi el otoño, una mañana despejada y excesivamente fría, y a Pablo le dolía la espalda a causa de lo mucho que habían cabalgado. El pie le dolía. Y sentía las piernas acalambradas todo el tiempo. Los vendajes en sus dedos estaban oscuros de pus y sangre reseca. Pero estaba listo.

En esa línea, le había pedido a Álvaro que compartieran una botella de vino en el rellano del barracón.

—Será nuestra última oportunidad juntos.

El sol de la mañana se filtraba cristalino y suave a través de los árboles, y Pablo pensó que nunca había visto una mañana como esa. La luminosidad delineaba la cordillera de manera tan nítida contra el cielo azul despejado al fondo que las cumbres parecían el filo dentado e inmenso de una gran sierra de dimensiones universales, sobre la cual acababa de nevar. Y la mañana daba la bienvenida a Pablo, como si aquel día esa hoja filosa fuese a abrir algún sobre secreto para descubrirle arcaicas evocaciones respecto al origen del arte y el momento en que la imaginación alcanzó, tal vez, a algún ente prehomínido al preciso instante en que cruzaba a pie esa misma cadena de montañas. Cuando la poesía, la música, la pintura, ¡todas ellas!, se volvieron repentinamente al alcance de todos. El momento en que ciertos animales sintieron discurrir por primera vez el pensamiento en su interior.

—Así que espero compartas una copa de vino conmigo.

Pablo nunca había pasado tanto tiempo continuado en los Andes y nunca en un estado de tal fragilidad emocional. Al principio, el Tuerto le había dado un susto de muerte, pero ahora eran buenos amigos, haciendo de la tarea que tenían por delante, esa de cabalgar juntos, una proeza muscular notable, ante todo por el respeto mutuo que ella conllevaba. Era un día calmo y sin viento y el vino había comenzado a infiltraba desde ya en el corazón de Pablo como un elíxir de paz.

—Y no hemos terminado aún la conversación de ese día que llegó don Pepe.

Álvaro tragó saliva. Había observado las lecciones impartidas a Pablo a lomos del caballo y su forma tan dura de ganarse el respeto del Tuerto, y luego la práctica constante, desarrollando en los últimos días una sincera admiración por las novedosas habilidades de Pablo como jinete.

La máquina de escribir, una Royal, descansaba sobre la mesa en su estuche de cuero con manilla. Igual cosa el *Canto General*, ordenado por páginas y envuelto, para mayor seguridad, en dos láminas de hule amarradas con grandes tiras de cuero.

Pablo juntó las manos sobre la mesa de madera ante él.

–Nunca te he dicho esto antes, Álvaro.

La cabeza de Álvaro se movió nerviosamente. Parecía esperar otro de los dardos insensibles habituales del poeta, una de sus quejas en el sentido de que Álvaro se entrometía en exceso en sus decisiones.

–Pero te la debo.

Pablo desplazó la diestra hasta el borde de la mesa, con los gruesos dedos de su mano izquierda acariciando el tazón de arcilla del que ahora bebía. Vestía el chaquetón de lana de Pepe y un guardapolvo de mezclilla que, sumados a las dos mudas de ropa interior y un sólido poncho de lana, lo llevarían a través de los Andes. Sus botas habían sufrido feos arañazos con todas las cabalgatas realizadas.

–Por lo que has hecho para protegerme.

–Maestro, yo no creo…

–No, Álvaro. He sido una dura prueba.

–Tal vez, pero…

–Admítelo, lo he sido.

Álvaro se encogió de hombros, cogiendo su vaso:

–Bueno, sí, a veces.

–Es verdad –dijo Pablo y lo miró directo a los ojos–. ¿Cómo dicen los argentinos? ¿Un boludo? ¿Y los mexicanos como lo dicen?

–Un pendejo –sonrió Álvaro, feliz de serle de ayuda lingüística al gran poeta que tenía enfrente.

–Correcto. Todo eso. Pero… –Pablo se irguió en la silla y señaló con la mano abierta hacia la puerta del barracón–, ahora que este día ha llegado y partiremos en breve hacia las alturas… –Se encogió de hombros, con las comisuras descendiendo a ambos lados de su boca–, quiero darte las gracias. Y pedirte…

Desde más allá del corral, les llegó el rumor de una charla aproximándose a ellos. Juvenal, montado en el Miedo, llegó el primero, acompañado de Víctor y Ramada, que venían cada uno en su caballo. Todos con morrales y alforjas adosados a la silla, desbordantes de alimentos crudos y municiones, cuerdas, mantas, cuchillos y pistolas. El Tuerto, ensillado y tan cargado como el resto, venía detrás, al final de una cuerda.

–... que me perdones.

Álvaro miró largamente a Pablo, con un dejo de sorpresa en su rostro. Pablo adivinaba que el chico había estado enfadado con él durante meses. Sus silencios, los de Álvaro, lo habían golpeado. Y él se había permitido ignorarlo. Lo había puesto en peligro.

–Lo haré si hace usted un par de cosas por mí, don Pablo.

–¿Qué cosas?

–Sea cuidadoso. –Álvaro sonrió, inclinando la cabeza a un costado–. Sé que será difícil para usted.

Examinó a Pablo con lo que al poeta le pareció una modalidad irónica de conmiseración, que le hizo pensar en un escolar responsable y reprochándole al padre su mal comportamiento después de haberlo sacado a rastras de un bar.

–Haga lo que Juvenal le diga.

Cuando Juvenal y los demás desmontaron junto al corral y llegaron al barracón, Pablo y el muchacho se alzaron.

–Y no se vaya a caer del Tuerto. –Le estrechó la mano a Pablo–. Le tengo gran simpatía a ese caballo, maestro.

Se abrazaron.

–Eres un buen hombre, Álvaro, te echaré de menos.

Se palmotearon mutuamente la espalda y Álvaro, negando con la cabeza y murmurando algo no muy claro, cogió la máquina de escribir y el manuscrito y, con la mano puesta ahora en el hombro de Pablo, asintió en dirección a la puerta con rejilla.

—

–Muy bien, Kennecott Copper –dijo Pablo unos segundos después y se montó en el Tuerto, cogiendo las riendas de manos de Pepe–. Muy bien, Ford Motors. United Fruit. ¡Veamos si pueden atraparme!

Sentado en su caballo y con aire indolente, Víctor le hizo un gesto indicándole al Tuerto:

–Pablo querido, en ese animal y con esas ropas, pareces un saco de papas con barba.

–Espero que el pobre animal lo vea de igual modo.

Entonces Pepe se volvió hacia los demás.

–Ahora, muchachos –dijo y asió la montura del Tuerto por un borde.

Deseoso de iniciar el asunto, Pablo se montó con visible ansiedad en el animal, revoleó el poncho alrededor de sus hombros y miró hacia arriba aspirando, escudriñando la cordillera.

–Estas son mis órdenes –siguió Pepe–. No permitan que don Pablo caiga en las manos de ningún policía. Protéjanlo. Y llévenlo vivo al otro lado.

Los demás murmuraron su asentimiento, todos excitados en ese momento, especialmente el joven Ramada, quien, como Víctor y Pablo, jamás había cruzado el Paso de los Contrabandistas. Él solo quería ponerse de una vez en marcha, dejarse ya de discursos y poner proa a la cordillera, sin que importara mucho lo que ella pudiese depararles.

–Si cualquier obstáculo les impide cruzar con él, desháganse de todo y busquen otro atajo a través del bosque.

–Pero, don Pepe –dijo Juvenal frunciendo el ceño–, eso podrían ser varios kilómetros. Y en las montañas. Territorio desconocido.

–Correcto, amigo. Y usted solo hágalo.

Pepe se volvió hacia Pablo y palmoteó al Tuerto en un flanco.

–Y en cuanto a ti, te doy mi palabra de honor, poeta… –metió las manos en los bolsillos y por sus ojos cruzó un destello de malicia–, de que soy un capitalista con todas las…

–Larga vida a la usura, compañero.

–… con todas las fallas de un capitalista, una de las cuales es que considero unos tontos a los comunistas.

Apoyó su diestra en la rodilla de Pablo.

–Pero sé también que soy muy amigo de mis amigos. –Alzó su mano y se la tendió a Pablo–. Y me enorgullece que tú seas mi amigo.

–Y a mí. –La voz de Pablo decayó y se redujo a un susurro. La montaña, por encima de sus cabezas, lo tenía tan excitado que apenas si podía ya decir nada más–. Adiós, Pepe, y gracias.

Estrechó la mano de Pepe y este último dio una nueva palmada al flanco del Tuerto, que salió al fin al galope. Con las riendas en su diestra, Pablo se quitó con la otra mano la boina y la revoleó en el aire, mirando hacia atrás a Álvaro y Pepe. Pepe rodeó al chico con su brazo y por el hombro, y Álvaro levantó el puño en el aire.

Con el corazón agitado, Pablo espoleó al Tuerto rumbo a la elevada, y fría, y muy peligrosa Cordillera de los Andes.

7
DELIA Y EL EMBAJADOR

Cosiendo alguna prenda, Delia esperaba. Picasso le había telefoneado la tarde anterior para prometerle flores, con un matiz de exigencia habitual en su voz, aunque igual de ternura, siendo el fanfarrón lleno de encantos que solía ser. También la había llamado Fernand Leger para invitarla a cenar, con un anuncio escueto. "Tengo un vino muy especial". Y Jean-Louis Barrault le había enviado una breve nota diciendo que quería enseñarle el afiche de una nueva obra a estrenarse en la Comédie-Francaise. Entonces sobrevino la sorpresa, a su modo escalofriante, y también llamó el embajador chileno en Francia para advertirle que si su esposo, vale decir Neruda, era mínimamente serio, acudiría de inmediato a la embajada a entregarse.

—Pero ¿está vivo? —dijo ella inclinada junto a la mesita del teléfono, allí en su apartamento de la Île Saint-Louis con vista al Sena. El río que esa mañana desoladora y lluviosa le hacía pensar en un embaldosado de lava y tonos plateados.

—En rigor, no lo sabemos. Esperábamos que usted lo supiera.

Como ciudadana argentina, Delia no se sentía en el deber de atender a la estridencia molesta y el tonito dictatorial de ningún ínfimo burócrata chileno, así que simplemente le comunicó al sujeto que ella no sabía dónde estaba Pablo y que, de saberlo, "no se lo diría a usted y mucho menos al imbécil de su presidente".

A la espera de que el embajador acabara de farfullar algo relativo a lo mucho que ella misma le recordaba a su esposo –"un hombre difícil, poco razonable, y un antipatriota, doña Delia"– y le dijera que sería él quien sufriría las consecuencias de esa actitud irrespetuosa de su cónyuge, Delia le indicó que iba a colgar, que no disponía de más tiempo, que el señor Picasso estaba subiendo en ese momento las escaleras de su edificio y que, hasta donde ella sabía, traía un nuevo cuadro bajo el brazo. Y que, en lo que a ella le correspondía en ese año 1949 de Nuestro Señor, prefería ciertamente una charla con un pintor catalán bajito y feo a seguir hablando con un *apparatchik* urbano y bien trajeado, "aunque ello se deba únicamente a que los *apparatchik*, y especialmente los *apparatchik* chilenos, son la clase de boludos que son". Ella sabía que la palabra boludo, una especialidad argentina, era algo brutal, pero en el caso de este boludo en particular, eso la tenía sin cuidado.

Enseguida colgó y siguió cosiendo.

8
UN SUEÑO

Esa primera noche, junto a una hoguera encendida en un claro del bosque, Pablo soñó con un año muy, muy lejano en el tiempo.

El año de su muerte.

Un sueño que trasuntaba alguna enfermedad, en que él mismo llevaba varios años enfermo y agonizando. Solo que ahora acababa de morir de verdad, de pena por la muerte de un amigo cercano, un político muerto a su vez, días antes, a consecuencia de las políticas seguidas por él para el país. Un senador, tal vez. O incluso un presidente. Pablo no lo reconocía en el sueño, aunque sabía en su fuero íntimo, sentía claramente, que había sido un buen hombre. Un hombre muerto en defensa de su país, de su honor y sus creencias, luchando contra los aviones a reacción implacables que sobrevolaban en esos momentos, contra la revancha de sus estúpidos generales y la ira acumulada de los Estados Unidos, y las legiones de soldados chilenos engañados, que habían tomado por asalto la capital y asesinado a tanta gente. Solo Pablo y su bella mujer, su compañera, su esposa, habían sobrevivido, al menos allí en el sueño.

Pero ni siquiera él sobrevivía, al final. A pocos días de muerto su amigo, se veía morir él mismo en la casa en que su amante, esa bella mujer, lo había cuidado con devoción en medio de la tristeza conducente a su fallecimiento, él con el corazón destrozado.

No conocía el emplazamiento de la casa. Quizá fuera en alguna ciudad, tal vez en Santiago, aunque luego de un momento adivinó que era a orillas del mar.

En el momento cúlmine del sueño, otros depositaban su cuerpo en un ataúd, mientras las caricias del mar en la orilla eran como láminas que se enroscaban una y otras vez sobre sí mismas, incesantemente. La casa en sí resplandecía con sus conchas y mástiles antiguos, tallados en madera, embebidos de los rayos solares que incidían en las ventanas.

Aun la casa era al final destruida, cuando un pelotón militar la allanaban, sin ningún respeto y con torpeza, de modo que su ataúd era en el sueño la única pieza restante dentro del mobiliario, y su cadáver, el único organismo residual en todo el lugar. Una serie de conversaciones delirantes, lejanas, accedían hasta allí y luego se alejaban, y él solo las entendía parcialmente. Su amante le pedía consejos, ahora que él había muerto, queriendo saber si debía velarlo en aquellas ruinas o llevárselo a un lugar más seguro. Ella decidía, por su cuenta y riesgo, seguir adelante, sin importar cuál fuera la condición de la casa, para mostrar a los vándalos circundantes que este era Pablo Neruda, y que él y la Muerte se abrazarían donde él y la Muerte lo hubieran resuelto.

Él yacía en silencio durante horas, a solas en mitad del naufragio, hasta que un sinfín de extraños, gente a la que no conocía, trabajadores, mineros y campesinos, llamaban a la puerta y entraban en la casa. Sus gorros de lana y sombreros de fieltro pendían de sus manos gruesas, y sus sandalias terminaban de triturar los vidrios diseminados en el piso y restos de argamasa dejados por los soldados. Cruzaban todos por allí en silencio, pidiendo simplemente que don Pablo no se olvidara de ellos.

Entonces venían muchos más y la casa se llenaba de gente. Poetas, novelistas a los que había conocido; compañeros de juventud con quienes había discutido en los cafés de Shakespeare y Proust, gente a la que no veía desde hacía décadas; amigos que habían muerto tiempo atrás; una invitada sorpresa, la bella sobrina del presidente fallecido, quienquiera que ella fuese, una periodista que en el sueño había entrevistado al mismo Pablo unos meses antes, cuya labor como periodista él había denigrado, prediciéndole a la par que un día escribiría una novela entrañable, un raro tapiz acerca de una casa llena de espíritus; gente que amaba el bosque y los ríos, que pescaba, que paseaba a la orilla del mar recogiendo cualquier resto de algún pequeño molusco o conchita que pudiera encontrar; coleccionistas de maderas y poemas, de sonetos y cuchillos de tallar, de las lluvias y el paso de las tormentas; todo aquel, en suma, a quien hubiera conocido alguna vez.

Todos lo había ayudado de algún modo y él sabía eso en su sueño. El problema era que no podía mover ninguno de sus miembros, ni estrechar la mano a sus amigos, o hacer un brindis por ellos. Su pasado inundaba la casa, pero él no podía hacer nada más, salvo yacer en su ataúd y pensar en lo muy agradecido que estaba del pasado.

Ordenando, de paso, champaña para todo el mundo.

Finalmente, su amigo, el presidente asesinado, llegaba junto a su cuerpo y le ponía la mano en el pecho, y Pablo adivinaba de algún modo que era un buen hombre, con sus bigotes entrecanos y sus anteojos de marco grueso.

"Adiós." El presidente pedía un pañuelo a uno de los trabajadores, un ferroviario cuyas manos estaban manchadas de aceite, y se alzaba las gafas para enjugarse las lágrimas en las mejillas. "Gracias, Pablito."

Su funeral tenía lugar en medio de la destrucción y la violencia reinantes, pero sus amigos lo protegían, especialmente al sacar el cuerpo de la casa, bamboleándose sobre los cristales y el cemento, con las cortinas rasgadas por cuchillos y las maderas hechas añicos, y llevárselo al sol, donde lo dejaban sobre la arena oscura y salobre del mar Pacífico.

Entonces despertó. Asustado a causa del sueño. Y aferró su poncho con las dos manos.

La muerte.

Disfrutaba contemplándola, al escribir de ella, pero imaginarla de hecho, sentirla como acababa de ocurrir en ese…

Sintió como si su corazón se hubiera detenido. Al abrir los ojos, vio luces oscilando en la lejanía y en el bosque próximo. Los demás se habían dormido y el fuego se había apagado. Eran antorchas, esas luces apenas visibles a través de los árboles, entrando y saliendo de su campo de visión en la hondura del bosque. El ruido de cascos retumbando era tan distante del campamento que apenas si llegó a oírlos. Tan solo las llamas, como lenguas de fuego que flotaban y resurgían cada tanto en el aire, parecían abrirse paso a través de un sendero muy, muy lejano, iluminándolo hasta que desapareció gradualmente en la oscuridad.

—

Era ya el otro día y, al salir el sol, Pablo extrajo de su funda el cuchillo que había traído consigo. Los demás se reunieron en torno suyo cuando se aproximó a un gran pino en las cercanías. Los caballos esperaban a pocos metros de allí.

—Bueno, muchachos —anunció él—. Un poema. —Aplicó el cuchillo a la corteza del pino—: *Qué bien aquí se respira / en el paso Lilpela / donde no llega la mierda / del traidor González Videla.*

Riendo entre dientes, bajó el cuchillo, sumido pese a todo en un instante de desesperanza. Bien podía terminar muriendo allí él mismo. Y todos ellos, morir allí todos. No había escapatoria.

Mi Delia. ¿Dónde estás?

—Bueno, qué sé yo —dijo—. Vamos ya, muchachos.

9

LA ROYAL NAUFRAGA

A la mañana siguiente, Pablo se despertó con el rumor del río Curringue y la cascada vecina, y la sospecha clara de que ese estallido de las aguas había rugido entre las rocas y a través de esas compuertas cavernosas del acantilado durante varios miles de años.

Juvenal lo remeció por el hombro:

–Hay que apurarse.

Pablo se arremolinó bajo las mantas que lo habían mantenido caliente junto al fuego. Le costó entender el apremio de Juvenal.

–No tenemos mucho tiempo, don Pablo.

–Pero si son apenas las siete. –Las paredes del abismo en cuyo fondo habían acampado estaban envueltas en sombras–. Y es tan bello todo.

Dos promontorios, cada uno de cien metros de alto, con la tonalidad grisácea y azul del granito parcialmente cubierto de musgo y de la vegetación surgida por el rocío, se inclinaban hacia adelante por encima de ellos, como a punto de darse un gran beso pétreo allí en lo alto.

–¿Y eso qué importa? –dijo Juvenal y lo sacudió levemente de nuevo–. Tenemos que irnos.

–Lo sé. Solo deme un minuto para mirar esto.

–¡Arriba! –gruñó Juvenal y se alejó.

El chico Ramada examinó a su vez los promontorios. Menos propenso a esas bravatas inelegantes de Juvenal, Ramada era un espíritu joven y un poco errante. En el ascenso al Curringue el día previo, habían hablado los dos de música. A Pablo le gustaba relativamente la música, pero no siempre sabía qué era eso que estaba escuchando. Solo le resultaban muy gratos Mozart, Palestrina y todo el resto. Scarlatti, Stravinski. A Delia, en cambio, le gustaban de verdad. Pero la música no significaba, en lo esencial, demasiado para Pablo y él mismo lo entendía como una rareza en un hombre para el que la música del lenguaje había sido siempre tan relevante. Entendía los sonidos en la medida que podía relacionarlos con las sílabas y palabras. Comparaba, por ejemplo, la belleza del castellano con el aceite de oliva, considerando este último la condición suprema y recóndita en cualquier olla de comida, la clave deslumbrante de la mayonesa, o tan suave y sabroso como resultaba en las hojas de lechuga. En su propia voz y sus versos, el aceite de oliva cantaba con vigorosa suavidad.

–¡Es el idioma castellano! –le había explicado a Ramada cuando iban cabalgando hacia arriba–. Hay sílabas en nuestra lengua tan útiles y perfumadas que deben provenir con seguridad del olivo.

–Sí, maestro.

–No es solo el vino el que canta en la lengua castellana, muchacho, sino también el aceite de oliva. –Pablo se volvió en la montura para hablar directamente al joven leñador–. Un aceite que habita en nosotros con plena...

Pero la atención de Ramada acababa de derivar a una ardilla que trepaba en esos instantes a un árbol.

–... Con su transparencia luminosa, que está entre las mejores cosas de este mundo.

Pablo volvió a concentrarse mejor en el sendero, dejando a Ramada sumido en sus propias divagaciones, y siguió cabalgando con todos por la hondura del bosque. Comprobando, con algún pesar, que el muchacho había perdido en cierto momento el hilo de su explicación, con él insistiendo en su evocación por un rato bastante largo, eso hubo de admitirlo, durante un kilómetro o dos a través del bosque. Pero, si el aceite de oliva era sin duda como la lengua castellana, esta última fluía a su vez como el aceite de oliva, y ambos con dorada delicadeza. *¡Qué podría haber compuesto Mozart, por ejemplo, tras ser criado entre las nieves de Austria! Aun cuando Delia lo adore de hecho,* reflexionó ahora. *Pero el mismo Don Giovanni era italiano, ¿o no?, así que...* Con todo, a él mismo, siendo un maestro del lenguaje aunque tuviera oído de tarro para la música, le parecía que jamás había oído nada parecido por parte de Mozart, que se le antojaba un espíritu encuadernado en frío, ni siquiera porque hubiera hecho *Don Giovanni*.

Y dio por sentado que Ramada tampoco.

—

Juvenal acababa de ensillar al Tuerto y se lo trajo a Pablo. Venía, al aproximarse a él, con las mandíbulas tensas, y Pablo adivinó que estaba a punto de darle una mala noticia, con sus ojos parecidos a dos canicas fijas y negras, imposibilitadas de oscilar en cualquier dirección.

—¿Pasa algo malo, amigo?

—Esta mañana cruzaremos el río.

El hombre indicó con un gesto hacia el Curringue, que corría por allí entre los dos promontorios, haciendo un viraje abrupto y cayendo en un salto de agua en propiedad, de unos cuatro metros, por entre dos peñascos enormes, tras lo cual seguía adelante y se dispersaba con sus aguas blancas y espumosas a través de una recta larga y estrecha hasta formar los rápidos de más adelante.

Pablo quedó intrigado.

—No he visto ningún puente hasta aquí.

Víctor y los otros rieron, aunque Víctor, consciente de las inquietudes de su amigo, se apuró a brindarle una mínima solidaridad en su ignorancia, reprendiendo tácitamente a los otros dos hombres con una mirada severa. Lo que Pablo ciertamente le agradeció.

—No hay puente —dijo Juvenal.

—¿En ningún punto del río?

—En ninguno.

Pablo miró al baqueano con incredulidad.

—Bueno, puede que lo haya en *algún* punto, don Pablo. Allí arriba, en la cima de la cordillera tal vez o abajo en el océano. Pero —Juvenal se aclaró la garganta y acarició al Tuerto en su flanco derecho— no allí donde nos dirigimos ahora.

–¿Y cómo cruzaremos entonces?

–A caballo.

El agua descendía por el trazado sinuoso del río con tal celeridad y en tal cantidad, y tan ruidosamente, que los hombres debían gritarse unos a otros para darse a entender. Una belleza rigurosa, pero igual cautivadora, rugía desde la cascada y el flujo entre celeste y verdoso se tornaba de pronto blanco, al explotar contra las grandes rocas, haciendo remolinos tan vertiginosos en torno de ellos que Pablo solo pudo especular con que un cuerpo sólido –el suyo, por ejemplo– que fuera arrastrado por ese encrespamiento sería visible por muy poco tiempo, tanto que casi no sería visible. El aire que ese revuelo desplazaba a su alrededor hacía que los rápidos se fragmentaran, batiendo con sus gotas los matorrales que crecían con esfuerzo en los promontorios. Un aire tan saturado de rocío que la bruma resultante de él le provocaba escalofríos aunque intentaran resguardarse de su embate.

–Pero no puedo llevar al Tuerto a través de eso.

–No estará solo. Ramada y Víctor irán con usted.

Los dos aludidos asintieron con absoluta convicción, aunque inquietos.

–Y el Miedo nos ayudará.

–¿Dónde estarán usted y el Miedo?

Juvenal le indicó el pequeño sector de piedras y arenisca en el que estaban los dos de pie:

–Aquí en la orilla.

¿Y no en el río conmigo?

–Mire, la cuestión es así, don Pablo. Cuando cruza usted un río como este con los caballos, siempre tiene que usar lo que llamamos una mula de anclaje. –Se volvió hacia Víctor–. ¿Correcto, amigo?

Víctor asintió.

–Se refiere usted al Miedo –acotó Pablo.

–En este caso sí.

–¿Y él qué papel cumple?

Juvenal recogió una ramita y comenzó a dibujar en el tramo arenoso a sus pies.

–Todos los caballos van atados entre sí y a la mula, cuando bajan todos al río, como si fueran un tren de varios vagones. –Dibujó varios círculos unidos fuertemente y en una línea recta–. Y la mula…

–El Miedo.

–Justo. El Miedo es el último en bajar al río. Si los caballos resbalan, él es el que evita que sean arrastrados.

Dicho esto, arrojó la ramita al suelo con una gran sonrisa instalada en sus labios:

–Se sorprendería usted de lo que es capaz un burro.

–Ya, pero no ha mencionado usted a los jinetes, los que van en los caballos –acotó Pablo.

–Ah, bueno, a ellos también les evita ser arrastrados. Siempre que se agarren firme al animal.

Pablo miró más allá de Juvenal hacia un pequeño claro en que habían amarrado a los caballos para pasar la noche previa. El Miedo estaba ya listo y permanecía en actitud apacible en aquel claro, atento a la conversación. No era un burro amistoso y parecía percibir a todo el mundo, con excepción de Juvenal, como un fraude. Daba muestras de un divertido desdén ante la falsa sinceridad. Pensaba que un hombre como Pablo Neruda, con todas sus ocurrencias y sus palabras tan pomposas, y esos aires que se daba él mismo, era un lastre, una molestia. Pablo podía sentirlo claramente de su parte cada vez que decía al burro unas palabras cordiales o le ofrecía una zanahoria.

Él pensaba unos segundos en el infinitamente más cordial y afectuoso Platero de Juan Ramón Jiménez, *¡qué libro espléndido!*

Ahora comprendió que la continuidad de su propia vida dependía quizá de ese animal y le inquietó la poca estimación del Miedo hacia él, tan poca que bien podía simplemente dejarlo ir, al tal don Pablo, cuando las aguas se hicieran un poco más agresivas. La visión del poeta ahogándose le resultaría quizá muy grata, con sus brazos comunistas y colectivistas chapoteando en el río y la distancia, sin que le fuera ya preciso preocuparse de nuevo de él.

–¿Y no hay otra forma?

Juvenal pateó lejos la ramita con la punta de su bota. Su cabeza estaba tan abajo y su rostro mirando al suelo, así que Pablo no logró deducir la expresión que habría en sus facciones. Con todo, el cabello no llegaba a cubrirle por entero la frente y esa sí la vio surcada de impaciencia.

—No.

A Pablo le hizo recordar al compañero Saturno.

———

Ramada dirigió su caballo hacia la orilla. Un pinto enorme al que llamaban el Ángel, perteneciente a Pepe Rodríguez, avanzó con paso seguro y resuelto hacia las aguas caudalosas, pero, al momento de ingresar al río, su confianza pareció desfallecer y se paró de manera abrupta. Ramada, el más bravo de los dos, lo urgió a seguir.

A Pablo le admiró el cambio tan evidente en el espíritu del muchacho. Normalmente, Ramada parecía flotar de un pensamiento a otro, con su mente vagando por cualquier lado, pero ahora sabía bien el peligro en que estaba, con toda su atención puesta en el caballo y el río, dando chiflidos y azotando los flancos del animal con las riendas, y espoleándolo cada tanto. Finalmente, el caballo cedió e inició el cruce de las aguas.

Pablo permaneció en la orilla con el Tuerto, y Víctor detrás suyo en su propio caballo. Habían atado la cuerda que enlazaba a los tres animales al cuerno de cada silla, dejando unos diez metros entre un caballo y otro. El Miedo se ubicó al final de la hilera, con el extremo de la cuerda asegurado a su propia montura. Pablo advirtió que el burro habitualmente sumido en el aburrimiento estaba ahora excitado, con las orejas alzadas y las fosas nasales muy abiertas, como si la tarea que tenía ante sí hubiera sido de algún modo una diversión. Por sí mismo, había ya horadado con sus cascos en el polvo de la orilla, como preparando el terreno durante unos minutos, asegurando el suelo para sus pezuñas, resuelto a sostenerse allí a como diera lugar.

De pronto, el Ángel resbaló dentro del agua, pero cuando el río cubrió sus flancos logró de nuevo pararse. Las aguas se arremolinaban en torno a él, que volvía la cabeza a uno y otro lado, adelante y atrás, con los ojos electrificados.

—¡Ande, Angelito! —gritaba Ramada—. Avance, avance.

Con la fusta chicoteó ambos flancos del animal, su voluntad tornándose cada vez más firme ante la negativa del caballo a moverse. Permanecer quieto allí requería de todo el coraje disponible del Ángel. Pablo recordó la advertencia de Juvenal por la mañana, cuando le describía la idea de la mula de anclaje, mencionando que el lecho del río estaba hecho de grandes piedras de bordes irregulares, con casi nada plano en que apuntalarse, y los animales debían ser muy cuidadosos en su búsqueda de sostén, a la par que eran zarandeados salvajemente por la interminable corriente.

Ramada consiguió al fin que el Ángel se pusiera en camino de nuevo.

Una voz que parecía provenir de una gran distancia a sus espaldas se filtró en la mente concentrada de Pablo:

—¡Tú sigues!

Él apenas si la escuchó, pero se dio cuenta de que, a pesar de su lejanía, la voz le hablaba a él. Y miró por encima de su hombro izquierdo. Víctor, a lomos de su cabalgadura y justo detrás de él, volvió a gritarle y el río casi apagó el sonido de su voz:

—¡Pablo, tú! ¡Adelante!

El caballo de Víctor, una yegua negra llamada Pajarita, con muy poca melena y una cola larguísima, parecía tan asustada como lo había estado el Ángel. Las cuerdas y alforjas colgaban a ambos lados de ella, que dio un paso a la izquierda y luego uno a su derecha, insegura de lo que iba a ocurrir. Víctor la conminó a ir hacia el río con las riendas, pero Pablo y el Tuerto obstruían el camino. La cuerda adosada al Ángel había dejado de estar tensa y, en determinado momento, Pablo se dio cuenta de que su distracción obligaría a Ramada a pararse de nuevo al centro del río.

—¡Ya, pues! —gritó Víctor con enojo creciente—. ¡Muévete!

El esófago de Pablo pareció recogerse en un único nudo. Igual apretó las riendas con las manos y tragó saliva, mirando una vez más hacia atrás a Víctor y más allá de él a Juvenal, que estaba de pie junto al Miedo.

—¡Ahora! —gesticulaban a gritos los dos desde esa orilla—. ¡Adelante!

El Tuerto se movió en dirección al agua y rápidamente entró en ella. Pablo se sostuvo con firmeza y su mano derecha aferrando el cuerno de la silla, y el Tuerto adentrándose en la fría turbulencia con ingenua obcecación. Víctor venía detrás, en tanto Juvenal liberaba cuerda para los que estaban en el agua.

El agua arremolinándose en torno a sus piernas y talle y el zarandeo a que lo sometía sirvieron paradójicamente para calmar a Pablo. Tuvo la sensación de que el Tuerto sabía lo que estaba haciendo y pudo ver a la par, a medida que Ramada y el Ángel avanzaban hacia la ribera distante, que el propio Ramada estaba ahora en mejor posición, que el pinto parecía haber hallado una senda razonable por el fondo, de modo que, a unos diez metros de la orilla, el Ángel comenzó a avanzar con mayor facilidad, mientras el río bramaba con todo su poderío en torno suyo, así y todo incapaz de hacerlo resbalar o sacarlo de su equilibrio.

Entonces fue el Tuerto el que tambaleó.

Y Pablo se tambaleó a su vez hacia adelante, dando con su cabeza contra el cuello del animal. Del Tuerto obligado a volverse, debiendo enfrentar ahora en diagonal el caudal descendente y luego cayendo hacia atrás, haciendo que Pablo se hundiera otro poco en las aguas y hacia atrás y solo atinara a aferrarse al cuerno de la silla con ambas manos. Los guantes de cuero se le llenaron del agua que irrumpió en su interior y el aluvión frío le heló automáticamente los dedos. Pese a lo cual, el Tuerto consiguió al fin enderezarse y avanzar de nuevo en dirección al pinto de Ramada. Pablo había tragado bastante agua y quedó atragantado, incluso medio ahogado. El Tuerto halló el fondo estable que el Ángel había ya encontrado y comenzó a trepar la pendiente de la orilla, avanzando por su cuenta hacia la ribera aún lejana, donde Ramada y su caballo estaban recién saliendo de las aguas. La respiración de Pablo se aquietó. Sabía que el Tuerto había logrado cruzarlo.

Entonces miró hacia atrás y vio a Víctor resbalar. La yegua Pajarita había sido rápidamente desbordada por las aguas y se había caído estando ya en el río. Y Víctor no se veía ahora por ningún lado. En ese punto, también el Tuerto se desplomó otra vez.

El agua helada envolvió a Pablo como una descarga eléctrica, cubriéndolo por completo. Cada folículo y cada músculo, sus ojos, su cerebro y cada una de sus extremidades estaban ahora duros como piedras del Ártico. El Tuerto luchaba por recuperar pie, zarandeado por la fuerza del agua, danto pasos cortitos bajo Pablo, tanto que llegó a temer que los movimientos de pánico del animal lo lesionaran a él. Ahora estaba claramente ahogándose, sintiendo que el agua le entraba al cerebro. El cuero curtido de los guantes le permitió aferrarse con firmeza a la silla, mientras el agua golpeaba contra sus ojos y aporreaba su rostro, congelándole los labios, llevándose una de sus alforjas y azotándole las manos, tratando de arrancárselas del cuerno de la silla.

Hasta que, finalmente, el Tuerto salió a la superficie. Pablo miró hacia atrás y la orilla opuesta, donde el Miedo, ayudado por Juvenal, se enterraba otro poco en la tierra. La cuerda estaba ahora tensa en el aire, tirante hasta la silla de la Pajarita, que sin su jinete acababa de recuperar pie. La yegua solo deseaba huir de allí, pero no conseguía hacerlo, atrapada como se hallaba por la cuerda, con los flancos expuestos al caudal, empujada por la fuerza del río. El Miedo no se movería de su posición y Juvenal sostenía el extremo de la cuerda, tirando hacia allí tan fuertemente como el Miedo, ambos dándose cuenta de que, si cedían, serían los dos a la par arrastrados hacia el río.

Una vez más, Pablo se vio sumergido. Sintió debajo suyo el pánico y la furia del Tuerto y se agarró a él, pero un segundo después fue arrastrado de nuevo por el agua.

El río lo absorbió hacia abajo, pasándolc con todo por encima, como si hubiera ido resbalando por la cara expuesta de un acantilado y dándose contra las rocas, luchando por asirse a algo, un lugar donde poner el pie, algo. Con la nariz y la boca llenas de agua.

—¡Lo tengo, maestro!

Dos brazos lo rodearon por la cintura e impulsaron hacia arriba, logrando que su cabeza asomara al fin en plenitud fuera del agua. Ramada, con la cabeza ensangrentada, lo llevó hasta la orilla, arrastrándolo hacia un banco de arena, donde lo dejó caer de espaldas, sus botas a solo unos centímetros de donde aún bramaba el Curringue. Atragantado, Pablo se volvió de costado, vomitando toda el agua que había tragado.

—Quédese aquí.

Ramada volvió a hundirse en el río hasta la cintura, cogiendo la cuerda que mantenía al Tuerto seguro y amarrado al Ángel y la siguió hasta el propio Tuerto para montarse en él y obligarlo a ir de una vez hacia la orilla. Al trepar los dos el banco de arena, Pablo vio que la Pajarita había sido a la vez rescatada por Ramada y por el mismo Tuerto, y que ella también venía ahora hacia la orilla. El Miedo y Juvenal ingresaban en ese momento al río y, a pesar de su evidente renuencia, la insistencia de Juvenal obligó al burro a avanzar a través del caudal. Al cabo de unos minutos ascendieron los dos la orilla donde ahora estaban los otros.

Pablo se volvió hacia donde estaba el Tuerto para agradecer a Ramada por lo que acababa de hacer por él y su caballo, pero ahora vio que el Tuerto estaba solo en la orilla y Ramada había desaparecido.

—

Rezumaba agua por los cuatro costados y todo lo que lo rozaba. Ni un centímetro de su cuerpo se había librado del frío glacial del agua. Y ahora, sintiéndose enfermo, tiritaba. El rugido enfervorizado del río lo sobrepasaba. Sentado allí y con los brazos envolviendo sus rodillas, se sentía como una babosa de bosque a la que le hubiera llovido encima durante meses, preguntándose cuánto más tardaría el musgo en brotar de él, en acidificar su piel y desbordarse al interior de sus cavidades oculares.

—Pablo.

El sol había salido y brillaba ahora sobre las cumbres, iluminando el río con sus rayos. El mismo Curringue había cambiado del caos habitual de azules y grises a cierta nitidez azulada y clara.

Junto a él, sobre la arena, había una máquina de escribir arruinada. Un pequeño artilugio rectangular liberado ya de su estuche. Muchas de las teclas estaban rotas y el agua chorreaba de la parte baja. La barra espaciadora estaba torcida y la cinta había simplemente desaparecido. Pablo no consiguió determinar quién era el que acababa de traerle la Royal. El sol a contraluz, tras la cabeza de ese emisario, lo enceguecía a él mismo. Entonces alzó su mano izquierda para hacerse sombra en los ojos.

—No creo que vuelva a funcionar —le dijo Víctor, detenido junto a él.

—Sobreviviste, Víctor.

—Siempre, maestro.

Juvenal llegó detrás de él. Los dos hombres habían sido fuertemente golpeados, se los veía ahora abatidos por el desaliento, aunque Juvenal había cruzado el río ileso. Víctor se sostenía un brazo con el otro y la manga derecha de su camisa había sido arrancada, igual que una porción de piel desde el codo a la muñeca. Y su pierna izquierda lucía magulladuras varias.

–¿Dónde está Ramada?

Los dos hombres hicieron un gesto extraño, mirándose entre ellos.

–No lo sabemos –dijo Juvenal.

10
TANGO CREPUSCULARIO

Juvenal había preparado una gran olla de porotos y le trajo a Pablo un plato lleno. El baqueano estaba como ido, acosado en su fuero íntimo por su propia responsabilidad en la pérdida de Ramada, luego de que él y Víctor rastrearan las orillas del río durante horas. Ahora se disculpó y le dijo a Pablo que quería ir a verificar cómo estaban los caballos. El Tuerto ramoneaba en un prado cercano, acariciando con sus labios los pastos, como si hubiera estado susurrándoles los pesares que había vivido en el río. Juvenal se le acercó, pero a solo unos pasos. Daba la impresión, en ese momento, de que el Tuerto no quería ser molestado.

El Miedo había sido amarrado a un árbol, y Pablo estaba decidido a atender mínimamente al pobre burro y consolarlo un poco. Era lo menos que podía hacer, considerando lo que el Miedo había hecho por él. Era, en rigor, un animal pequeñito, rudo y valeroso y con un corazón forjado enteramente en las inclemencias y el coraje. No era demasiado inteligente y su personalidad obcecada, cuando resolvía enfrentarse de pronto a Juvenal, bien podía enloquecer al baqueano, pero si operaba a favor de su amo, su aporte, del propio Miedo, resultaba indispensable, como había quedado bien demostrado esa mañana.

Pablo miró los porotos humeantes, una delicia tan reconfortante en esos momentos. *Pero Ramada*, pensó. *Ramada se ha ahogado, está perdido para siempre.* Sumido en sus propios remordimientos, se llevó una cucharada llena a la boca.

A Pablo le encantaba el agua, especialmente la maravilla azulada del bello y salado mar. Adoraba la arena, las conchitas, los mástiles tallados en la proa de un barco, de los que tenía un centenar. Pero a su vez disfrutaba del agua dulce. No conocía ningún gesto tan fresco y revitalizador como el sencillo acto de beberla de un manantial en la alta montaña. Los peces celebraban su vida inmersos dentro de ella, dejándose llevar montaña abajo en un deslizamiento sobre las rocas y los rápidos que se le antojaba divertidísimo –era en lo que ahora estaba pensando–, yendo de ida y vuelta, una y otra vez, por los rápidos, riendo y a sus anchas. Un agua como esa vivificaba con seguridad el alma de esos peces. *Debe ser una fuente de amor*, pensó.

Solo que un exceso de agua…

Se envolvió hasta los hombros en la manta que Víctor acababa de ofrecerle. En otra ocasión había estado a su vez a un paso de ahogarse, en el Océano Pacífico y Puerto Saavedra, donde había ido con su familia de vacaciones. Tenía solo siete años y una ola enorme había arremetido desde atrás como un caballo desbocado contra sus débiles piernas, haciéndolo caer. Su padre había corrido por la playa a rescatarlo, sacándolo del agua, ayudando, en mitad de las risas, a que el pequeño Neftalí escupiera toda el agua y la arena que había tragado, apartándole el pelo estilando de los ojos. A Pablo le impresionó ahora lo muy similar y reconocible que le había resultado la sensación de ahogarse en agua dulce con la del mismo trance en el mar. El gusto era distinto y la salinidad del océano le ardía en el interior, pero la sensación de anegamiento de sus membranas y la boca, y de la nariz, era la misma. El agua irrumpía en sus senos frontales y, más que nada, impedía igualmente su afán de seguir respirando, hasta un punto en que ya no había aire para hacerlo. A diferencia de los peces, esto no era para tomárselo a risa, ni siquiera ahora, de solo pensar en sí mismo agitándose cabeza abajo y entre los rápidos esa mañana. Se estremecía al recordar la fuerza del agua, su antagonismo y su furia sofocante, no dejándole opción, zarandeándolo para reducirlo a la sumisión, al desamparo en medio de la asfixia, y todo ello ocurriendo en la claridad más luminosa.

–Ey, Miedo.

El burro no le prestó atención. Había salido él mismo herido y bastante arañado de la operación y a Pablo le pareció que el animal lo ignoraba, que en su fuero íntimo deseaba que el despistado poeta, ese que había cruzado el río con tanta indolencia y actitud de tanto despiste, ignorándome limpiamente, Dios santo, bien podría ahora dejarme solo y llevarse sus murmuraciones de simpatía a otro lado, irse un rato a la mierda…, con su caballo incluido.

—Miedo.

El burro miró al fin a Pablo y, resoplando, miró de nuevo hacia otro lado.

—Te debo la vida.

El Miedo rezongó de nuevo.

El sol comenzaba recién a descender detrás de una cumbre por el lado occidental. Abajo y al fondo, en un tramo estrecho entre los peñascos, el río proseguía su avance en cascada hacia el mar. ¿Estaría el cuerpo de Ramada astillado entre esas rocas? ¿Se habría ahogado bajo alguna de ellos, imposibilitado de volver a la superficie? El alma de Pablo pareció vaciarse de solo pensarlo.

La luz a punto de diluirse en el cielo aún les brindaba algo de tibieza. Una vez que las sombras alcanzaran al prado aquel, la noche sobrecogedora de la montaña daría comienzo nuevamente.

—Sé que eso no significa mucho para ti, pero déjame igual, por favor, que te cuente una historia.

El Miedo no puso objeción.

—Hubo una vez un libro de poesía, ya verás, que me salvó de la misma forma que tú acabas de hacerlo.

——

Pablo Neruda se había convertido recién en Pablo Neruda. Había cambiado su nombre original, Ricardo Eliecer Neftalí Reyes Basoalto, para que su padre, José del Carmen Reyes, no supiera que ese poeta nuevo y desconocido era su propio hijo. En lugar de admitir ante su progenitor que había decidido ser poeta y no abogado, el muchacho había tomado el "Neruda" de una violinista francesa. ¡Una violonista!, había pensado para sí, sabiendo que no tenía él mismo ningún talento musical. Era solo que le había gustado el nombre, Wilhelmina Norman-Neruda, una persona real que había tenido de hecho una aparición real en una historia de Sherlock Holmes. A Neftalí siempre le había gustado Sherlock Holmes, así que el asunto fue, bueno, ¡elemental, querido Watson! Lo de "Pablo" surgió en una reflexión posterior. Todo ello le serviría para evitar que su padre se encontrase con alguno de sus versos en una revista y pensara que su hijo Neftalí debía ser uno de esos tipos devotos de las florcitas, de andar remilgado y que disfrutan con los libros en francés alusivos a las magdalenas al desayuno.

Un hombre así no lo era en absoluto, parecía creer el padre de Neftalí. Así que, varios meses antes, Pablo Neruda había dejado atrás el Neftalí Reyes, había publicado un breve poemario con el título *Crepusculario*, se había hecho instantáneamente conocido en Santiago y sus rincones como Pablo Neruda y era ahora famoso por su extraña vestimenta de poeta, con un gran sombrero negro y larga capa de igual color sobre el terno, camisas de seda y corbata, sintiendo que esa debía ser, con seguridad, la forma en que los poetas visten.

En 1923, Pablo tenía solo diecinueve años y era tan alto y huesudo que se designaba a sí mismo como "la pluma negra" y resultaba desde luego un poco ridículo al deambular por el barrio universitario dc Santiago en ese atuendo, cosa que a él jamás se le ocurrió pensar, normalmente ajenos a las risas veladas que provocaba a su paso. Yendo por las calles de uno a otro café, con unos cuantos libros en una cartera de cuero que pendía de su hombro, un erudito que recitaba a Shakespeare y Whitman en inglés, y a Montaigne y Racine en francés, de modo que solo unos pocos de quienes escuchaban la elocuente declamación de este espantapájaros con capa entendían algo de lo que decía.

Él y otros poetas jóvenes habían creado, con todo, una sociedad. Pablo no tenía la certeza de que fuese una auténtica "sociedad" poética, el tipo de agrupación de nombre pretensioso cuyos integrantes son todos notables, según se estila, por haber suscrito algún manifiesto literario o algo así. En rigor, Pablo pensaba que él y los demás eran solo un grupo de estudiantes que acudían juntos a los cafés, gorroneaban copas de vino donde podían, charlaban dándose importancia de cosas mínimas y pontificaban, sin entenderlo del todo, sobre lo que constituía en propiedad un poema.

Crepusculario había cambiado todo eso, al menos para Pablo. Siendo el primero de todo el grupo en publicar un libro, había provocado alguna consternación entre varios de sus amigos. Pero el volumen tuvo además la suerte de ser un buen libro, que suscitó auténticos celos a su alrededor. Nunca lo habían felicitado demasiado por su poesía, así que ver ahora a cierta gente enfadada con él por su éxito en lo que estaba haciendo lo tomó a él mismo por sorpresa. Fue la primera instancia en su vida en que la celebración entusiasta de su quehacer provocó sendos resentimientos, un fenómeno que habría de asediarlo su vida entera a contar de allí.

Después de todo, si ahora mismo debía espolear a un caballo y llevarlo a través de los Andes, era por lo mismo.

Había, con todo, amigos que seguían con él sin importar lo que ocurriera, y era con ellos que solía ir a menudo de parranda a los barrios bohemios. Una noche en particular, decidieron ir todos a El Farol, un café obrero de un barrio pobre de Santiago en que humildes viviendas calentadas con fogatas se arracimaban como caóticas y rencorosas madrigueras alrededor de las fábricas y mataderos locales. Ninguno de esos amigos, todos estudiantes, había estado antes verdaderamente en El Farol, donde se rumoreaba que solían estallar pendencias, incluso grandes alborotos, pero también ocurría que iban por allí chicas de clase obrera con quienes los estudiantes universitarios soñaban alguna vez bailar.

Pablo llegó tarde al encuentro con sus amigos. Montado en un tranvía, con sus flancos de hierro y madera barnizada resonando fuertemente cuando subió por la calle de adoquines, se sentía como acunado por el ruido monocorde de las ruedas sobre los rieles, apoyando el rostro contra la ventanilla. La banqueta de madera en que se había sentado era ciertamente incómoda, pero no prestaba mayor atención al asunto. Tanto idolatraba los trenes del tipo que fueran, que la falta rudimentaria de comodidades lo atraía en rigor como parte de la aventura. Dando cabezadas, soñó a medias que estaba en las faldas de su padre cuando era un niño, esperando por el tren en que José del Carmen trabajaba y dejaría ahora la estación de Temuco. En el sueño, la lluvia caía en tropel desde un cielo plagado de nubes y el niño descansaba entre los brazos tibios de su progenitor junto a la pequeña estufa en el furgón de cola. Ahora, en el presente, yendo en el tranvía hacia El Farol, suspiró con más frío que si hubiera estado de veras en ese furgón de cola, revivido a pesar de todo con la remembranza de la estufa y la barba de su padre restregándose contra su mejilla derecha.

El Farol estaba en la intersección de dos calles desiertas, al otro lado de un parque mal cuidado. Al descender del tranvía, solo pudo advertir la luz amarillenta de las viejas farolas del parque, pensadas para iluminar sus senderos, pero él sabía que cruzar aquel parque de noche era un riesgo para cualquiera. Los árboles, normalmente tan acogedores y fuente de diversión para los niños que quisieran subirse a ellos, bloqueaban el paso de la luz eléctrica, proyectando sombras aún más oscuras que los tramos para los transeúntes del parque y sus senderos. Un parque como ese y por la noche amparaba el robo, la rapiña y el asesinato.

Pablo le dio la espalda un segundo para ver partir el tranvía, cuya luz colgante en el interior lo hacía parecer en la distancia una linterna flotante y antigua alejándose del lugar.

La calle estaba solitaria en ambas direcciones, salvo por un perro con manchas apenas visible en la oscuridad, que vino caminando hacia él por la vereda. En la esquina cercana y a la izquierda, había una pareja besándose bajo una farola, sumida en su avidez, y Pablo temió que su goce entrelazado en la noche atrajera a alguien del parque, seducido con rencor por esas caricias, dispuesto a hacerles daño.

El café al que iba era parte de un edificio en la esquina, con ventanitas en la fachada y el portal abierto a la calle. En la pared, una a cada lado del portal, había pintadas dos farolas estilizadas, desteñidas por el paso de los años. Las palabras "El Farol" habían sido delineadas con rojos precisos, bordeadas de amarillo, en el trozo de pared sobre la puerta. Alguien había dibujado las mismas palabras en guiones victorianos dorados sobre una de las ventanas, aunque también el dorado estaba ahora descascarado en mala forma. El interior oscuro y chapado en madera del café, las sillas y mesas añosas y el camarero fornido, parado ante una de las ventanas…, todo ello y más lucía como que iba a pasar pronto al olvido.

Pablo cruzó la calle cuidándose de no resbalar en los adoquines y, del interior del café, le llegó el sonido de un tango y el lamento sonoro de un bandoneón. El tango había hecho recién su arribo a Santiago y, ya por entonces, un elevado número de ciudadanos lo consideraba algo pecaminoso, ¡la prueba de que todos los argentinos estaban condenados al infierno! Únicamente los compadritos ambulantes –navajeros despectivos y nerviosos que llevaban consigo el cuchillo dondequiera que iban– lo bailaban. A la Iglesia no le gustaba. A los chilenos en general no les gustaba y detestaban especialmente al compadrito argentino, un rufián de sombrero reclinado sobre un ojo, abrigo y camisa negros, con un pañuelo de seda blanca anudado con soltura al cuello y pantalones a rayas negras, zapatos acharolados de tacón y, por lo general, una daga al cinto y detrás, a la espalda. Pocos de ellos vivían en Santiago. Eran individuos malévolos y un poco intimidantes, que bailaban el tango como queriendo valerse de él para asesinarlo a uno y hablaban el español extraño e impúdico que de inmediato los identificaba como porteños bonaerenses de baja estofa.

Ese atardecer en particular, un grupo de ellos había invadido El Farol, ninguno vestido como La Pluma Negra cuando entró por la puerta. Muchos de ellos repararon, de hecho, en el recién llegado cuando se detuvo a rastrear con la mirada a sus amigos y soltó la risa.

Acababa de comenzar una reyerta a puñetazos en el interior y Pablo se deslizó pegado a una de las paredes hacia la mesa donde estaban sus compañeros, quienes al principio no lo advirtieron, atentos como estaban a la pelea. Dos grandotes, uno un compadrito argentino, el otro claramente un obrero santiaguino, vilipendiaban recíprocamente a la madre del otro, mientras una de las chicas en la barra, una rubia pequeñita, los incitaba en alemán. Ella era, al parecer, la razón de la pelea.

Bajita y de tobillos gruesos como postes allí donde se insertaban en las botas marrón de fuste alto, con cordones, que llevaba puestas, apremiaba ella misma a los dos individuos a seguir con el asunto. Su falda larga sobre las enaguas de percal rojo y verde le llegaban hasta casi las botas, aunque un breve espacio entre la tela y el cuero de las botas permitía echar un vistazo a sus medias. Había decorado la falda en todo el borde inferior con una borla de lino y brocados. En el talle lucía un cinturón de cuero ceñido y decorado de monedas. La clase de cinturón usado por los gauchos, y posiblemente un obsequio de uno de los compadritos. Llevaba además una blusa vaporosa y negra de mangas cortas, subida hasta el corpiño, y un collar hecho de conchas y gemas. Los aros de bronce pendían casi hasta sus hombros. Su pelo era notoriamente rizado y largo y, con las manos en la cintura, lo sacudía hacia atrás como para provocar a los dos contendientes.

Su risa era rasposa y las burlas que la sucedían venían cargadas de agresión y a la vez de angustia.

Enorme, con la barba enredosa y sin afeitar desde hacía varios días, el campesino –"Andrés", a juzgar por los gritos de aliento que otros chilenos presentes en el bar le dedicaban– parecía algo tontorrón, de hombros alicaídos y sustanciales, las piernas robustas y musculosas bajo los pantalones negros de pana, atados en la cintura con un trozo de cuerda.

Con las manos empuñadas, hacía círculos alrededor del argentino, que dibujaba a su vez círculos en torno suyo. El argentino no era tan enorme, pero sabía bien lo que debía hacer en esa situación, eso era claro. Mientras Andrés, de dimensiones gargantuescas aunque algo impreciso, tendía a encorvarse dando un paso adelante y otro atrás, el compadrito lo acechaba con felina delicadeza, como si el grandote frente a él hubiera sido un zoquete por completo falto de cerebro. Convencido de que muy pronto habría derribado al tarado ese.

Pablo ocupó un asiento entre sus amigos y se quitó el sombrero para guardarlo en su cartera, la cual acababa de dejar sobre la mesa. La tensión desbordaba el café. El griterío de la clientela detuvo al instante la música del trío argentino de violín, flauta y bandoneón, y el bandoneonista comenzó a guardar su instrumento en su caja para estar preparado a una huida rápida del lugar.

–¿Qué pasa?

–El grandote, Pablito. –El Pulpón, un periodista moreno y escuálido, apuntó al chileno–. Estaba bailando con la chica, pero la chica se quejaba de lo mal bailarín que era, lo cual es verdad. –El Pulpón negó pesarosamente con la cabeza–. El tipo es un tonto de capirote, así que el argentino la tomó y empezó a bailar con ella sin pedir autorización ni nada. Y el argentino sí que baila.

Pablo alcanzó la jarra de vino que había sobre la mesa y vertió un poco en un vaso de greda a la mano. La chica seguía apremiando a los dos sujetos y estos seguían dando vueltas en círculo. El argentino se movía como una estrella gaucha del cine. Su bufanda blanca y sus variados pertrechos gauchescos –trocitos de cuerda anudados con esmero, las botas con la parte superior doblada, el aro de plata que centelleaba en su oreja derecha, el oro en torno a su incisivo aún en su sitio– le conferían una belleza al estilo pirata. Lucía además un bigotito delgado que, como sonreía a la par que evaluaba a su oponente, le daba el aspecto de un carnicero elegante que, en menos de un segundo, rebanaría horriblemente a Andrés para después reírse de ello sobre un vaso de vino. Habían llegado todos ya a la conclusión de que el compadrito ganaría este combate.

Entonces lanzó, el propio argentino, un golpe, haciendo que Andrés tuviera hubiera de asentarse de nuevo en sus talones. Y luego otro, que hizo a Andrés tambalearse hacia atrás hasta la mesa en que estaban Pablo y los demás.

–Salgan de mi camino. –Andrés barrió con la mano la saliva ahora acumulada en sus labios. Como acababa de quedar de espaldas al compadrito, no advirtió que el otro estaba preparado a noquearlo al minuto en que se volviera de nuevo hacia su contrincante, pero, al igual que los otros dos golpes, el tercero tuvo escaso efecto en el chileno, que se limitó a restregarse el lado de la cara en que dio el golpe.

–¡Anda, Andrés, anda! –gritaba la multitud–. ¡Sigue yendo!

El compadrito le lanzó otro puñetazo directo, que acertó de lleno en el corazón a Andrés, haciéndolo tambalear de nuevo. A Pablo se le antojaron los dos unas bestias primitivas bailoteando con obscenidad en un bosque de los orígenes. El compadrito se dispuso nuevamente al asunto, calculando dónde descargar el nuevo golpe.

–¡Alto!

El compadrito miró a su izquierda. Pablo se había puesto de pie y comenzaba a escurrir con la mano, de su cartera, el vino que había saltado de la jarra cuando Andrés se fue contra la mesa. Ahora los dos hombres miraron a Pablo, que extrajo de la cartera una copia de *Crimen y castigo* salpicada de tinto y hojeó rápidamente sus páginas, haciendo caer varias gotas sobre la mesa.

–¡Par de matones! –masculló y, al alzar los ojos, se dio cuenta de que los dos tipos se dirigían ahora hacia él–. ¡Simios descerebrados! –El compadrito bajó los brazos–. Escoria de mierda.

El chileno miró a su oponente, luego a Pablo una vez más y enseguida de nuevo a su oponente.

—Esto es una farsa.

El compadrito abrió la boca para decir algo, pero en ese momento Andrés lo noqueó de un golpe certero y lo derribó. Los demás clientes dieron un alarido de entusiasmo, palmoteando abundantemente a Andrés, y, cuando el compadrito se levantó tambaleante y como ido, Andrés terminó de abatirlo. El bramido siguiente ensordeció a Pablo. Incluso los restantes compadritos, en clara inferioridad numérica en el lugar, parecían haber disfrutado de la pelea y se encogieron ahora de hombros, indicando a los chilenos que no habría intento alguno de revancha. En lugar de ello, se aglutinaron todos en torno a su compañero y lo arrastraron por los hombros hasta la puerta. Sus botas aun lustrosas oscilaban de un lado a otro sobre el piso tosco y de madera.

Pablo siguió entretanto restregando su cartera y alzó la mirada hacia Andrés, que solo le clavó los ojos, una mirada hosca y furibunda.

—Fuera, mantente lejos de mí. —Pablo insistía en separar las varias páginas de *Crimen y castigo* pegadas por sustanciales cantidades de vino—. Tú no eres mejor que ese otro tipo. —Sostuvo el libro con una mano ante el tal Andrés, y con la otra le mostró las páginas manchadas—: Mira esto, estúpido analfabeto.

Andrés escrutó a Pablo con una mezcla de asombro y malevolencia:

—Pero yo lo noqueé.

—¿Y eso qué? —dijo Pablo aun examinando su cartera—. ¿Quién me paga esto? ¿Ah?

—Me importa un comino —dijo Andrés y se volvió para sumarse a la multitud de admiradores que esperaban por él—. Lo pagas tú mismo.

A medida que proseguía el festejo, cuando alguien puso en la mano de Andrés una jarra de cerveza y los compadritos al fin hubieron despejado la entrada del café, con su compañero recién comenzando a volver en sí, Andrés se dio vuelta hacia Pablo y pareció susurrarle algo:

—Te conozco, maricón. Te conozco.

Sus ojos y su frente parecían negras cavernas labradas en un promontorio.

Cuando Pablo a sentarse, Pulpón le puso una mano en la rodilla:

–Creo, poeta, que va siendo hora de que usted se vaya.

–Pero mi Dostoievski…

–Olvídate de Dostoievski. Tienes que salir de aquí.

–Pero…

–Ya has visto lo que el tal Andrés le hizo a eso otro tipo. Contigo hará otro tanto. –Pulpón escudriñó un segundo a Pablo–. Vestido como has venido, ¡como un dandi! Un dandi que mira desde arriba a estos imbéciles. –Miró por encima de su hombro a la muchedumbre allí reunida, una parte de la cual los observaba conversar–. "¡Simios descerebrados!" –Pulpón negó con la cabeza–. Dios mío, Pablo, qué bruto eres.

Pablo se situó de espaldas al resto del café y pensó unos segundos, llegando a la conclusión de que sí, posiblemente debía haberse ido ya. Así que se agachó a coger su sombrero de la mesa, sostuvo la cartera en su mano un segundo para devolver el libro de Dostoievski a su interior y dio una palmada en el hombro a Pulpón.

–¿Hay una puerta trasera?

Pulpón asintió y cogió su propia cartera:

–Sí, claro, sígueme.

Caminaron juntos hacia un corredor a la izquierda de la barra, pintado entero de negro y con una única bombilla colgando de un alambre pelado a medio camino de la salida. La puerta al final del pasillo llevaba a un terreno baldío que servía de baño al café y, cuando se aproximaban a ella, la puerta se abrió de pronto hacia adentro –brutalmente– y en el umbral apareció Andrés restregándose las manos con un trapo, allí donde había sangrado de los nudillos por noquear al compadrito. Pablo apreció ahora, de hecho, la fea rajadura entre sus dedos índice y medio.

Andrés alzó la vista de sus manos y sus ojos relampaguearon de gusto al ver a quién tenía ahora enfrente.

–Qué bien, lo estaba esperando.

Pulpón aspiró hondamente. Pablo miró a su alrededor buscando algo con qué defenderse…, un palo tal vez, una silla.

Andrés le clavó el índice en el pecho:

–Vamos a conversar un rato usted y yo.

Había, escasamente, espacio para un solo hombre al final del pasillo.

Que hubiera allí tres de ellos y solo una vía de escape por decir lo menos estrecha, y que esa única vía condujese de vuelta al café en que los muchos amigos de Andrés esperaban regocijados, hizo que el estómago de Pablo se recogiera igual que una piedra alojada en su interior, aplastándole los intestinos.

—Amigo —dijo Pulpón restregándose la barbilla. Sus ojos irradiaban algo indefinido—: ¿Quiere usted que yo…?

—¡Lárgate! —ordenó Andrés y le dio un empellón a Pulpón, que se apresuró a volver al café por el pasillo.

Después se volvió hacia Pablo y lo levantó apoyándolo contra la pared. Aterrado, claramente indefenso, Pablo solo atinó a empujarlo en su sitio, lo que hizo sonreír a Andrés con su dentadura carente de un diente. Enseguida se alcanzó con su mano derecha la nuca y se la rascó.

—Usted es Neruda, ¿no?

Con su propia diestra aferrando la correa de su cartera, Pablo quedó inmóvil:

—Lo soy.

Andrés bajó la cabeza y después lo miró de reojo, aun sonriendo:

—O sea que aquí estoy yo ahora, en este pasillito de mierda, parado ante el único poeta que verdaderamente admiro y él acaba de decirme que solo soy una escoria. Una escoria de mierda.

—Bueno, yo… vea usted, yo…

—Es verdad, lo soy. Pero… ¿y el argentino ese? Es vendedor de cocaína, para el caso somos los dos una escoria. —En este punto hurgó en su bolsillo, de donde extrajo un libro, lo abrió y buscó entre sus páginas una foto doblada para pasársela a Pablo—. Ahora… ¿ve usted esto?

Era una adolescente con una falda negra y delantal blanco, una blusa también blanca y una pequeña cofia blanca tiesa y almidonada, que aparecía de pie junto a una mesa, en lo que debía ser un fino salón de caballeros, o un salón a secas.

—Ella es mi Serena, don Pablito, ¡mírela! Hoy podré decirle que me encontré con usted.

Serena, posiblemente desacostumbrada a enfrentarse a una cámara, no sonreía.

–Ella me ama, don Pablito. Mire esa foto. –Andrés había dado un paso y se había situado junto a Pablo, de modo que los dos podían ahora examinar juntos la fotografía. Andrés pasó su índice accidentado por el rostro de Serena–. Puede verlo en sus ojos –dijo y miró a Pablo, que seguía aún asustado–. Y me ama por obra suya. –Andrés sonrió una vez más indicándole el libro, que era una copia del *Crepusculario* de Pablo–. Por sus poemas.

Con una sonrisa, Pablo se encogió de hombros:

–Yo… Andrés, se lo agradezco, yo…

–Poemas que hemos leído juntos y memorizado juntos, ¿lo ve?

En ese momento, Pulpón apareció de nuevo al extremo del pasillo. Varios de los restantes poetas venían con él, todos muy dispuestos, en apariencia al menos, a defender a Pablo contra el gigantón obrero.

–*Desde el fondo de ti, y arrodillado, un niño triste, como yo, nos mira* –recitó Andrés de memoria.

Pablo alzó su mano en dirección a los demás. Confundidos, iniciaron una retirada y Pablo les aseguró mediante otro gesto que estaba todo bien.

–*Por esa vida que ardera en sus venas*, Pablito. ¿Eso fue lo que usted escribió o no?

Pablo asintió exhalando el aire, esperando en silencio lo que faltaba del verso.

Andrés alzó su mano ensangrentada ante él y lo completó:

–*Por esa vida que ardera en sus venas, tendrían que* matar *nuestras venas.*

—

El Miedo agitó las orejas.

Hubo un ruido de pisadas y ramas crujiendo, como de un grupo reducido de hombres aproximándose en la oscuridad. Surgió el brillo de una antorcha y Pablo y el burro miraron los dos hacia allí. Al cabo de un instante, en que Pablo temió desalentado que esas pisadas fueran de Juvenal y Víctor y hubiesen encontrado el cuerpo destrozado de Ramada río abajo, los ruidos cesaron. Pablo no conseguía ver más allá del círculo de luz que proyectaba el fuego y la otra luz de la antorcha erizada en la distancia.

Tuvo la impresión de que el Miedo lo había ya perdonado por su locura del río la mañana anterior, y el burro lo escrutó ahora durante unos segundos, estudiándolo. Enseguida puso toda su atención en la distancia. Las pisadas resurgieron, pero en vez de dos o tres personas acercándose solo había ahora inequívocamente una.

El fuego osciló en su sitio.

–Don Pablo –dijo un hombre joven y entró en el círculo de luz–. Fui hasta los rápidos para recuperar esto. –Ramada le entregó un paquete rectangular envuelto firmemente en cintas de cuero–. Estaba en la alforja que usted perdió.

El paquete estaba todo manchado por el agua, pero había resistido, con solo un poco de humedad colándose al interior. Juvenal y Víctor, este último con el brazo vendado, aparecieron ahora de las sombras portando la antorcha.

–¿Salvaste mi libro? –dijo Pablo examinando el paquete, y enseguida tomó el cuchillo apoyado en su plato para cortar las cintas de cuero que lo ataban. Cuando el envoltorio dejó al fin a la vista el manuscrito, Pablo apreció que los bordes de algunas hojas estaban mojados, pero era solo eso, unas pocas manchas.

–Sí, maestro. Me tomó algún tiempo, estaba oscuro. Y el agua fría.

Ramada se sentó en un tronco y extendió sus manos hacia la fogata, tiritando de frío. Pablo dejó rápidamente de lado el libro, se quitó la manta de los hombros y envolvió en ella al muchacho.

–Muy fría – musitó Ramada.

11

DELIA Y EL GRANO DE ARENA

La forma en que Delia había ajustado el corpiño al traje no servía. Ella sabía lo mucho que Pablo disfrutaba al verla en un lindo vestido. Había escrito de sus pechos en varios poemas, en sus diarios y cartas, y le había dicho que la mejor inspiración para una buena jornada de labor radicaba precisamente en la posibilidad de besar la curvatura superior de ellos, asomados bajo una blusa provocativamente abierta.

Pero este corpiño en particular se veía cómico y resolvió mejor deshacer lo hecho hasta allí, quitarle unas cuantas tiras de tela y coserlo de nuevo.

Seguía recibiendo llamadas de todos sus amigos. El poeta Louis Aragon la había llevado varias veces al ballet, una de ellas esa ocasión memorable en que vieron a Igor Stravinski dirigiendo su "Pájaro de fuego". Stravinski se había enterado de que Delia y Aragon estaban en la audiencia y les había pedido que vinieran a su camerino después de la función. Era un hombrecito pequeño, de cabeza redonda y nariz pronunciada, muy filuda, con unos anteojos que le recordaron a Delia dos trozos de vidrio de uso industrial, gastados en los bordes por años y años de caricias del agua que iba y venía contra ellos, trocitos que ella y Pablo solían encontrar en la playa de Isla Negra. Pablo coleccionaba esos trozos de vidrio al igual que, por supuesto, los varios miles de conchitas que había recolectado la vida entera. ¿Cómo podía un hombre así, de un lirismo tan mercurial, mostrar ese grado de interés en los moluscos y todo lo que ellos rezumaban? "El universo en un grano de arena", había murmurado él mismo en respuesta a esa pregunta de ella, al momento en que examinaba un fragmento de una concha cualquiera.

Pero ahora le tocaba coser de nuevo el corpiño, habiéndose prometido ella misma que, a pesar de su activa vida social allí en París, había venido a la capital francesa principalmente a esperar la reaparición de su esposo. Aceptaría invitaciones a la sinfónica y cenaría con este o aquel escritor o músico, y daría largas caminatas por el Bois de Boulogne con Cocteau y Renoir, el cineasta, y con Barrault, el actor, pero en su fuero íntimo seguiría esperándolo, en silencio, cosiendo alguna prenda para el esposo ahora perdido.

12

EL AMOR, SU FRUTO Y LA LLUVIA

A la mañana siguiente, cuando bebían café junto al fuego, Ramada parecía alicaído. Él y Pablo estaban intentando secar las páginas todavía húmedas del *Canto General* al calor de las llamas y el manuscrito estaba abierto ante él.

El pasaporte chileno y normal de Pablo, que había usado después de que le fuera confiscado el pasaporte senatorial y ahora había ocultado entre las páginas iniciales del manuscrito, había sufrido más con el aluvión que el manuscrito en sí. Muchas de las visas selladas en su interior se habían borrado, como pinceladas de color que hubieran contenido demasiado líquido. Pero las dos visas que más le interesaban, la de España y Francia, seguían siendo claras. La foto de Pablo estaba a su vez dañada, aunque seguía siendo nítidamente una imagen de Pablo. No le había importado antes aparecer con cara de ahogado en la foto y ahora sintió, de hecho, que la misma le hacía mayor justicia. Se lo veía en ella como un hombre que, aun estilando, había escapado de la muerte.

Pero la lluvia había comenzado a caer y su intensidad iba en aumento casi con cada frase que los dos hombres intercambiaban. Ramada protegió el manuscrito en sus faldas bajo la manta que ambos sostenían ahora en alto y sobre sus cabezas, para que se mantuviera seca al menos por un rato. El fuego dio su propia batalla contra la lluvia durante unos minutos, pero entonces el agua comenzó a anegar a su vez la fogata, cuyas llamas eran primero brillantes y cálidas y después tuvieron que batirse contra la humedad, siendo entonces reducidas por ella y transformadas de pronto en vapor. Todo esto requirió el grueso del breve diálogo entre Pablo y Ramada para ocurrir.

–He leído un poco de su libro, don Pablo –dijo Ramada–. Y la verdad, no lo entiendo.

Por el momento, la manta los resguardaba a ambos de la lluvia.

Pablo se hizo cargo entonces de ella:

–¿Podrías darme un ejemplo?

Ramada recorrió unos segundos el manuscrito con el pulgar:

–Bueno, aquí, por ejemplo. Dice: *Mientras tanto, / por los abismos / azucarados de los puertos, / caían indios sepultados por el vapor de la mañana.*

–¿Y?

–No dice nada del amor.

–Por supuesto que no. Es un poema sobre lo que empresas transnacionales como la United Fruit hacen a los indios.

–¿Y qué les hacen?

–Los matan.

Un trueno atravesó en ese momento la cordillera. La hondura de su furia creció durante quince segundos hasta alcanzar la fruición plena de un rugido atronador y ofendido.

Ramada consideró el tema de la United Fruit unos segundos. Y se rascó la cabeza:

–Yo pensaba que la poesía era sobre el amor.

Pablo tomó el manuscrito de vuelta:

–Ya veo. Sí, tienes razón, la compañía United Fruit no es mencionada con el mismo aliento del corazón.

Ahora sosteniendo él la manta sobre los dos y con ambas manos, Ramada asintió mirando la página aún abierta. La lluvia caía con tal intensidad que por sus brazos descendían ahora auténticos arroyuelos.

–Quiero decir que está muy bien todo esto, pero, don Pablo… ¿qué es el amor?

Pablo se encogió de hombros. Comenzó a envolver el manuscrito y su pasaporte en el trozo de cuero. La protección de la manta pronto sería insuficiente y los hombres mismos serían azotados por la tempestad en ciernes. Mejor aseguró los dos trozos de cuero alrededor del manuscrito y los amarró con las tiras.

–¿No lo sabes?

–Bueno, yo nunca... –El muchacho sonrió desviando la mirada.

–¿Has hecho el amor con una mujer o no?

–Sí, con una amiga de mi hermana. Pero Romina... Romina era una cosa, el amor es... la otra...

–La otra es lo otro.

–Eso.

Pablo se restregó el mentón sintiendo la barba inhabitual en él como un escobillón de púas contra la palma de su diestra. Después desvió la vista hacia el bosque. Para entonces, la lluvia caía como una cascada y las montañas y el bosque en la lejanía se veían de una tonalidad azulada y gris, entreverados de líneas negras y abruptas, trazadas en las extensas quebradas de nieve en lo alto.

–El amor es... es cuando tú... mira, Ramada, es cuando... –Pablo miró de lleno hacia la tormenta circundante–. Como cuando del sol cae un racimo en el vestido oscuro de tu amada. Cuando grandes raíces crecen de súbito desde... bueno, desde tu alma...

–¿¿Qué?? –se vio obligado a vociferar ahora el joven Ramada.

–Es cuando un pueblo pálido y azul de ti recién nacido se nutre, se alimenta. Es... altivo, acariciante...

–¿Altivo?

–Sí, pero cuidado, joven. Porque el amor puede llenarse a la vez de tristeza.

Ramada asintió.

–Como esta tormenta.

–Peor.

–Ese fue, yo creo, el problema con Romina. Ella parecía muy llena de sus deseos, yo no pude... Era como un estuario de deseos.

Pablo volvió sorprendido la cabeza. Entre los dos, el Curringue se erizaba en una breve y honda quebrada, como si el agua hubiera sido lo mismo que las rocas que la agitaban y llevaban a ese estado de excitación. El agua parecía crujir y bramar.

–¿Cómo fue eso? ¿Qué dijiste?

–Un… un… me olvidé. ¿Qué fue lo que dije?

Pablo apretó contra sí mismo el manuscrito.

–Un estuario. Un estuario de… lo femenino.

–No me acuerdo.

–¿Un estuario femenino? Ramada, qué frase más poética y más pulida, ¡más sabia!

–No la recuerdo. –Ramada negó con la cabeza–. ¿Yo, un poeta?

–¿Quién te dice que no?

–Don Pablo, ¿usted no va a saber lo que es un poeta?

Pablo se encogió de hombros. Apenas si pudo oír para entonces a su interlocutor, ahora que el agua de la tormenta enfurecida discurría libremente a través de la manta.

–Ramada, en ocasiones… En ocasiones uno simplemente no lo sabe.

13
RANGO

La lluvia había amainado al fin y Pablo aprovechó de preparar café para todos. Y reunió en el cucharón los últimos porotos que había preparado, una enorme porción, para el plato de Ramada, vestido con un par extra de pantalones que Juvenal acababa de prestarle, su otra camisa disponible ("Solo tengo dos, maestro") y un par de calcetas limpias de lana que Pablo había logrado secar junto al fuego. Estaban todos ahora alrededor del fuego y era claro que la comida y la bebida habían aliviado a Ramada del cansancio que había traído consigo.

Juvenal sopló su café:

—Víctor nos dice que era usted diplomático, don Pablo.

—Lo fui, sí.

—¿Y eso qué es?

El fuego crepitaba y crujía en su sitio, emitiendo una sonajera de sorprendidos informes, que discurrían a un volumen más bajo que el de la charla entre los comensales, declamando una suerte de acompañamiento a aquello de que hablaban, según le pareció al poeta.

—Un diplomático es alguien que trabaja para el gobierno y trata con otros gobiernos.

Juvenal escuchó la frase, pero no pareció muy impresionado:

—Para eso sirve la guerra, ¿o no?

—Sí, pero la diplomacia brinda a los países una forma de evitar, en rigor, las guerras.

—¿Y eso por qué?

Ramada se sentó en un tronco distinto y próximo a Víctor. Aun devorando sus porotos, permanecía atento a la conversación, con el mismo interés en ella –sin saber que lo tenía– que el de Juvenal. Víctor, que sabía muy bien lo que era un diplomático, estaba más activamente involucrado en ella y hasta divertido.

–Bueno, porque debiéramos intentar evitar las guerras, ¿no? –acotó Pablo.

–Mi bisabuelo no pensaba igual –dijo Juvenal y se volvió hacia Ramada–. El tuyo tampoco, ¿o sí?

Ramada sacudió la cabeza, mirando a las llamas.

–El mío era de Galicia… Gallego hasta la médula.

Juvenal dio un golpecito en el hombro a Ramada, que ahora rio por lo bajo, sacudiendo de nuevo su cabeza gacha.

–El de él, araucano. Esos dos tipos jamás hubieran entendido la… ¿cómo le llaman? ¿La diplomacia?

Ambos hombres rieron.

–Se hubieran seguido el rastro mutuamente hasta que uno de los dos cayera muerto. –Juvenal miró una vez más a Ramada–. ¿No es cierto? Y es la razón por la que le tengo tanto respeto a Ramada, don Pablo. ¡Porque el mío cayó muerto! Ramada sabe lo que sabían esos indios, cómo sobrevivir a la intemperie. –Sus ojos brillaban con el reflejo de las llamas–. Sí, claro, los araucanos. ¡Ellos atraparon a mi bisabuelo y lo mataron!

Pablo tuvo un breve destello de la Guerra Civil Española y toda la muerte que había presenciado allí siendo diplomático. La de su amigo García Lorca. O las Brigadas Lincoln. O la pobre Gerda Taro. Y la esposa de Jakobe Goyeneche y otras familias de refugiados llegadas en el Winnipeg.

Juvenal removió el fuego:

–Pero me imagino que ser uno de esos diplomáticos es igual muy importante, ¿no?

–De vez en cuando sí.

–¿Una gente importante hablando con otra gente importante?

–A veces.

–¿Y lo hizo usted por mucho tiempo?

–Años. Cuando era incluso muy joven.

–¿Dónde fue eso?

–En Rangún, para comenzar.

–¿Y eso dónde queda?

Juvenal miró una vez más a Ramada. Ambos parecían deslumbrados a su manera.

—

El nuevo cónsul chileno en Rangún, Pablo Neruda, tiró de la cuerda para hacer sonar la campana. De apenas 23 años, vestido con un traje de seda blanco, camisa blanca y corbata marrón, traía una delgada valija de cuero con una carta del embajador británico en Santiago para el cónsul británico en Rangún, un hombre llamado Basil Fotheringay. La campana de hierro y oscura pendía de una pared calcárea cubierta de buganvillas amarillas.

Había llovido toda la noche, de manera que ahora la ciudad entera de Rangún parecía inmersa en el sofoco. Pablo sintió que, aun vestido de manera presentable y con un lindo terno, debía parecer en esos instantes un *dorado*, alguno de esos grandes peces del Pacífico sacado del agua una hora antes, convenientemente destripado y ahora bien cocido al vapor, con los ojos abiertos en señal de franca sorpresa, listo para ser servido con aceite de oliva birmano y una pizca de ajo, quizás incluso con algo de cilantro picado. Una especie de lluvia complementaria goteaba ahora de la fronda representada por las innumerables palmeras del lugar. Las calles, ninguna de ellas pavimentada, hedían a efluvios animales y lodo, y la vegetación floreciente que crecía tan bellamente y en todos lados parecía ahora perlada de sudor.

Imaginó que las plantas y árboles se secarían pronto, dado ese horno de luz solar que, justo a esa hora, a las diez en punto de la mañana, acababa de volver la ciudad entera en un émulo del círculo más abrasador que cupiera imaginar del infierno. El chileno, acomodando el pañuelo blanco y húmedo asomado al bolsillo de su chaqueta, se sentía como un charco ambulante ataviado en las prendas de un dandi.

La puerta estaba profusamente tallada, en una madera oscura y dura y salpicada de gotas, quizá de unos doscientos años de antigüedad. El tallado representaba un claro en un bosque y a un gran mono al centro de él, y un grupo de doncellas birmanas en un arroyuelo bajo unas palmeras. Un mono de lo más sereno, según pudo apreciar, feliz en la contemplación de las jóvenes medio desnudas. Pero solo podían apreciarse, en rigor, algunas partes de la escena. El clima había degradado a tal punto el tallado que la puerta era ahora un sueño extraviado en la memoria, con muchos fragmentos de ella ahora podridos. Pablo recordó esos mapas del Congo antiguo que había visto en la universidad, elaborados a principios del siglo XIX, donde el gran río africano sí aparecía, pero la naturaleza precisa de lo que había en cada orilla no había sido aún plenamente verificado y debía, por ende, dejarse en blanco. En el caso de esa puerta, los fragmentos de madera desnuda y sin ilustraciones, descoloridos —pequeños corazones de las tinieblas, musitó Pablo para sí— interrumpían los restos ilustrados, con una hilera ornamental de árboles perfumados, el agrupamiento distante de las doncellas bañándose en el río, unas pocas aves acuáticas aquí y allá y algunos racimos de plátanos.

Un orangután abrió la puerta.

Pablo no supo qué decirle. El orangután se retiró al patio, cruzándose con una mujer china de avanzada edad que, ayudándose con dos bastones de madera, se aproximó a la visita. Al principio, le dio la impresión de que caminaba en puntillas, como esas bailarinas rusas cuando actuaban, una que otra vez, en la escena santiaguina. Pero ellas eran chicas en la veintena, mientras que esta mujer rondaba con seguridad la setentena y llevaba los pies vendados, algo que Pablo nunca había visto. Sus vestimentas de seda parecían antiguas y estaban desteñidas, de modo que el sol radiante de Rangún contribuía poco a su estilo tan elegante. A Pablo le pareció una ilustración de una mujer china de la nobleza incluida en algún libro de viajes del siglo XVIII. Al venir trastabillando por el patio, la seda roja y verde de su bata brilló bajo la luz diurna. El collarín chino, como el de un sacerdote, salvo que este aparecía coloreado de un rojo deslavado —aun cuando resultar aún muy tórrido en su efecto—, sugería un círculo de gran precisión, sobre el cual se balanceaban atrás y adelante sus complejos aretes de ámbar. Su cabello, que Pablo adivinó habría sido alguna vez negro como la obsidiana, era ahora de un tono gris y plateado y se lo peinaba con esmero en su sitio, como para sugerir una sensual precisión de su parte –el moño se sostenía mediante un broche de ámbar tallado–, tanto que parecía, el cabello, fijado con laca.

Era, con seguridad, la amante de Fotheringay, el cónsul inglés, a quien Pablo iba a presentar sus credenciales diplomáticas y que ahora imaginó como uno de esos colonialistas británicos decadentes, muy distinto a un Joseph Conrad, varado en este remanso estancado de Rangún desde hacía cuarenta años, ostentando la altivez propia de un rastrojo desaseado y de piel grisácea, acuciado cada día por el opio. Su camisa olería a sudor rancio y debía sujetarse los pantalones salpicados de moho con tirantes a su vez enmohecidos, y botones de madera astillados en los bordes… Un hombre cuya concubina habría sido alguna vez esta mujer, adquirida a un rico mercader chino a la vuelta del siglo, en esos tiempos en que aún sería, ella, una flor espléndida y delicada.

La mujer lo saludó. No hablaba inglés y, por supuesto, ni pizca de español, pero le indicó por gestos que lo escoltaría hasta la gran residencia de madera con un vasto rellano a su alrededor, en todo el perímetro. Su techo de totora evidenciaba un diseño arquitectónicamente complejo, de pronunciadas pendientes distribuidas en la humedad lóbrega del material que la revestía.

Hubieron de caminar a la par y muy lentamente. Los bastones y la puntera de sus zapatos resonaban en un compás arrítmico de cuatro tiempos sobre el patio de baldosas. Pablo avanzó a paso glacial. Enseguida iniciaron la batalla contra una escalerilla de acceso al porche, donde ella le enseñó finalmente una mesa de caoba en que había una fuente de mangos cortados en rebanadas y esperaba el té para dos.

De pronto, Fotheringay hizo su aparición.

–Correcto. Neruda, ¿no es así?

Igual que Pablo, este cónsul inglés cuando menos estaba a medio camino recién de la veintena y era un individuo muy correcto, vestido con tanta propiedad como Pablo, con un bigotito bien cuidado, zapatos marrones, espejuelos sin marco y un casco propio de las tropas coloniales. Un niño birmano muy hermoso, vestido de blanco y descalzo, lo seguía en su avance a través del porche.

–Justamente.

–¿Uno de los sirvientes le abrió?

–El orangután, sí.

Fotheringay hizo una mueca, apretando los dientes:

–Sí, claro. Rango, así lo llamamos.

–¿Y él siempre…?

–Siempre responde a la campana. Es muy talentoso, si quiere saber mi opinión.

–Es lo que me ha parecido.

Pablo extendió a Fotheringay una cartera de cuero con sus documentos y credenciales:

–¿Y cree usted que podría yo sostener una conversación con él alguna vez?

Fotheringay volvió a apretar los labios.

–Usted es el poeta, ¿no?

Su frente se pobló de arrugas, al tiempo que llevaba una de sus manos hasta su vientre.

–Lo soy, sí.

–Yo no sé mucho de poesía.

Pablo siguió callado.

–Lo que no tienen mucha importancia por aquí, ¿no?

Pablo esbozó un encogimiento de hombros, quedando desde ya abrumado ante esta especie de amenaza inglesa algo nerviosa.

–La verdad sea dicha, me encantaría charlar con usted, mi amigo, pero estoy terriblemente enfermo.

–¿De qué?

–El estómago. –Fotheringay había palidecido, con el dolor ahora grabado en su semblante–. Tuve que luchar arduamente con una letrina antes de venir aquí a presentarme ante usted. Y una charla…, me temo que ella se vea muy interrumpida, ¿no? –Miró por sobre su hombro hacia la casa–. ¿Le importaría a usted mucho si nos encontráramos otro día?

–En absoluto, señor Basil. Estaremos los dos aquí un rato, no necesitamos…

Fotheringay salió, en ese momento, disparado y corriendo por el porche, seguido del niño. El que, antes de que él doblara una esquina del porche, apoyó uno de sus dedos finos en el borde de la pared, miró de vuelta a Pablo y sonrió. Sus ojos negros como el jade brillaban con la luz ambiente.

Dejado a solas, Pablo no supo qué más hacer. ¿Debería traer más tarde los documentos para que Fotheringay los inspeccionara en detalle? ¿Debería averiguar si Fotheringay requería de un médico? ¿Debería…?

Entonces Rango dobló de vuelta la misma esquina del porche trayendo consigo una marmita de cerámica con un cucharón en su interior. Depositó la olla en la mesa y ante Pablo y enseguida se alejó en cuatro patas por el porche, desapareciendo de su vista. Pablo vio que el contenido de la marmita era cerveza y se reclinó hacia atrás en la silla, a la espera de que algo ocurriera. Hasta que Rango resurgió con dos vasos de arcilla y los depositó a su vez en la mesa antes de saltar a una de las sillas, la más apropiada para entrevistar al cónsul chileno. Pablo imaginó que deseaba charlar, pero no se lo dijo. Parecía impaciente, con los ojos parpadeando en dirección a la marmita llena de cerveza, y después fijos en los vasos. Pablo sirvió los dos vasos hasta el tope y Rango acercó uno de ellos con las manos, llevándoselo rápidamente a los labios. Buena parte de la cerveza se chorreó por una de sus comisuras. Pablo le sirvió otro poco y cogió su propio vaso, y bebieron los dos a la par.

—He leído tu obra —dijo Rango.

—¿Cuál?

—*Crepucularío* entero —precisó Rango y dio un sorbo a su cerveza—. Lo que sea que signifique esa palabra. Un libro perfectamente maravilloso, con todo. Una forma nueva de escribir en verso, amigo mío. Revolucionaria, debo decir, especialmente la forma en que se aparta usted de las tradiciones europeas.

—Menos estructurado, dice usted.

—De una libertad perfecta. Nadie ha escrito antes así.

—Whitman quizá. Y Gerard Manley Hopkins.

—Así es —asintió Rango—. Está el caso de Hopkins.

Bebieron otro poco. En rigor, eso fue todo lo que hicieron juntos. Pablo había imaginado la charla tal y como ella pudo ser y ocurrir con el cónsul británico, solo que Basil Fotheringay tenía con toda certeza una actitud negativa ante el encuentro, fue lo que pensó el cónsul chileno de lo poco y nada que conocía hasta allí al mariconcito.

Así que mejor una charla con Rango, otro vaso de cerveza para los dos, agudezas varias, mucho goce y mucha risa.

14
SOLO EN UN BOTE

Al día siguiente en el bosque, se toparon con un ataúd de madera cerrado. Un cajón sólido y toscamente elaborado, vapuleado por el clima andino durante, pronto habrían de saberlo, treinta y un años. A un extremo de la urna había un escueto apilamiento de piedras formando una pirámide y sosteniendo un crucifijo de madera. El propio cajón tenía una inscripción en la tapa: "Dominguín 1898 – 1918". También una antigua moneda paraguaya, con un agujero en su centro, había sido claveteada sobre el cajón.

–En el camino veremos más de alguno de estos.

Juvenal se inclinó hacia adelante en la montura y examinó el tosco despliegue de elementos, las letras grabadas con rusticidad en la madera y la ausencia de cualquier elemento ceremonial:

–Solo espero que no sea uno de nosotros, ¡el que esté en el próximo que veamos!

Pablo cogió la rama baja de un árbol en el camino y cortó un manojo de agujas de ella, para después inclinarse a su vez en la silla y depositarlas sobre el cajón.

–Sea por respeto a quienquiera que fuese este Dominguín –dijo indicando el ataúd y luego examinó uno de los clavos, que estaba solo parcialmente hundido en la madera.

–¿Qué fecha dice en la moneda, Pablo? –preguntó Víctor.

Pablo se inclinó aún más en la montura:

–Dice… aquí está, un minutito… Dice 1851.

–Casi cien años atrás.

–Sí, pero lo interesante es que el clavo es nuevo.

Pablo examinó el clavo de cerca.

—No está oxidado. Alguien puso esta moneda aquí hace solo unos días, me parece. O unas semanas atrás.

—

Llegaron a un lago en las alturas.

En un punto elevado del sendero, llenaba con sus aguas una superficie cóncava al fondo de los promontorios rocosos de unos trescientos metros de alto que lo circundaban, todos de cumbres profusamente dentadas, desplegándose en un kilómetro a la redonda. En la base de muchos, había multiplicidad de las llamadas "morenas rocosas" diseminadas desde la aguda pendiente del risco, restos de glaciares que habrían serpenteado por allí un millón de años antes.

El lago era de unos doscientos metros de diámetro, con un islote cubierto de árboles paralelo a la orilla más alejada, y estaba rodeado de bosques de alerces de una densidad tal, que el suelo boscoso era todo él un humus profundo de un color entre gris y negro. Las agujas de alerce habían mudado de aspecto y caído al suelo en cada otoño, junto a millares de sus piñas. Los alerces eran uno de los árboles preferidos de Pablo, un espécimen de dimensiones tan anchas cuando había madurado enteramente que ahora él mismo y sus acompañantes tuvieron que pasar por un verdadero túnel excavado en la base de uno de ellos, con todo y los caballos. A orillas del lago había a la vez maitenes, una especie más pequeña y de hoja perenne a la que Pablo denominaba *leña dura* y que era a la vez una de sus favoritas.

A medida que se aproximaban al lago, los caballos se hundieron casi medio metro con sus patas en el humus.

—¿Cómo se llama esto? —preguntó Pablo indicando las aguas.

—El Lago de las Preguntas —le indicó Juvenal inclinado hacia adelante en la silla, examinando los acantilados mientras avanzaban.

Pablo rio por lo bajo:

—Perfecto.

Juvenal explicó que ese lago estaba tan aislado del sendero principal que cruzaba por arriba el paso Lilpela –el cual estaba ahora bastante por debajo de ellos– que casi nadie lo conocía.

–Hay que *traer* a cualquier hasta aquí. Habrá notado que, en esta parte del sendero, no seguimos ningún sendero.

El día previo había surgido una discusión respecto a la ruta que estaban haciendo. Cada cincuenta metros o así, Juvenal y Ramada habían hecho una muesca en la corteza de algún árbol, marcando así el derrotero seguido, y Víctor lo había objetado:

–La policía, el ejército, nos seguirán justo hasta aquí gracias a esas marcas.

Juvenal, tras esperar que Víctor y la Pajarita llegaran hasta él y quedaran a la altura del Miedo, sostenía en su diestra el machete que venía utilizando.

–Don Víctor, fue usted, ¿no?, el que advirtió al maestro Pablo de lo que podría ocurrirle si perecemos todos.

–Sí, claro.

–Entonces, ¿lo dejaría usted morir aquí congelado solo por no poder encontrar el camino de vuelta?

–No, eso no…

–¿Lo dejaría usted perdido para siempre y vagando por estos bosques, delirante por el hambre y transformado en un loco de remate?

–No.

–Bien. Es un pequeño riesgo que corremos entonces, para asegurarnos de que pueda encontrar el camino de vuelta, ¿o no?

Víctor tuvo que ceder.

Poco después, montaron el campamento y, mientras Juvenal y Ramada preparaban un buen fuego y café y comenzaban a cocinar, Pablo fue a explorar el entorno. Esta orilla del lago estaba bordeada de infinitas y grandes placas de granito, y en los declives y hendiduras del granito había crecido con esfuerzo algo de vegetación. Los maitenes batallaban en muchos de esos espacios, con sus raíces habiéndose aferrado a ellos, no lo suficiente –en cualquier caso– para evitar que el arbolito se deformara y convirtiera en una retorcida versión de sí mismo, más pequeña que otros. Pablo recordó a la criada de Basil Fotheringay en Rangún. Esos árboles sufrirían como ella y tenían para Pablo una belleza similar a la de esa mujer china. Eran viejos, habían florecido alguna vez y estaban baldados, aunque seguían elegantemente con vida.

Cuando hubo llegado hasta la orilla, apreció un salto de agua que caía directo al lago desde uno de los promontorios cercanos. Un agua tumultuosa caía desde una fisura en el precipicio inferior, desde algún ducto abierto en la roca que producía un rugido a la distancia, tan aterrador, ese tronar lejano y endémico, que Pablo lo imaginó proveniente del centro mismo de esa cordillera por la que ahora deambulaban.

Tuvo ganas de circundar el lago para echar un vistazo a la caída aquella de agua y se dispuso a cruzar por encima una lonja enorme de granito. No había ningún sendero en ningún lado y tuvo que caminar a través de los árboles y maleza que nadie habría pisado, muy posiblemente, en siglos. El bosque crecía allí con un ímpetu tan agreste que, sin alguien como Juvenal para indicarle la ruta, nadie podría encontrar jamás ese lago. Habían arribado a un fin de mundo, pensó Pablo para sí mismo. Hasta podía ser que nadie hubiera estado jamás allí.

Entonces llegó, él, hasta un pequeño bote a remos, muy desvencijado y boca abajo, atado al pilote de un igualmente desbaratado embarcadero hecho de palos. En el suelo y bajo el bote había un par de remos. Toda la embarcación y los remos estaban cubiertos de un moho verde oscuro y resbaladizo.

Pablo volteó el bote y lo examinó unos instantes. Hubiera deseado contarles a los demás de él, pero todavía más quería arrojarlo al lago y ver si podía remar hasta algún punto. Entonces soltó amarras, imaginando de inmediato que era Poseidón chapoteando en los mares, en su carruaje acuático, tirado desde luego por el Hipocampo de un solo ojo, el caballo dorado, liso, brillante y semiciego, de las profundidades. Durante unos instantes, la decrepitud del bote quedó en suspenso. Era más bien, fantaseó ahora, como un carruaje engalanado de oro y diamantes cuyo resplandor se veía realzado por el agua marina espumando fuera de borda.

Enseguida, cuando hubo comenzado al fin a remar, se acordó del clásico barco nórdico. ¿Cómo se llamaba? *¡El Naglfar, eso era!* El mundo había quedado anegado por las aguas y los astros habían desaparecido en el cielo, la tierra había sido azotada por un sismo tan grande que las montañas se habían desmoronado. Los árboles habían volado de su sitio, todos los prisioneros y animales enjaulados habían escapado porque eso que los aherrojaba había saltado por los aires. El Naglfar mismo había soltado amarras y navegado hacia la oscuridad oceánica. El Naglfar, un barco hecho de las uñas de los muertos, de resonancias tan aterradoras en los sueños infantiles nórdicos que los escandinavos mantenían siempre cortas las uñas de sus manos para que, cuando muertos, no se las arrancaran.

¿O qué decir de la canoa de Máui-Tikitiki-a-Taranga?, se preguntó Pablo. *¡Que nombrecito!* Convocando a hombres oscuros y en taparrabos yendo a la batalla en sus canoas militantes, y a las bellas mujeres maoríes con los pechos desnudos, generosas con ellos.

Entonces se reclinó hacia atrás en el bote, jalando de los remos hacia su pecho, y la embarcación se deslizó por las aguas negras.

La canoa mítica de Máui, en algún punto del gran Océano Pacífico, se había convertido en la isla de Nueva Zelanda, el trozo de tierra en el que Máui posó su pie para sacar peces del mar. El Máui bebé, arrojado al mar por su diosa madre, quedó igual protegido del frío del oleaje por su espléndido cabello. El bebé que lloraba y buscaba la luz en la altura lejana, envuelto todo el tiempo en algas, y que sería descubierto más tarde por los Espíritus de lo Profundo.

O el conocido Argo, la nave de Jasón, con su proa hecha de la madera sagrada recogida en el bosque de Dodona. Su componente más importante era una viga mágica que mostraba el futuro en su grano finamente pulido. Esta nave a remos en que ahora iba era como eso, reflexionó Pablo tirando con aun mayor entusiasmo de los remos, llevando a su vigorosa tripulación al descubrimiento del vellocino de oro. Era un barco que habría de navegar los siete mares en su travesía, ese que ahora navega por el cielo y la constelación de Argo Navis.

O Moisés entre los juncos.

Huckleberry Finn y Jim.

Lord Jim.

O Von Humboldt remontando el Orinoco, Washington cruzando el Potomac, Bolívar descendiendo el Magdalena.

En su interior, Pablo deseó que ese botecito a remos hubiera sido to-das esas otras naves, con él mismo al mando, como su capitán-poeta, Walt Whitman Neruda flotando sobre las aguas allí en los Andes. Entonces miró por sobre la borda a babor y solo vio, sencillamente, la profundidad oscura de las aguas, así que se inclinó otro poco para desentrañar sus misterios.

El agua comenzó a entrar al bote, primero tan lentamente que Pablo no sintió la urgencia de abandonarlo. Alzó la mirada a los cielos y la cre-ciente oscuridad de la tarde, remando hasta el salto de agua, allí donde se vaciaba en el lago. Había estudiado los botes y barcos toda su vida y sentía una admiración singular por los más frágiles, que eran como un pequeño fragmento de madera flotando sobre un enorme vacío, cualquiera de ellos podía desaparecer sin dificultades en ese vacío, llevándose consigo a todas las almas que iban a bordo. Lo sorprendente era que tan pocos botes efec-tivamente decayeran, y eso a pesar de su existencia angustiosa. Él sabía, desde luego, que ningún gran cuerpo de agua era un vacío en propiedad y se imaginaba a sí mismo desintegrándose al hundirse en las profundidades, con fragmentos de la nave destruida hundiéndose con él y las algas des-prendidas y en el agua frotando ahora su rostro, y su cuerpo envuelto al final en ellas. Con las varias criaturas marinas y los peces buscándolo en su descenso y su lenta desintegración, y luego devorando sus fragmentos. Los residuos de los peces –Pablo Neruda entre ellos– serían luego vomita-dos en las aguas y se perderían en el mar para ser devorados nuevamente, dispersados en nebulosas de nada, comidos una y otra vez, diseminados y por fin extraviados.

Para él, un olvido así era un anhelo secreto. La rendición al vacío y el olvido total conducían invariablemente al éxtasis. ¿Qué era lo que la reina Gertrudis decía en su hipócrita oración fúnebre por Ofelia y esa descrip-ción de la joven al momento de caer, entonando viejas canciones, al arroyo frío y caudaloso?

A su alrededor se extendieron sus ropas,
y, como una náyade, la sostuvieron a flote durante un breve rato...
Más ni podía esto prolongarse mucho,
y los vestidos cargados con el peso de su bebida,

arrastraron pronto a la infeliz a una muerte cenagosa,
en medio de sus dulces cantos.

Pablo pensó que su muerte por ahogo había salvado a la pobre Ofelia de la prolongada demencia y la ira, y la inmolación de su alma. *De no haberse dejado caer*, pensó, *(y seguro se había dejado caer voluntariamente), estaría aún prisionera en el convento ese, mascullando sandeces el resto de su vida.*

En su ensimismamiento, no advirtió que ya se había oscurecido bastante. Había tenido éxito en alcanzar un extremo del islote, pero al poner proa hacia el salto de agua, se dio cuenta de que el bote transportaba ahora una buena cuota de agua en su interior y que sus botas estaban ya sumergidas en ella. Dio entonces la vuelta y comenzó a remar a toda prisa hacia el muelle aquel que acababa de abandonar. Cuando hubo rodeado el extremo del islote, buscó con la vista el campamento levantado por Juvenal, pero no advirtió el menor indicio de él ni pudo ver nada.

Siguió remando en el vacío.

Enseguida miró hacia atrás y el islote, que parecía también a punto de desaparecer, con él flotando pesadamente sobre el agua inmóvil y el bote inclinado en su superficie. Continuó igual remando, pero se dio cuenta de que no progresaba gran cosa. Hasta que la borda llegó al fin al nivel del agua y el bote se hundió en la oscuridad.

Pablo quedó desbordado por el acontecimiento.

Se agarró del bote a ras de agua y pidió ayuda a gritos, desesperanzado, pero con el bramido del salto de agua a sus espaldas no había posibilidad alguna de que alguien lo oyera. Los alerces gigantescos del islote parecían ahora espectros con los brazos abiertos en un anfiteatro, observándolo en silencio, en su respirar pausado y glacialmente, mientras él comenzaba a ahogarse. Y siguió aferrado al bote ahora volteado. El musgo, como una densa nata de aceite crudo, lo recubría por entero. Sus manos palmotearon contra los listones curvos de la quilla. Apenas si conseguía sujetarse a ella y el agua helada le cubría ahora hasta los hombros. El agua que también se sentía como aceite y parecía ahora succionarlo hacia abajo, hasta que acabara de sumergirse en ella y desaparecer.

Entonces advirtió luz en el bosque cercano y a varios hombres a caballo. Media docena de antorchas le reveló su batalla por lograr que varias cabezas de ganado avanzaran a través de los bosques. El ganado protestaba. Los hombres daban silbidos para reorientarlo, le daban latigazos y lo picaneaban con varas. La escena proyectaba resplandores dorados y tonos marrón en rededor. Ante Pablo aparecieron los gauchos, sus cabalgaduras y el ganado, pero solo fugazmente, flotando entre los árboles. En su pánico, gritó de nuevo pidiéndoles ayuda. Ellos prosiguieron la marcha sin prestarle atención y desaparecieron en los bosques. Un hombre, así y todo, miró hacia atrás y la oscuridad. Sus ojos centelleaban a la luz de las antorchas.

Pablo lo llamó:

—¡Sálveme! ¡Ayúdeme!

Tras lo cual se hundió y se ahogó en las aguas.

—

Despertó en una orilla del lago y sobre un banco de arena, en el punto donde el salto de agua se volcaba al lago. Al amanecer de tonos grises y negros, los árboles por encima suyo parecían ornamentados de gigantescas redes grisáceas. Se dio cuenta, al cabo de un instante, que esas eran las ramas exteriores y más bajas, las más jóvenes, de los grandes alerces que bordeaban este lado del lago. Rodó hacia un costado, tieso de frío, y vio que no había a su alrededor ningún bote ni remos. Sus ropas estaban mojadas, pero advirtió que ello era a causa del aire nocturno y no por el lago. Una pátina de rocío helado y crujiente lo recubría por todos lados. Y crujió a la vez cuando se movió.

Al sentarse, puso las manos sobre la arena pedregosa que lo circundaba. Su diestra palpó un grupo de varillas allí reunidas. Alguien había atado al extremo de una de ellas un trapo empapado en brea. Buscó en el bolsillo de su chaqueta una caja de fósforos aún seca y encendió el trapo, lo que suscitó al instante una llama. En el banco de arena a metros de la orilla, había todos los elementos necesarios para hacer un fuego, pero no había sido aún encendido. Entonces arrojó él mismo el puñado de varillas a él, y el material se encendió a su vez.

–¡Pablo!

La voz lejana de Víctor resultaba casi inaudible con el rugido de la cascada de fondo y en el lago. La inquietud surcaba el rostro de su amigo cuando se aproximó a él con su propia antorcha.

–¿Cómo llegaste hasta aquí?

La Pajarita esperaba en silencio. Víctor se allegó al fuego, donde Pablo se calentaba ahora las manos. El rocío helado se derretía sobre sus ropas y hacía chorrear el frío líquido de sus cabellos por sus mejillas. El aire absorto de Pablo, su mirada fija en las llamas y el frío reinante le dificultaban responder.

–Te hemos buscado por todos lados.

–Un bote…

Víctor le dio un apretón en el hombro:

–No volviste.

–No, yo…

Su amigo lo abrazó:

–¿Por qué te fuiste así como así?

–Encontré un bote.

Víctor extrajo una cantimplora de las alforjas de la Pajarita. Pablo echó un trago de ella, el whisky que descendía ahora por su interior, calentándole la garganta.

–¿Cómo un bote?

–Junto al lago, cerca de donde acampamos. Había hasta un pequeño muelle.

–¡Un muelle!

–Y un bote a remos. –Pablo suspiró, sintiendo de pronto que un cable electrificado lo atravesaba–. ¡Esos gauchos! –Se volvió hacia el lago con la mano sobre los labios–: Fantasmas. –El lago lucía como la primera vez que lo viera, la tarde anterior. Nada había cambiado–. Los vi en medio del bosque. Debían ser ladrones de ganado.

–Según Juvenal, hace cincuenta que no hay cuatreros aquí arriba.

Pablo se volvió hacia su amigo. La mezcla de gratitud y alivio que ahora revoloteaba en los ojos de Víctor fue por si sola un alivio para él. *Me ahogué*, pensó, *y ahora estoy a salvo.*

–¿Cómo puedes estar tan seguro, Víctor?

–No hay botes, maestro. Ningún muelle.

–Pero, Víctor, sí hay aquí este fuego.

Víctor miró las llamas. Y arrojó a ellas su antorcha.

–¿Y qué? Lo hiciste tú mismo, ¿no?

–No, no. Fueron ellos.

15

LA MUSA

Como un animal hambreado, tragó un plato lleno de porotos y una ración de charqui.

Víctor lo había traído de vuelta al campamento y, después que él les dijera lo que había visto –"Estaba todo allí, enfrente mío"–, Juvenal dijo:

–¿Cómo puede ser la nada algo?

Pablo no entendió la pregunta.

–Era solo un sueño, ¿no, poeta? –rio Juvenal–. Todos los poetas sueñan, ¿no?

–Pero ¿y qué hay de los gauchos?

–Los ladrones de ganado dejaron de subir aquí mucho antes de que usted hubiera nacido. –Juvenal estiró su mano–. Nada personal, don Pablo, Usted vio lo que vio, pero no los vio a *ellos*. Muchos de ellos murieron, de hecho, aquí arriba.

Pensando en lo del bote, Pablo se inquietó de súbito por su propia responsabilidad con respecto a la vida de sus amigos allí presentes. ¿Qué pasaría si uno de ellos moría, de hecho, tratando de sacarlo de Chile? ¿O si todos ellos morían? ¿Qué pasaba si él, Pablo Neruda, quedaba a la deriva o, además de ser el responsable de la muerte de los otros, se ahogaba luego a solas…? A la luz inestable de la fogata, la carne salada en su mano le recordó otras traiciones pasadas, unas que él mismo había propiciado, otras que le habían caído encima sin más. Como las de sus primeros amores, Teresa Vásquez y Albertina Rosa Azócar, de quienes había escrito con tanta pasión en *Crepusculario* y *Veinte poemas de amor y una canción desesperada*, pero a las que había abandonado al final. O de su primera esposa, María Antonieta Hagenaar, la holandesa con la que había cohabitado siendo el cónsul de Chile en Java y de la que en última instancia había escapado. O la desilusión nunca bien resuelta de su padre, Carmen del Reyes, con su hijo Neftalí y su proclividad tan inútil a escribir versos. O la ruina que Francisco Franco había hecho de España. Y tantas, tantas cosas. ¿Tendría que añadir, eventualmente, los nombres de esos tres hombres con que ahora vagaba por las soledades andinas al listado de traiciones que él mismo había perpetrado en su vida?

Los porotos se le habían enfriado. Adivinó que su reacción tardía ante un sencillo plato de aluminio y la banal coincidencia de grasas y destellos en su fondo se debía, posiblemente, a los riesgos extremos que ahora enfrentaban en esas montañas. Le inquietó la posibilidad de que su fama, y el destino de los demás, quedaran al final reducidos a la nada allí en el húmedo y brutal paso Lilpela, todo a petición de Gabriel González Videla, un político despreciable, y que esa fama, esos destinos, no consiguieran ya sostenerse en la ovación gloriosa de las multitudes en París o Madrid, a petición, digamos, de un Pablo Picasso, o desde luego de Delia.

—

Los otros se habían reunido alrededor del fuego y Juvenal sacó una botella de tinto de su alforja.

—Un regalo especial, muchachos —dijo y la descorchó con el cuchillo.

—Muy bien, caballeros. —Pablo se reclinó hacia atrás en su sitio, cogió su tazón ahora lleno hasta el borde y estiró el brazo—: Por Federico García Lorca.

—¿Quién? —inquirió Juvenal.

Víctor rompió a reír y Pablo volvió a llenar el tazón de aluminio que acababa de dejar a su lado y en el piso.

—Un poeta que conocí alguna vez.

—¿Chileno?

—Español.

—¡Eso! Tanto mejor —dijo Juvenal sonriente.

—Él sabía cómo es que un fuego como este constituye un buen poema.

Juvenal miró las llamas.

–Usted dice a menudo cosas como esa, poeta.

–Porque son la verdad.

–Pero ¿qué bien hace un poema?

Habiendo escuchado rara vez esa pregunta –de hecho, nunca– Pablo no tenía una respuesta preparada.

–¿Las palabras? Son solo eructos muy bonitos, si quieren saber mi opinión –insistió Juvenal y arrojó un nuevo trozo de leña al fuego–. ¿Puede un poema conseguirte trabajo? –Miró a Pablo–. ¿Se lo puede poner entre dos rebanadas de pan con, digamos, un poco de queso…?

Los demás estaban expectantes, sus rostros oscilando a la luz de la fogata como máscaras talladas con rudeza.

–¿Puede un poema salvarte la vida?

Juvenal parecía intuir cuál sería la respuesta. El silencio que siguió a su pregunta sugirió que no la había.

–Puede hacerlo –dijo Pablo inclinándose y bebiendo un sorbo adicional de su vino–. Puede más que eso, incluso.

–¿Y puede usted probarlo?

Pablo, con su rostro resplandeciendo en la oscuridad y junto a la fogata, se encogió de hombros. Las llamas iluminaron sus hombros ahora alicaídos.

–Hubo una vez un burro al que conocí, Juvenal. Como el Miedo. Solo que esta era una mula. La Musa, se llamaba.

—

La Musa, una mula española pequeñita y muy femenina, trotaba cada día hacia arriba y bordeando el abismo hasta la imprenta en el gran monasterio de Montserrat, en las alturas vecinas a Barcelona, llevando a lomos al impresor Manuel Altolaguirre. La Musa no era suya. Su dueño se había enrolado en las filas republicanas el 18 de julio de 1936 para defender el honor de la República Española, legítimamente proclamada a través de las urnas, contra el ejército invasor de Francisco Franco, y había sido borrado del mapa al cabo de solo unas semanas, muriendo junto a un arroyo. Así que ahora Manuel y la Musa ascendían desde la cabaña de Manuel a la imprenta valiéndose de un sendero poco conocido a través de las peñas y quebradas y hasta el monasterio, sendero en el cual conseguían eludir la detección por los espías y soldados de Franco, una gente que suele acechar a los intelectuales, a escritores y tipos afines, a los artistas y poetas, y Montserrat era precisamente, al decir del general Franco echando pestes, un refugio para tales criminales. La mula se sabía de memoria la ruta, de modo que Manuel podía incluso ir recitando poesía durante el trayecto.

–Ande, Musita –la instruía en voz alta y él se largaba a declamar.

A Sor Juana Inés de la Cruz. A Rubén Darío. A su amigo chileno Pablo Neruda, desde ya tan celebrado, que había sido años antes, cuando aún vivía en España, el editor de *El caballo verde*, la revista de Manuel. Y a los españoles, por supuesto. A Fernando de Herrera "El Divino", y Bartolomé Leonardo de Argensola (cuyo texto *La conquista de las Molucas* era atesorado singularmente por Manuel), a Miguel de Cervantes, cuya mano izquierda casi le había sido arrancada por el fuego y los tiros de cañón durante la Batalla de Lepanto en 1571, quedando tan mal herido, decía luego él mismo, que su diestra hubo de soportar toda la labor de crear *Don Quijote*.

Y desde luego al mejor de todos, Federico García Lorca, amigo de Manuel.

–¡Ay, Musa! –dijo Manuel al animal una mañana de enero, palmoteando a la mula en el cuello. Una bruma helada oscurecía el sendero frente a ellos–. *Empieza el llanto de la guitarra.../ Llora la flecha sin blanco, / la tarde sin mañana, / y el primer pájaro muerto / sobre la rama.*

Federico, el guapo genial de la lírica que gustaba de los chicos, había sido asesinado por los fascistas en 1936.

La Musa comenzó a ascender el sendero cuando la voz de Manuel dejó de oírse y solo hubo el silencio. Los fascistas no entendían esas cosas. Habían fusilado a Federico, pero ¿por qué? ¿Por sus poemas? ¿Sus obras de teatro? ¿Por qué él mismo era 'raro'? Posiblemente por todo eso.

Y siguió adelante. Era, el propio Manuel, un individuo de talante atlético, guapo a su estilo un poco tosco, en los 34 años, cuyo cabello desordenado le caía sobre la frente. Cabalgaba con facilidad sobre la Musa, buscando no cansar al animalito, que era tan querible y versado en tantas cosas. Sus manos estaban negras de la tinta de imprenta con la que trabajaba todos los días en la imprenta del monasterio. Era el negocio más antiguo del mundo dentro del rubro, habiendo publicado su primer libro en 1499. Y ahora, en 1939, los libros que Manuel hacía se enfrentaban a un peligro mortal. Los fascistas los buscaban para quemarlos, los muy canallas.

La Musa se detuvo como urgida detrás de un gran pino y sus ramas. Manuel, como siempre, se maravilló ante el enorme sentido de autopreservación de la mula. El animal podía percibir el sendero delante de él y adivinaba cuándo se venía alguna amenaza. Manuel y ella alzaron el cuello para echar un vistazo más allá del tronco que los ocultaba. No parecía haber nada en la distancia excepto otros pinos y los enormes afloramientos amarillos de rocas suaves y redondeadas, por entre las cuales ascendían el sendero.

Entonces, otro hombre asomó desde detrás de un árbol. Un fantasma o eso parecía. Desenfocado, neblinoso y gris en la penumbra inmediatamente anterior al despertar, parecía estar yendo y viniendo a la vez. Llevaba en sus manos un rifle, con un petate colgado al hombro, su hombro derecho, de una correa. Y un abrigo sucio y rasgado del ejército republicano a la espalda. Sus pantalones negros y la camisa gris estaban los dos salpicados de barro; llevaba además una boina negra. Era un hombre robusto y de gruesas manos, igual suaves. La boina permanecía adherida como una pequeña nube a su cabeza, y oscilaba en la distancia.

La mula retrocedió. Aspiró una bocanada de aire cargada de vacilación. Tenía ganas de volverse y salir corriendo, estaba claro.

—No, Musa, espera, espera. —Manuel conocía bien al hombre y se quedó viéndolo con asombro—. Pablito, ¿qué estás haciendo tú aquí?

La Musa seguía reacia, como queriendo insistir ante Manuel que algo raro emanaba de ese muchacho, algo bajo la superficie, no del todo legible, pero Manuel ya lo sabía, y era la razón por la que siempre le había gustado Pablo Neruda. Pablo podía mirar una flor y sentir correr la sangre dentro de ella. Veía el universo en el ojo brilloso de un tigre, en una hoja de hierba, en una locomotora o una imprenta. Veía el universo en todas las cosas.

—¿Terminaste, Manuelito? ¿De imprimir mi libro?

Siendo un hombre con ese corpachón, su voz era más aguda de lo esperado. La sonrisa con que acompañó esta pregunta se brindaba de inmediato y sin complicaciones, igual como era él mismo, tan festivo siempre.

–Casi.

–Mejor que lo terminemos esta noche, entonces. Porque… –Pablo miró por sobre su hombro hacia la vasta planicie más abajo y a Barcelona en la distancia– ya vienen, mi amigo.

–¿Franco?

–Su ejército. Estarán aquí en breve.

Pablo comenzó a desvanecerse del lugar y Manuel tuvo que pensar rápidamente para conjurarlo de vuelta. El poeta flaqueó un instante y enseguida comenzó a materializarse de nuevo. Y sonrió:

–Saben que tienes *España en el corazón* en la imprenta. –Manuel había casi terminado recién de imprimir ese nuevo poemario de Pablo–. ¡Menudo libro!

–Pero, Pablo, si le dijimos a todo el mundo que no había papel. Que la imprenta iba a cerrarse.

–No te creen.

–¿Piensan que tenemos papel?

–Saben que lo tienes, Manuel. Esa bandera de Franco que guardas en el subterráneo, y la camisa del prisionero moro, y esos viejos uniformes republicanos… Por eso estoy aquí, amigo. ¡Todo el mundo sabe que con eso obtuviste una nueva partida de papel! Y que el libro viene.

Manuel hizo un gesto extraño. Palmoteó a la Musa en el cuello. La mula tiritaba de miedo.

–Nos queda por imprimir un folio más –dijo Manuel y se rascó la barbilla–. Podríamos tenerlo listo para…, yo qué sé, la medianoche, supongo.

–Bien, vamos. –Pablo desapareció abruptamente por el sendero hacia arriba, dejando a la Musa y Manuel asombrados y solos.

—

–¿Qué dice? –La cabeza enorme de Pablo pendía sobre la prensa de platina que él mismo limpiaba con un trapo. El trapo era gris y feo como un fantasma. La camisa gris manchada de sudor de Pablo estaba a la vez salpicada de tinta y la llevaba arremangada, evidenciando similares manchas en sus manos.

Manuel tanteó con su dedo índice el boletín de prensa recién impreso, examinándolo cuidadosamente a la luz vacilante de la ventana. Acababan de encender las velas. Casi habían concluido la impresión.

—Aquí está —dijo tomando el boletín con las dos manos y comenzó a leer en voz alta:

Y una mañana todo estaba ardiendo
y una mañana las hogueras
salían de la tierra
devorando seres,
y desde entonces fuego,
pólvora desde entonces,
y desde entonces sangre.

—Es bueno. —Pablo puso los brazos en jarra y miró por la ventana—. Muy bueno.

—Si tú lo dices.

El poeta se volvió hacia él:

—¿No te gusta?

Manuel se le unió en la ventana para mirar al exterior y hacia el sendero que descendía hasta la planicie. Le pareció estar viendo los tanques y tropas reuniéndose al pie de la montaña. El infierno disponiéndose a iniciar el ascenso.

—Es bueno en lo que va, Pablo, pero, pero…

—Piensas que necesita algo más.

—Esta última parte aquí. —Manuel buscó una vez más en la hoja impresa—. Donde dices de ti mismo *¿Por qué su poesía / no nos habla del sueño, de las hojas, / de los grandes volcanes de su país natal?*, lo dejas hasta ahí. Es como si no tuvieras una respuesta. Como si no hubieras sabido terminarlo.

—Mmm. Deberían venir todos a España y ver cómo corre la sangre por las calles.

La acotación, un cliché, sorprendió a Manuel. Pero, como todos los clichés, la idea de la sangre en las calles, especialmente en España, tenía algo de verdad:

—¡Di eso, entonces!

Pablo se limpió las manos con el trapo, encogiéndose de hombros:

—No, como verso no es tan bueno, Manuel.

—Pero es claro. Dice la verdad. Termina de ajustar el nudo.

Pablo miró hacia la prensa por sobre su hombro. Con los labios apretados, dudando. Y se limpió de nuevo las manos.

—Imagino que solo harían falta unos minutos para desplegar de nuevo los tipos con ese texto.

—Correcto.

—Antes de que la tinta se seque en la imprenta.

—Eso es.

—Así que no tenemos que limpiar la prensa y recargarla de tinta.

—No, claro.

Procedieron a desplegar los tipos en la plancha. Manuel extrajo un grupo de ellos y Pablo buscó en los diferentes compartimientos, arriba y abajo, rastreando la secuencia apropiada de letras hasta que hubieron conformado la última estrofa del poema con la frase: "¡Venid a ver la sangre por las calles!" De hecho, les gustó tanto la frase que la repitieron dos veces más, una detrás de otra.

—¿Y cómo se llamará el poema? —dijo Manuel llenando de tinta negra fresca la prensa—. Me olvidé.

—*Explico algunas cosas.*

—Eso es. *Explico algunas cosas.*

—No está mal, ¿no?

—Para nada, poeta. Aunque los fascistas te colgarán bien alto por ello.

—Primero tendrán que agarrarme, claro.

La vela sobre la mesa vaciló, haciendo que Pablo desapareciera parcialmente.

A una hora bien avanzada de la madrugada terminaron de imprimir el texto, colgando cada hoja impresa en una arpillera desplegada entre una pared y otra de la imprenta. A la luz de las velas, las hojas impresas parecían pequeños sudarios, las cartas rúnicas capaces de predecir alguna forma del futuro.

–Y ahora que se han secado, las doblamos y armamos los libros –dijo Pablo y palpó una de las hojas.

–No, no hay tiempo. ¿Oyes ese ruido?

Era un rumor lejano de motores, como monstruos achicharrando a esas horas los campos.

–¿Tanques?

–Tanques, camiones, caballos. –Manuel recorrió una de las arpilleras, desprendiendo de ella con delicadeza las hojas impresas–. Un ejército, Pablito.

Media hora después, tenían empacadas las hojas ya dobladas en dos grandes alforjas que ahora pusieron a lomos de la Musa, asegurándolas con tiras de cuero. Ella protestó.

–No te preocupes, mi Musita –le dijo Pablo–. Llevas solo palabras a cuestas.

Parado al otro lado de la mula, Manuel rio y ajustó a ella la última de las tiras.

–Y puede que pesen bastante, querida, ya lo sé –dijo Pablo y palmoteó al animal en el cuello–. Una vez que nos hayamos ido de aquí y estemos seguros, tómate un minuto y lee algunas de ellas. –Cogió la rienda de la Musa con su diestra–. Son acerca de tu querida España, borrica.

Dicho esto, hizo un gesto a Manuel y partieron.

Descendieron largo rato, hasta finalmente perder el rumbo. En el camino había enormes peñascos y ni siquiera Manuel podía decir ahora hacia dónde se dirigían. Los árboles ocultaban la luna y la senda simplemente había desaparecido. Desde abajo les llegaba el estruendo de los tanques y el ruido ronco de los motores diésel subiendo hacia el monasterio. Era el sonido del fin del mundo. Satanás y sus legiones putrefactas avanzando contra los parapetos del cielo. Incluso podían ver en la distancia, contra el fondo de noche estrellada, como ascendía en el aire todo el gas que expulsaban esos infinitos motores. No veían mucho más. Si no los capturaban los franquistas, era lo que preocupaba a Pablo, serían absorbidos por la terrible oscuridad de la noche, que los haría despeñarse a los tres por algún acantilado, con las hojas impresas flotando tras ellos como grandes pétalos revoleando en el aire.

–Tengo miedo, Pablo. El ejército de Franco es que, bueno, mata a la gente como tú y yo.

–Y a la Musa.

Manuel frunció el entrecejo e hizo una mueca:

–No, los burros significan más para ellos que los poetas –dijo en un suspiro–. Pregúntale a Federico.

Ambos quedaron sobrecogidos un instante, evocando en silencio a su colega asesinado.

–Federico –musitó Pablo, con la voz temblorosa a causa del frío y el miedo. Después se inclinó junto a la Musa y le susurró al oído: *¿Te acuerdas / debajo de la tierra, / te acuerdas de mi casa con balcones en donde / la luz de junio ahogaba flores en tu boca?*

Sus palabras, que había escrito para Federico, le estragaron el corazón y, a pesar del miedo, se sumió una vez más en el dolor:

–Mi hermano.

Las orejas de la Musa quedaron repentinamente tiesas, rígidas en el aire nocturno. Estaba ahora con la vista fija en la oscuridad de la noche y en un punto más adelante, donde había algunos árboles. Su cola quedó lacia y la tonalidad plateada de su abrigo corporal pareció derivar a un gris opaco. Solo que Pablo mismo no veía nada allí adelante, ningún sendero. Únicamente una sombra detrás de otra. Todo cuanto sabía era que, en algún punto, esperaba por ellos una pendiente abrupta a través de los peñascos amarillos por entre los que el sendero descendía. Un sendero que había sido bien cuidado durante siglos, y por muchos, para que sirviera en una fuga como esa: por monjes caídos en desgracia y sorprendidos en la cama con otros monjes caídos en desgracia; por prisioneros reales que sobornaban a sus guardianes; por prostitutas que habían empleado el pasadizo oscuro que era esa ruta con miras a mantener en secreto su asignación a los obispos y emisarios papales de visita en el monasterio.

Pero Pablo, Manuel y la Musa no estaban del todo perdidos.

De una quebrada lejana bajo de ellos rebotó en su dirección una luz blanca. Enorme y astral, había comenzado a descender del cielo, entre los dos individuos y la mula. Como una aparición de brazos bien abiertos y con la cabeza baja apoyada contra el pecho. Con dos ojos verde esmeralda y flamígeros y el cabello desordenado y abundante entre las estrellas.

El corazón de Pablo apenas si latía en su interior. Manuel estaba como paralogizado por el miedo, con su mano aferrando una de las alforjas. Solo la Musa quedó pendiente de ese destello explosivo y terrible y pareció encantada con él. Y cuando la aparición gesticuló en dirección a ellos, indicándoles el sendero repentinamente visible, la mula se alejó de los dos, como convencida ahora de la cobardía innegable de sus acompañantes, y corriendo al encuentro del fantasma.

El cual gesticuló de nuevo:

—Por aquí, tontarras.

Pablo reconoció al instante la voz:

—Federico.

La visión comenzó a resplandecer otra vez, con su luminosidad casi demasiado radiante para ser tolerable. El bosque se encendió con un ventarrón rugiente. Los relámpagos irrumpieron desde el cielo. Cubriéndose el rostro con la diestra, Pablo se puso de nuevo en marcha, yendo en busca de la retozona Musa en su carrerita hacia la luz aquella. Federico volaba adelante, mostrándole a la propia Musa la senda plateada, la avenida tan clara y maravillosa para escapar de allí. Rebuznando y riendo, el animal guio a Pablo y Manuel en su descenso hasta la infinita planicie de más abajo.

—

—Así que bajo la luz que proyectaban esos árboles plateados, descendiendo a toda prisa por el sendero, sin estar muy seguros de dónde estaban apostadas las tropas de Franco, y dónde las piedras o raíces de árbol que obstaculizaban la marcha, Manuel y yo seguimos a la aparición. Sus manos flotantes nos indicaban la ruta. Sus ojos eran gemas, chiquitos, resplandecientes de confianza y júbilo. ¿Y saben qué?

La atención de Juvenal y los demás había flaqueado en ocasiones, pero Pablo siguió igual con la historia, pareciendo igual de interesado que ellos en cómo terminaría. Hasta ese momento, dado que venía inventando la mayor parte de ella, él mismo no lograba adivinar el final.

–Porque don Federico había vuelto a esta tierra para vengar su muerte a manos del general Franco y lo hizo salvando mi libro.

Pablo miró su tazón vacío y Juvenal se apresuró a llenárselo otra vez de vino, como los de Víctor y Ramada.

–Al convocarnos en voz alta, la Musa salió corriendo hacia él…

Pablo metió su mano en un bolsillo del chaquetón. Para entonces, el aire se había enfriado sustancialmente a su alrededor.

–Verán, lo normal es que los libros salven vidas, pero en este caso la Musa y el poeta muerto salvaron mi libro. –Sonrió como para sí mismo–. Y de ese modo mi alma y mi vida. –Se llevó el tazón de aluminio a los labios y después se volvió hacia Ramada–. ¿Ves entonces lo que todo eso significa para mí?

Agradecido de la remembranza, Ramada tendió su mano al poeta, que se la estrechó y retuvo unos instantes con la suya.

–Y espero que crean cada palabra que digo, amigos –dijo y dejó ir la mano de Ramada–. Aunque la parte de mí y la parte de Federico… –Bebió un sorbo de vino– fue algo que acabo de inventarme. Yo no estuve allí. Y él tampoco. –Suspiró. De veras que echaba en falta a su amigo poeta–. Pero lo demás es todo cierto, absolutamente. –Bebió otro sorbo de vino y examinó el vaso medio vacío entre sus dedos–. Manuel Altolaguirre. Montserrat. El libro. La linda Musita. Los tanques. Todo ello. Absolutamente.

Se terminó el vino y, arrojando un palo al fuego en fase de decaer, reavivó las llamas.

Juvenal miró a los otros. Estaba muy complacido de haber sido incorporado a la compañía del gran poeta y haber conseguido que los demás al fin asistieran a esa habilidad tan aclamada de Pablo de organizar un fantástico y divertido trasnoche.

16
DELIA Y EL RUSO

Eran llamas como cualquier otras, brotando de los maderos con las habituales convulsiones, pero cuando Delia apoyó el respaldo en la silla, tras devolver la palita de hierro a su lugar junto a la chimenea, se dio cuenta de que el fuego le parecía igual banal, quizá porque en otra ocasión otro fuego sí le había robado el corazón.

Estaba, justo ahora, esperando por Igor Stravinski, con quien habían planeado cenar en el Maxim's esa tarde lluviosa, los dos solos. Llevaba puesta una larga falda negra que Coco Chanel le había obsequiado, junto a una de las blusas de manga larga y seda blanca de la misma Coco, con pechera de marinero y las mangas llenas, y botones negros, y el collar de esmeraldas que Pablo le había obsequiado ese atardecer en que ganó las elecciones a senador.

Stravinski llevaba veinte minutos de retraso.

Ese otro fuego había surgido en un sitial de piedra para las llamas que Pablo había hecho en su casa de Isla Negra. No demasiado lejos de la instalación, el mar golpeaba regularmente contra la orilla, con aquel ensueño suyo como en sordina, parecido a un suspirar suave y constante, y la luna que parecía querer atraer al fuego hacia ella misma. Pablo cambiaba los leños de lugar y de ellos saltaban chispas como luciérnagas galácticas, que alcanzaban a vivir un breve segundo, antes de que su luz expirara y se sumieran tan prontamente como habían surgido en la oscuridad. Delia las veía desaparecer y Pablo se reía, sosteniendo la vara en su mano.

—Eres su fuego femenino de rosa, mi hormiguita.

Delia adoraba el apodo que él le daba y que utilizaba tantas veces como su verdadero nombre. Todos sus amigos aludían ahora a ella como la "Hormiguita", pero la entonación de Pablo al decirlo sugería tanto y tan festivo amor por ella, que Delia sentía como que era su corazón lo que él acariciaba.

–Ay, Pablito –dijo al fin, sus ojos vacilantes en la luz que se iba apagando–. Una rosa…

–Sí, claro, un único pétalo en lucha con la luna y el mar.

Los ojos de Pablo estaban fijos en el fuego. El resplandor de las llamas incidía en su rostro y hacía que sus ojos y su boca parecieran amarillos y blancos, y a la vez envueltos en sombras fragmentarias. Cuando él mismo examinaba así de atentamente las llamas, su corazón se llenaba de palabras que brotaban de él como el aire modelado y convertido luego en nubes.

–Siempre te amaré –musitó Delia.

Sonó el teléfono y ella se levantó para ir hasta la mesa próxima a las ventanas que daban al río, donde hizo a un lado el maniquí vestido que allí había, cerró el pequeño costurero de terciopelo con que había estado trabajando y cogió el auricular. El conserje, un individuo delgado y de dientes muy blancos llamado Jean-Louis, anunció que Monsieur Stravinski estaba esperándola en la recepción y deseaba que madame Neruda se diera prisa pues sus reservas eran para las nueve de la noche. Incluso escuchó a Stravinski hablándole de fondo a Jean-Louis con su acento ruso algo estridente y cierto matiz aristocrático en la voz, insistiendo al hombre en lo que debía decirle a la madame.

Qué desconsiderado, pensó ella sorbiendo por la nariz.

17
LAS TRES BRUJAS

Por la noche volvió a llover. No fue la prolongada incubación de una tormenta cuya proximidad puede vislumbrarse y presentirse durante horas. El torrente comenzó de un momento a otro. Habiendo predicho a temprana hora de la tarde que ello iba a ocurrir, Juvenal y los demás habían hecho un refugio bajo con las ramas de pino y que solo tuvo un éxito parcial a la hora de resguardarlos del agua cuando finalmente cayó en aluvión desde los cielos. Buena parte del equipo reunido bajo el refugio estaba muy mojada cuando advirtieron las primeras luces del alba. Las dos mantas de Pablo estaban en su mayor parte secas, salvadas de lo peor del chapuzón por un gran trozo de cuero que Pepe Rodríguez le había proporcionado. Los otros despertaron empapados hasta los huesos y, para urbana sorpresa de Pablo, el tema no pareció importarles.

Juvenal luchaba ahora por calzarse las botas.

—En nuestras vidas hemos sido bañados por más lluvias que las que usted ha visto, don Pablo.

—En Santiago también llueve.

—Eso espero. Pero allí tienen edificios, ¿no?

—Así es.

—A los que se puede entrar para resguardarse.

Pablo asintió.

—Eso no pasa aquí.

Juvenal salió a exponerse a la tormenta. Casi de inmediato, el agua comenzó a chorrear de cada centímetro del ala de su sombrero, como un velo de cuentas que se arremolinaban a su alrededor. Víctor y Ramada, igualmente anegados, deambulaba en los alrededores y bajo la tormenta como si no hubiera habido tormenta. Mientras desarmaba el campamento, Víctor hasta tuvo éxito en hacer un fuego, algo asombroso para Pablo, bajo una versión más reducida del refugio con ramas de pino, sobre el cual estaba ahora hirviendo el agua para el café.

–Esto puede llegar a ser un verdadero problema, Pablo. Se puede uno defender mejor de la nieve que de la lluvia. La lluvia te puede matar más rápido que la nieve, con eso de la hipotermia y lo demás.

El vapor surgía ahora de debajo de la tapa de una segunda marmita, acariciando la nariz curiosa de Pablo.

–Papilla de maíz.

Víctor sonrió bajo el pesado abrigo que colgaba sobre su cabeza. Agachado junto al fuego y con las botas hundidas en cinco centímetros de barro, destapó la olla y revolvió la papilla con un palo.

–Una delicia para una mañana de mal tiempo.

Juvenal apoyó una de sus rodillas en tierra y ante Pablo, acunando un tazón de café entre sus manos.

–Así que, don Pablo, hoy… hoy…

Los dos hombres se recogieron sobre sí mismos al sentir una ráfaga de viento frío.

–¿Hoy qué tenemos? –dijo Pablo tiritando.

–Es un tramo bastante difícil del camino, denso en bosques y peñascos –replicó Juvenal y miró al cielo, protegiéndose los ojos del aluvión que seguía cayendo–. Y es una de las mayores alturas que veremos en la travesía. –Quedó con la vista fija en el cañón apreciable más adelante–. Será arduo, doloroso.

–¿No ha viajado bastante?

–Hace años que no.

Víctor dio a cada cual un pote de papilla extraída de la ola con un cucharón. Pablo sintió la fragancia del maíz, un vegetal que siempre había venerado.

Juvenal sorbió una cucharada llena de su porción.

–Ahora empieza el verdadero Paso de los Contrabandistas. Un siglo atrás, los gauchos traían el ganado robado hasta aquí y tomaban esa senda para evitar a las autoridades. –Inspirando, saboreó el calor en su interior–. Verá, sabían qué era lo que podían enfrentar si se iban por el camino regular, que es bastante más fácil. Pero ellos llevaban ganado consigo. Treinta, cuarenta, un centenar de cabezas.

Deglutió otra cucharada y aceptó más café de Víctor. Pablo bebió al mismo tiempo de su tazón, tratando de no quemarse los labios.

–Así que debían tomar esta otra ruta, la de más arriba, y oculta, para cruzar el ganado, pero el problema… el problema era…

–Que el ganado hacía de la ruta secreta una opción verdaderamente trabajosa.

–Exactamente. –Juvenal sopló la superficie del café para enfriarlo–. Ya lo verá usted. Esto va a ser difícil para nosotros solos y, si llevaba usted una tropilla, con todo el ganado batallando por hacer pie entre las peñas, quejándose como lo hacen los novillos, y los estúpidos animales negándose a avanzar, berreando, odiándolo a uno… se hubiera sentido con seguridad muy poco feliz. –Miró a la lejanía–. Toda esa quejumbre de un montón de bestias estúpidas puede terminar arrasándolo a uno.

—

Partieron cuando el torrente aún seguía.

En bosques como esos, la lluvia se junta sobre los árboles, resbalando de las ramas más gruesas a las más delgadas, creciendo en peso y goterones cada vez más grandes que entonces se dejan caer como gotas de un plomo frío y mojado. Así que la lluvia en sí, en este caso estridente y devastadora, venía acompañada de aluviones irregulares desde los árboles. Pablo jamás había vivido un frío así. Su chaquetón de lana había quedado de inmediato empapado, y todo lo demás, la misma cosa. El poncho extra había absorbido ahora más agua que lo que tenía de lana y, cuando Pablo lo dispuso bien ceñido alrededor de su garganta para evitar que le entrara más agua por el cuello, el líquido helado se coló igual por el cuello de su camisa, anegándole el pecho y la espalda. El viento sopló con un bramido profundo.

Cabalgaron durante horas. Los caballos rezongaban, se negaban a moverse o intentaban desembarazarse de sus respectivos jinetes. La senda, que era como una cacofonía de ángulos rectos, raíces gigantescas, peñascos resbalosos y rocas, no daba tregua.

Alrededor de las tres de la tarde, la luz comenzó a declinar y Juvenal llamó a que pararan. El ala de su sombrero había perdido la forma, cualquiera que ella hubiera sido, y lucía ahora como un montón de barro oscuro disperso sobre su cráneo. Su poncho parecía un *tipi* como los de los indios de Norteamérica abandonado desde hacía tiempo. Sus ropas se adherían a su cuerpo, y el Miedo permanecía inmóvil, siendo su único movimiento el hálito vaporoso que emitía cada pocos segundos.

Juvenal alzó una mano hasta su cara y barrió el agua de ella.

—Tenemos todavía un par de horas para seguir adelante. —Apretó los labios—. Demasiadas.

—¿Qué hacemos? —preguntó Pablo.

—Va a nevar esta noche, así que debemos llegar al túnel de lava. —Señaló en la dirección del sendero, que de momento había desaparecido bajo un nuevo chapuzón descargándose desde los barrancos en la parte alta—. Pero hay una caverna, de eso me acuerdo, más arriba y más adelante, cerca de aquí.

—¿El túnel de lava, ha dicho?

—Tenemos que salir de esta lluvia.

Víctor, cuya yegua Pajarita tiritaba de frío, se inclinó hacia adelante sosteniéndose del cuerno de la silla y palmoteó a Pablo en el hombro.

—No podemos quedarnos aquí afuera, Pablo, por…—Señaló hacia la cordillera, de la cual provenían nuevas acometidas de la lluvia a través de los pasadizos descendentes—. Por razones obvias.

—¿Una caverna? —dijo Pablo protegiéndose con su mano la mejilla derecha de la ventisca.

—

Se detuvieron en una abertura de poca profundidad hacia el interior, practicada en la superficie de un acantilado, y allí hicieron campamento. Los hombres durmieron envueltos en sus ropas mojadas, con la tormenta alardeando furiosamente y a costa de ellos en el exterior. Juvenal había hecho otro fuego, el que fue capaz de sostener por sí mismo durante toda la noche, justo a la entrada de la caverna.

Nevó la noche entera.

Con las primeras luces, Víctor se paró ante el poeta, que tiritaba de frío.

—¿Sabes manejar un hacha, Pablo?

Pablo cogió con ambas manos el hacha de las manos de Víctor, la sostuvo en alto y paralela al suelo y la admiró un rato. Bajo la sombra oscura de la cordillera, la hoja metálica llena de cicatrices y raspaduras, el mango áspero y manchado, se le antojaron la cosa más útil que hubiera visto jamás. Se acordó de Vulcano, el dios. Siendo en sí misma como una factoría para la mano del hombre, esa hacha podía a la vez arrasarlo todo, construirlo todo. De ir vestida de algún modo, hubiera sido quizá con pantalones de pana y manchados, sin camisa, y con un pañuelo envolviéndole la cabeza, llevando además un capacho para trasladar pesos abrumadores a la espalda. Una entidad de dientes manchados. Con varios fuera de su sitio.

—Lo he hecho alguna vez. —Pablo le devolvió el hacha—. He cortado algo de leña para Delia, ya sabes, en las noches frías.

Víctor sonrió.

—En otras palabras, no sabes.

—Correcto.

La tormenta había disminuido un poco en intensidad. A causa de la temperatura, la nieve estaba seca y frágil. La caverna en sí estaba al fondo de un precipicio gigantesco de granito que subía en ángulo hasta unos doscientos metros por encima de ellos. Muy por sobre él y más allá, invisibles entre los gruesos nubarrones que se revolvían en el cielo, aunque Pablo se las imaginaba perfectamente, las cumbres de los grandes picos vecinos estarían desbordantes de nieve. El bosque crecía hasta casi el acceso a la caverna y la nieve fresca había decorado cada árbol con lo que parecían cortinas de encaje.

—Vas a tener que aprender a usar el hacha, Pablo —le dijo Víctor apuntando al bosque—. Porque los demás tenemos hoy una serie de otras preocupaciones.

—¿Cómo la de que nos congelemos todos y muramos con estas ropas mojadas?

–Precisamente. La otra es que, eventualmente, vamos a necesitar leña para el fuego de esta noche. Saber cómo usar el hacha implica que podrás sudar la gota gorda cortando madera y luego podrás relajarte junto al fuego cuando lo encendamos.

–¿Y tú aprendiste eso en el Aconcagua?

Víctor negó con la cabeza, achicando los ojos:

–No. En esa tormenta estábamos muy por encima de la línea de árboles. Un hacha no te sirve de mucho cuando no hay bosques.

–Me imagino que no.

–Y esa gente hubiera muerto de todas formas.

Asombrado, y luego entristecido por el declinar apreciable en la voz de Víctor, Pablo hundió sus manos en los bolsillos del chaquetón. Víctor le clavó sus ojos casi inmóviles.

–¿Cómo fue que no moriste tú, Víctor?

–Pura suerte.

–Por obra de Dios.

–En ningún caso –dijo Víctor y tragó saliva. De pronto se había enfadado–. Dios no estuvo nunca presente allí arriba, puedes creerme. Incluso la gente que le imploraba ese día, con las lágrimas congelándoseles en las mejillas, murió.

Víctor había cortado antes una rama gruesa y la había reducido a un bloquecito cuadrangular. Ahora cogió de nuevo el hacha y le indicó algunas de las ramas restantes.

–¿Me ayudas con esa de ahí?

Pablo cogió una de las ramas y la sostuvo en ángulo recto respecto al piso para asegurarla por el extremo superior mientras Víctor la moldeaba.

–Bien, ahora ponla de lado en el bloque y sostenla firme por su extremo.

Víctor comenzó a moldearla y en pocos minutos había transformado la rama larga en tres leños más cortos.

–Ahora los cuarteamos –dijo tomando uno de los leños y situándolo en posición vertical sobre el bloque. Pasando el hacha a Pablo, retrocedió y le indicó con un gesto el tosco entramado.

–Bueno, poeta. Córtalo por la mitad.

Pablo recordó a su padre cuando cortaba leña, y luego cómo lo había hecho su abuelo. Apoyó un pie a medio metro delante del otro, formando un ángulo, y alzó el hacha sobre su cabeza con las dos manos.

–¡No! –Víctor avanzó hacia él, con Pablo haciendo descender el hacha–. La única regla al cortar leña es que no pongas un pie delante del otro.

–¿Por qué?

–Porque mira. –Víctor cogió el hacha de manos de Pablo y adoptó la misma postura que él en cámara lenta, simulando que golpeaba el tronco–. ¿Qué pasa si fallas? –Aparentó perder el control del hacha y que la hoja seguía de largo hasta su rodilla adelantada–. ¿Lo ves?

–Desde luego.

–No estaría bien –agregó Víctor y se situó una vez más frente al tronco–. Así que esa es la única regla. Te enfrentas al tronco con los pies en paralelo, equidistantes del tronco, a unos setenta centímetros uno de otro, ¿sí? –De nuevo ensayó la estocada del hacha desde arriba y contra el tronco–. ¿Y si en ese caso fallas? El hacha pasa directamente entre tus piernas y tus pies, y de ahí al suelo, ¿lo ves?

–Lo veo.

–Bien. Adelante entonces. Prueba.

Una hora más tarde, Pablo había demostrado su inmediata habilidad como leñador. Le dolía, ciertamente, la espalda y tenía los nervios de punta con tanto golpe brutal del hacha contra los troncos. Fuera de eso, lo había conseguido.

–Admirablemente –dijo Víctor–. Y dejaremos esta madera cortada para el siguiente grupo de ladrones de ganado que ande por aquí. Empujó uno de los leños con la punta de la bota. Unas tres docenas de ellos se apilaban humildemente a sus pies.

–Puede que eso sea en cien años más, ¿o no? –indagó Pablo sonriente, examinando el hacha.

–En ese caso, la madera estará bien curada. –Víctor acercó su chaqueta para resguardarla de la nieve–. Y arderá con más brillo.

—

Al fin dejaron atrás la caverna, cabalgando hacia el bosque empapelado de nieve.

—Queremos llegar al túnel de lava esta tarde.

Juvenal palmoteó el hombro de Pablo cuando cruzaban por un bosquecillo de alerces.

—Es interesante, el túnel. Enorme. Formado por la lava cuando estas montañas recién surgieron. Quién sabe qué edad tendrá.

—¿Desde los orígenes de la cordillera?

—Ciertamente, desde cuando todo esto eran volcanes. Hace cientos de millones de años.

Siguieron adelante. A medida que el suelo húmedo y cubierto de humus se volvió inestable y congelado solo a medias, el apoyo de los animales se hizo fatigoso. Subían cada vez más alto y todos ellos, incluso el Miedo, tenían ahora dificultades en su marcha. En algunas de las planicies de granito había charcas no muy hondas de agua congelada y, cuando estaban cubiertas de humus o nieve, ni los jinetes ni sus cabalgaduras podían ver lo que había debajo. Así que el avance debía ser muy cuidadoso. Juvenal indicó a Pablo que fuera en mitad de la única hilera de caballos, con él y el Miedo en la retaguardia.

La nieve seguía cayendo.

Durante una parada, luego de unas pocas horas más, Juvenal desmontó del Miedo y se acercó a Pablo, que estaba encendiendo en esos instantes uno de la media docena de habanos que había traído consigo para el viaje.

—Lo está haciendo bien, maestro.

—Gracias. —El humo revoloteó en torno a la cabeza de Pablo—. Muchachos, ¿quieren un poco de esto? —Le extendió el habano a Juvenal.

El humo envolvió ahora el rostro de Juvenal, que sostuvo un momento el habano entre los dedos enguantados de su diestra, saboreándolo, y enseguida se lo pasó a Víctor. Pablo se dio cuenta de que Juvenal estaba, por primera vez, disfrutando de todo el asunto, algo que no había ocurrido mucho hasta allí, salvo en las ocasiones pretéritas en el aserradero, cuando Pablo no lograba hacer andar al Tuerto u obligarlo a detenerse, dependiendo de la situación. Entonces el propio Juvenal se había reído. Pero, aun en tales casos, Pablo no hubiera podido decir si el baqueano se estaba divirtiendo de veras o sencillamente burlándose, siempre a expensas del dandi hacedor de poesía.

—Es bueno, el cigarro –dijo Víctor y se lo pasó a Ramada.

—Cubano. Nos merecemos algo de placer con un clima como este.

—Y bastante más que eso, don Pablo. –Juvenal miró a un costado cubriéndose la boca con el puño para esconder la sonrisa que acababa de asomar a ellos–. Ha cabalgado usted muy bien, me ha sorprendido, debo admitirlo. Pero bueno… –Se volvió a mirar hacia otro lado.

Dos horas después, subieron por el cauce poco profundo de un arroyo. El agua barboteaba hacia abajo por la quebrada rocosa contra la cual batallaban. La nieve volaba hacia arriba y abajo de la quebrada, por ambos flancos. Pablo se imaginó que, si algo salía mal ese día, sería con seguridad en ese punto, y sería quizá la caída de un caballo, que terminaría desplomándose con la pata quebrada. Un desastre parecido, de esa índole, alejado de cualquier lugar seguro.

Entonces sobrevino un único y abrupto desgarramiento de un árbol situado más arriba en la misma quebrada. Fue como un trueno que irrumpió de pronto y los veinte metros superiores del árbol cayeron directamente al arroyo. El Tuerto había presentido la madera viniendo hacia abajo y trepó instantáneamente hacia una orilla de la quebrada. El árbol había caído más arriba dentro del cauce, en un leve ángulo respecto a él, y quedó descansando a lo largo de la vía acuosa. Pablo y el Tuerto estaban ahora separados de Juvenal y Ramada, que habían ya cruzado por ese punto. Una vez que logró calmar al Tuerto, Pablo buscó a Víctor a su alrededor, pero no escuchó su voz en ningún lado, ni sonido alguno, excepto el del arroyuelo y, de pronto, un relincho de la yegua Pajarita, que se había dado la vuelta y descendido el cauce. Estaba ahora detenida a unos cincuenta metros de allí, al borde del agua. Esperando ante un círculo de alerces cargados de nieve. Sola.

—¡Víctor!

El tronco, apoyado en su propio costado, era de cuatro metros de diámetro. El bosque estaba en completo silencio, salvo por los gritos de pánico de Juvenal y Ramada allí adelante, bastante más lejos, llegando débilmente hasta allí. La nieve parecía sostenerse aferrada ella misma a los árboles y sobre el humus. De Víctor no había seña alguna. Pablo desmontó y comenzó a caminar por la extensión del tronco caído. Con tantas ramas, tuvo que trepar por ellas y por debajo, luchando por entre la nieve que las cubría, buscando a su compañero. Las agujas en cada rama se le clavaban en el rostro y le picaban las manos a través de los guantes. Con el corazón agitado, Pablo ascendió tambaleante por la orilla del cauce que el árbol caído no había alcanzado a cubrir. El agua del arroyo revoloteaba en torno a sus botas. Él resbaló sobre las piedras y eventualmente cayó en pies y manos al agua.

Encontró a Víctor inconsciente, yacente a un costado del arroyo. Con su pierna izquierda atrapada entre las peñas, hundida entre ellas, aplastada por un borde del tronco caído. Estaba fuera del agua, pero no había forma de liberarlo.

—

—Yo cortaré desde arriba. —Juvenal indicó el tronco en un punto a medio metro sobre el tobillo aprisionado de Víctor–. Ramada, tú corta desde aquí abajo y hacia ese costado. Cortemos de modo de encontrarnos en algún punto… —Dibujó con su dedo una X en el costado del tronco–. Aquí. Entonces nos costará menos sacarlo, don Víctor.

—¿Cuánto se va a demorar? —La voz de Víctor había desfallecido a medida que aumentaba su sensación de frío.

Juvenal miró la parte superior del tronco caído y luego en ambas direcciones de su extensión total–. ¿Unas seis horas?

Víctor descansó sobre su espalda. Sus ojos estaban fijos en las copas de los árboles sobre él. Su piel había palidecido hasta quedar jaspeada de una tonalidad grisácea.

Al cabo de pocas horas, el tronco exhibía dos grandes muescas hechas desde ambos flancos. La labor de Pablo había consistido en mantener a Víctor temperado, lo que había hecho siguiendo el ejemplo del mismo Víctor de hacerse una suerte de baldaquín, batallando por hacer un fuego cercano e hirviendo allí varios tazones de café para acompañar las raciones de porotos. En cierto momento, encendió otro habano y lo compartió con su amigo, y luego un segundo. El propio Víctor quedó inconsciente un par de veces, agotado por el dolor del tobillo y su lucha por mantener la calma.

Ninguno sabía si el tobillo estaba roto. Pablo se encargó además de que el accidentado no dejara de hablar, para captar su atención y apartarla de su pierna atrapada. Hasta que él mismo manifestó en voz alta su inquietud de que quizá fuera a morir allí.

–No, eso no tiene ningún futuro –rio Pablo, aunque Víctor hablaba en serio. Pablo le hizo entonces de enfermera, barriendo el agua de su rostro y cubriéndolo con sus propias mantas semisecas. Le habló de casi todo y le exigía respuestas, de la lluvia y la nieve en el Aconcagua, del escalamiento realizado por el propio Víctor, de las playas de Viña del Mar y Valparaíso, del sol en verano y los arroyos donde se practicaba la pesca en Bariloche, y el goce que Víctor sentía ante la carne y verduras asadas en la parrilla, la poesía, los libros, las leyendas.

–Sí, ahora recuerdo a alguien… –balbució Víctor en determinado momento, luchando por seguir el dialogo–, un indio que trabajaba como sirviente para mi abuelo, él me contó la historia, sobre cierto tipo de mujeres que a veces se te cruzan en el camino.

–¿Para qué?

–Para advertirme de lo que iba a ocurrir. Entre los indios de por aquí hay muchas mujeres así.

–Como Casandra.

–¿La griega?

–Sí, que te cuentan el futuro. Y la peor parte del futuro. El que Casandra anunciaba, cuando menos, era todo terrible.

–Sí, claro. Pura destrucción.

–La ruina del reino. La caída del soberano que actuaba con justicia, todo eso.

Ramada dejó de talar. Sus hombros y antebrazos temblaban:

–¿Esa historia es vieja, don Pablo?

–Muy vieja –corroboró Pablo levantándose y le pasó un tazón de café. Víctor, examinando desde donde estaba caído la herida profunda que Ramada había infligido al árbol, manifestó su acuerdo con una exclamación débil. Más arriba, Juvenal trabajaba a su vez y el golpeteo de su hacha contra la madera marcaba un ritmo sincopado e irregular, acompañado de la melodía constante de la nieve que volvía a caer una vez más desde los cielos.

Ramada depositó el café en una roca cercana y empuñó de nuevo el hacha.

–Yo conozco esa clase de historias –dijo mirando la herramienta unos instantes, con los ojos clavados en su hoja tan golpeada y el mango astillado. Pablo, que se había sentado ahora en una roca pequeña, sintió que la pausa de Ramada era como una de las suyas, en mitad de estar escribiendo un gran poema, cuando no sabía adonde se dirigía o cómo completarlo eventualmente. Ramada examinaba los detalles. Intentaba determinar si la herramienta era la correcta, las palabras las requeridas, y si ellas funcionarían, dadas las infinitas opciones que se abrían ante él.

Por ahora, sin embargo, la meta era simple: liberar la pierna de Víctor antes de que anocheciera, momento en que muy probablemente se congelaría y moriría allí de frío. Pablo se dio cuenta entonces de la frivolidad de sus propias rumiaciones. Aun cuando el poema de Ramada contenía solo unas pocas líneas esenciales, cada una era de suprema importancia. Eso restringía y volvía más relevantes las pocas opciones disponibles en comparación a las habituales en ese caso.

–Hay muchos espíritus antiguos que uno debe conocer en un bosque como este –dijo el mismo Ramada finalmente–. Senderos que surgirán del suelo para llevarlo a uno. Al árbol que gusta de dejar viudas a las mujeres. –Frunció el ceño–. Y no son puras ramitas caídas, don Pablo, esos hacedores de viudas. Son la venganza de las esposas decepcionadas. –Dicho esto, se encogió de hombros y se volvió de nuevo en otra dirección.

–¿Cómo sabes estas cosas? Un muchacho tan joven como tú.

–Por las madres. Las abuelas. Mi abuelita me lo contó una vez que, por ejemplo, aquí hay animales que actúan en la oscuridad de la noche y son los fantasmas de los araucanos.

–He conocido a algunos.

–¿Araucanos?

–Seguro. Y fantasmas.

Los araucanos eran la tribu que dio su nombre a la región de Chile donde Pablo había venido al mundo. De todas las tribus indígenas existentes en el continente, eran la que había desafiado claramente a los conquistadores durante siglos después de la invasión de estos en el siglo XVI.

El padre de Pablo los admiraba mucho. Uno temía a los araucanos incluso después de muertos.

—Y en un bosque como este, ellos te encuentran tarde o temprano –dijo Víctor mirando a un costado–. ¿No te dijo eso tu abuela, Ramada?

—Me lo dijo.

—Bueno, por fortuna –dijo Pablo–, nosotros solo tenemos que preocuparnos de este árbol.

—Es verdad, pero es igual un árbol formidable, ¿no, don Pablo? – Ramada estaba ahora parado ante el alerce caído, evaluando la labor que ya había hecho. Más arriba, Juvenal seguía trabajando en su parte–. Es, un árbol como este… –Ramada alzó el hacha sobre su cabeza–, los espíritus que hay en él podrían sorprenderlo verdaderamente –concluyó y dejó car el hacha, que rebotó contra la madera y dio con la hoja contra su pierna–. ¡Mierda! ¡Hijo de puta!

Pablo corrió a ayudar al muchacho. La sangre manaba de la herida que el hacha acababa de infligirle.

—

—Ahora depende de usted, don Pablo –dijo Juvenal y le extendió a Pablo el hacha.

La rodilla de Ramada se había hinchado y estaba terriblemente magulladas. La tela que ahora la envolvía, una de las camisas de Pablo, estaba oscura por la sangre.

Tras una hora de talar, Pablo hubo de luchar para seguir adelante. Su espalda se rebelaba contra el dolor. Sus manos, aunque resguardadas por los guantes, estaban llenas de ampollas. Recordaba todo lo que Víctor le había contado sobre cómo cortar leña y, aunque el hacha rebotaba de vez en cuando en alguna dirección imprevista, fue capaz de evitar que se volviera contra él y, más importante aún, contra Víctor.

Víctor y Ramada le pedían que siguiera hablando. Habían ido enfriándose tanto los dos que necesitaban de algún tipo de distracción, algo además del café para mantenerlos activos. Pablo se acordó de Sherezade y les narró el cuento de la muchacha que contaba una historia por las noches y de cómo, cada día, durante mil y una noches, salvó su vida por el simple expediente de nunca terminar la historia. Se acordó de los hermanos Grimm, de quienes les contó "Blancanieves" y esa otra de "La bella durmiente", en que exageró la sensualidad de ambas heroínas a tal punto, que un siglo atrás de esa fecha hubiera ofendido a los lectores. En su relato asomaron grandes pechos, sonrisas seductoras y caricias infrecuentes. A Ramada le gustaron especialmente *esas* historias. Finalmente, Pablo comenzó a contarles de Perséfone y sus amenazas de devastar el inframundo del Hades. Su deseo erótico de las semillas de granada, que sangraban por entre sus dedos cuando las chupaba. Les habló de su regreso al mundo exterior y de cómo ese arribo aseguró que en él hubiera estaciones: junto a la destrucción, el renacimiento, el envejecimiento y la ruina.

Pablo sabía, entre otras muchas cosas, de ciertas tribus norteamericanas, así que pudo hablarles además del archisabido dominio de los caballos por los apaches, la belleza de las pinturas faciales utilizada por los algonquinos y los penachos de plumas de los sioux.

A medida que el hacha de Juvenal se acercaba más y más a la suya desde abajo, describió algunas cosas que había aprendido de las tribus de Sumatra, donde había sido alguna vez cónsul de Chile. Acerca del pájaro Garuda, de la conflagración instantánea de fuego y gases que envolvió al mundo cuando él nació y la batalla del Garuda contras los dioses por la posesión del Elíxir de la Inmortalidad. Y dedicó algún tiempo extra a su última tarea de describir el transporte alado del dios Vishnú a través de los varios universos del bien y el mal.

Explicó a la vez el mito de los niños congelados, sacrificados a los dioses incas en la ladera superior y desbordante de nieve del Llullaillaco, una montaña de siete mil metros de altura en la Argentina. Él mismo sabía de eso porque Llullaillaco era un lugar sagrado de los incas de Atacama, que habían vivido allí durante miles de años, muchos de cuyos descendientes habían votado por Pablo para senador.

—Ellos decían que los niños seguían viviendo, aunque fueran eliminados para preservar el mundo y a los que quedaban atrás, y que deambulaban por el universo vestidos como príncipes —concluyó Pablo y a su rostro afloró la tristeza—. Y, por supuesto, como una bella princesita.

Describió a las tres brujas que predecían el caos sangriento provocado por la ambición de Macbeth, con su proclama a viva voz: *¡Que hierva el caldero y la mezcla se espese!* Las tres brujas, las mujeres barbadas. *¿Serían ellas las Parcas?*, se preguntó ahora en su fuero íntimo. *¡Retiraos! ¡Fuera de aquí! Qué hombre maravilloso, el bueno de Shakespeare*, pensó adicionalmente. *Si solo pudiera escribir yo mismo tan bien como él.*

Y así continuó talando y hablando hasta llegar al fin, exhausto, al punto que Juvenal había a su vez alcanzado, dando pie ambos a una especie de gran cuna de bebé tallada al centro de dos grandes hendiduras abiertas en el tronco del alerce. Las dos heridas se habían juntado como si hubieran sido un solo corte, en un ángulo de noventa grados respecto al tronco, con unos quince centímetros de madera aún por remover, para dejar a la vista la pierna atrapada de Víctor.

—Así que ahora falta el tercer corte. —Juvenal se rascó la cabeza—. El último.

—Yo me traje la sierra esa, ya sabe —dijo Pablo—. La pequeña sierra con la que estaba posando cuando Víctor llegó al aserradero. La tengo conmigo, como recuerdo. —Suspiró y dejó caer su hacha al suelo—. ¿No sería más seguro hacerla con esa?

—Tráigala.

—

Al cabo de otra hora de labor habían liberado a Víctor, cuyo tobillo estaba muy maltrecho, pero el herido fue igual capaz de caminar con ayuda. Pablo examinó el tronco del árbol, al cual acababan de recortarle esa rodaja gigantesca, el resultado final de tres cortes separados, tres incisiones donde alguna vez estuvieron, quién sabe, los ojos del árbol, fue lo que se dijo Pablo. Ojos que le habían sido ahora talados, cegándolo para siempre. Y aunque las tres brujas, ellas que habían dictaminado otro futuro, se habían burlado con disimulo del vano esfuerzo de ciudos por liberar a su compatriota, su anuncio había sido al final derrotado, y ellas con él. El desastre predicho por Casandra, de Víctor congelándose hasta su muerte antes de que nadie pudiera rescatarlo, no había ocurrido.

Víctor se sentó a beber un último tazón de café al costado del árbol, acariciándose el tobillo y agradeciendo lo hecho a los otros tres, que
parecían todos sin fuerzas, exhaustos a la orilla del caudal.

–Se ven todos mucho peor que yo.

–Lo estamos –replicó Pablo divertido y a la vez agotado y se volvió de
costado, ávido de dormir un poco.

—

La luz declinaba cuando arribaron a un claro.

Al hacer campamento, Pablo advirtió, como si hubiera sido la primera vez, cuán harapientos lucían sus acompañantes. La fatiga los había so-
brepasado a todos y se desplazaban ahora con lentitud, como si la tarde
en fase de diluirse hubiera resuelto, antes de abandonarse a la oscuridad,
presionar cada vez más sobre cada uno de ellos. Ramada y Víctor, que eran
siempre los caballitos de batalla, habían sido ambos abatidos y, al moverse
ahora, parecía que el dolor que sentían se hubiera afincado en su interior,
como gusanos que les devoraban con lentitud las entrañas. Su cara y sus
manos lucían igualmente sucias. En el caso de Ramada, su rostro parecía
antes veinte años menor que sus manos. Ahora sus mejillas estaban mugrosas, llenas de magulladuras, y parecían tan fatigadas como sus manos.
Víctor deambulaba tambaleándose alrededor con una estaca que había encontrado en el bosque, y su tobillo arrasado era incapaz de sostener su peso.
Juvenal, habitualmente imperturbable y sumido en un afirmativo desdén,
o en el mejor de los casos mascullando en tono de burla, estaba ahora en
silencio. Ni siquiera el tono despectivo le resultaba posible en esos momentos, agotado como estaba para decir nada.

Pablo aseguró al Miedo y los caballos, teniendo especial cuidado en
que quedaran resguardados del viento por un círculo de alerces. Los animales estaban a su vez vencidos por la fatiga. Cuando Pablo emergió de
la arboleda, Juvenal, con los hombros caídos y el cuerpo entero inclinado
hacia la izquierda, lo esperaba junto al fuego, con los ojos oscuros clavados
en el suelo y los labios fuertemente apretados, en un gesto que parecía a la
vez de derrota y furor.

–Vamos a descansar aquí, don Pablo.

Pablo asintió.

–Todo el mundo lo necesita.

Pablo volvió a asentir:

–Por supuesto.

–Pero antes debo decirle algo… Yo pensé que usted no iba a entender los peligros de por aquí.

–¿Ah, sí?

–Que usted nos consideraba a todos sus sirvientes. Sus lacayos.

–Ay, Juvenal.

Juvenal alzó su mano para pedirle silencio. No le iba a dejar al poeta ni siquiera derecho a réplica. Pablo solo dedujo que se aprestaba a regañarlo por… ¿por qué sería esta vez? ¿Quizá por su presunto desprecio por esos individuos y su seguridad?

–En cambio, he visto que es usted fuerte, un valiente.

–¿Y no un ingrato?

–No, don Pablo. ¿Un hombre que aprende a montar caballo como usted, que puede manejar un hacha así? No.

Al cabo de una hora, la luz se habría ido por completo. Pablo quedó sorprendido y a la vez impactado.

–Todos apreciamos de verdad lo que ha hecho usted en los últimos días, don Pablo. Lo que hizo hoy.

–Juvenal, yo…

Juvenal alzó de nuevo su mano, un gesto indicativo hasta allí de su desdén, pero que esta vez –fue lo que Pablo apreció– era de aceptación. Una suerte de bienvenida.

18

EN BLANCO

Al día siguiente, la nieve se dejó caer con fuerza por la tarde a todo lo largo y ancho de la cordillera, una tempestad abrupta y la peor que Juvenal o Víctor hubieran visto hasta allí.

Con el Tuerto atravesando con dificultades un prado enorme y abierto en que no crecía un solo árbol, la nieve buscaba penetrar en los ojos de Pablo, de modo que los restantes jinetes delante de él se habían transformado en manchas, en borrones pardos y oscuros. Ningún intento de sacudirse la nieve de encima o cubrirse los ojos con la mano ayudaba mucho, aporreado como todos por ella, hasta darse cuenta, al inclinarse hacia adelante en medio de la ventisca y espolear al Tuerto, de que no conseguía ver nada de nada, ubicado como iba en la retaguardia de la reducida columna.

Solo quedaba ante él ese resplandor incoloro de la falta de visibilidad.

El único indicio de algún bosque era el ruido que se oía en torno al prado, cuando la ventisca bramaba entre los árboles, en un rugido parecido al de una avalancha en los Alpes, pero incluso eso, conjeturó Pablo ajustándose el cuello del chaquetón, incluso una avalancha como aquella hubiera parecido tenue en comparación con esto. Solo veía ahora unos pocos árboles. Y volvió a ajustarse el cuello, contra la cacofonía desatada del viento en su intento de derribar el bosque. La Cordillera de los Andes, como atormentada por las decepciones pasadas y las traiciones sufridas, azotaba todo cuanto encontraba a su paso. Si un día colisionaban el sol y alguna otra estrella, ese hubiera sido el estruendo resultante, como el sonido que habría acompañado a la gestación del universo…, en caso de que hubiera habido en esos momentos algún ruido en absoluto, pensó para sí mismo.

Sentía la piel, allí donde no estaba cubierta por la bufanda de algodón en que se había envuelto la cabeza para protegerse nariz y boca, ardiente, como si hubiera estado pegada a un hielo. Sus manos hundidas en los guantes le provocaban, aun así, tan solo dolor. No un dolor superficial; más bien, la sensación eléctrica de entumecimiento que el frío le transmitía hasta los huesos de cada dedo.

El Tuerto avanzaba a cada segundo más lento, como si la musculatura se le hubiera endurecido y los tendones acortados, y su determinación de antes se hubiese vuelto esquelética. Con las riendas congeladas y adheridas finalmente a sus guantes.

De nuevo miró hacia adelante buscando a los demás. Por un momento, las ancas y los flancos del Ángel, el caballo de Ramada, fueron visibles, como lo fue la cabeza y espalda del propio Ramada, que aparecía y desaparecía como un sueño en vías de acabarse, aunque igual volvía cada tanto, cada vez más tenue.

Pablo comenzó a adormecerse en la silla. Todo se movía muy despacio y se encorvó hacia adelante, sintiendo apenas las riendas en la punta de los dedos. Los guantes ahora rígidos no le permitían ya asirlas con la mano entera y mejor cedió su liderazgo al Tuerto, sabiendo que el caballo seguiría por su cuenta a los demás. Luego de varios minutos, sintiendo una especie de tibieza general, en especial en sus pies y manos, apoyó el mentón en su pecho y los ojos se le cerraron dócilmente para entrar en el sueño.

Él luchó contra ello. Pepe Rodríguez le había advertido del frío que haría allí arriba, en los pasos cordilleranos, un frío traicionero que solía brindarte una sensación de camaradería y agradable somnolencia y luego te mataba. Esa tibieza consiguió de hecho engañarlo, aunque él no lo advirtió al principio. Después, cuando alzó de nuevo la vista, los demás habían desaparecido. No le importó. Sabía que el Tuerto lo salvaría. Fuera como fuese, el nombre del caballo era, en los términos de don Quijote al reflexionar en torno a su propio Rocinante, "aristocrático y sonoro". "Es el nombre justo", se dijo en un murmullo, "para un semental como mi Joven Tuerto, ¿no Cervantes?"

Se espabiló una vez más. Dejado a su suerte, el Tuerto había dejado de caminar. El viento los azotaba a los dos con fuerza, como la nieve cada vez más densa. No le importaba. Dejó caer de nuevo la cabeza y se durmió. La tibieza dentro de su chaquetón subía ahora por su barriga hacia su pecho y cuello. El frío parecía ahora reconfortarlo. Comenzó a soñar.

Con Delia.

Ella lo besaba como siempre, inclinándose hacia él, con su cabello chicoteándole en el pecho. Asiendo con firmeza su mano derecha, y los dedos de la mano libre clavándose en él a medida que su excitación aumentaba, aun paso ella misma de venirse, montada a horcajadas sobre Pablo de la forma que tanto le gustaba, dejando que sus estocadas la penetraran con fuerza, con violencia, por todos lados. Al besarlo ella, Pablo tuvo el temor de no ser capaz de sostener su deseo, el anhelo de ella de que siguiera moviéndose, que no parara. Sus labios, los de ella, rozaban apenas los suyos, hasta que ella misma se los humedeció con la lengua y volvió a besarlo, justo cuando el calor febril del orgasmo se posesionó de todo y varios grititos afloraron de sus labios.

Para sorpresa de él, ella sangró. Se alzó en el sueño desprendiéndose de su cuerpo y ascendió hacia la blancura, desapareciendo lentamente y por completo, salvo por la sangre que chorreaba por sus muslos. Hacía, en rigor, varios años que no sangraba de ese modo. Ahora le pareció, a él, una sirena alzándose de entre la espuma y un mar blanco, con su sangre cayendo en goterones sobre la nieve, tiñéndola de un flujo rosáceo que ahora flotaba en ese mar salobre y descolorido a su alrededor.

Minutos después, la misma Delia yacía como siempre dispersa sobre la sábana, incapaz de hablar después de hacer el amor así, y los rayos del sol se filtraban por entre el cortinaje blanco de organdí de su dormitorio compartido en Isla Negra. El mar se revolvía en torno suyo, con el azul del Pacífico agitado y nada en calma. En rigor, la rompiente de la orilla repercutía como grandes láminas de muselina curvándose cada tanto sobre sí mismas con un rugido deleitable. Un océano tan hondo en la lejanía que el azul de sus aguas evocaba el azul astral del universo en una noche de luna llena. Delia respiraba agitada y sus inspiraciones hacían estremecerse su piel. Con una de sus manos cubría ella misma uno de sus pechos, murmurando algo entre dientes, y un mechón de su cabello largo y dorado, del color de las almendras, le tapaba los ojos.

–Pablo.

El corazón de Pablo pareció levitar unos segundos, él con el dorso de su mano apoyado contra su frente para resguardarse. Apenas si había lugar allí a ninguna ensoñación, pero evocar a Delia y su piel contra la suya fue como si un refinado ungüento los hubiera penetrado a cada uno. Y prestó atención al mar.

–Pablo.

Entonces sí soñó, que alguien acababa de depositarlo en su tumba, hecha de hielo azulado y blanca nieve, el hielo como diamantes fragmentados, en ese agujero rectangular que ahora circundaba su cuerpo. No había ataúd. Yacía, más bien, sobre la manta de lana, el poncho y los overoles con que venía ataviado en esa fuga a través de los Andes. Los sepultureros revolvían la tierra del hoyo con él dentro. Excavaban otro poco y lo ampliaban. Él se preguntaba cómo es que había muerto tan pronto. *Dios santo, pobre Pablo.* Y le divertía un poco la idea de su muerte. *Yo lo conocí muy bien.* ¡De un segundo a otro y estaba muerto! Sin el estruendo y el miedo que siempre había creído que acompañaría a su deceso. *Un hombre con un sentido del humor superlativo…* Sin siquiera resistirse, y ninguna batalla estridente contra el deterioro de la carne, contra la mortificación de su alma.

–Al menos pudimos rescatarlo de la tormenta –dijo uno de los sepultureros, que seguía ahondando el hoyo, con Pablo deseoso de seguir durmiendo, aunque esos individuos no se lo permitirían.

–¡Despierte! –gritó uno de ellos reclinándose sobre él. Enseguida lo abofeteó y sacudió por los hombros–. ¡Ponga atención!

Pablo reparó en el individuo encorvado contra el viento que barría la superficie alrededor de la tumba.

–Se cae del condenado caballo en mitad de una tormenta…

–¿Delia?

¿Dónde está ella? Pablo hacía un gran esfuerzo por hablar.

–No, no soy Delia.

–¿Y quién eres, entonces?

Por unos segundos, no hubo respuesta.

–¿Tienes esa sierra? –le gritó Víctor sacudiéndolo por los hombros.

–¿La sierra? Sí, yo… yo…

–Bien. Cavaremos en la cueva, entonces.

–No, para cavar en una cueva necesitas una pala –acotó Juvenal, encorvado para capear las fauces de la ventisca–. Una sierra no servirá de mucho.

–¿Y tú tienes una pala? –inquirió Víctor.

–¡Claro!

–Tráela.

Juvenal saltó fuera de la tumba y desapareció entre el blanco de alrededor.

–Y no discutas conmigo así. ¡Trae además una de las antorchas! –añadió Víctor examinando una acumulación de nieve que había frente a él, junto a la cabeza de Pablo, allí donde yacía en su tumba–. Ramada, tú cuida de los animales.

Ramada desapareció a su vez en la tormenta y, al cabo de unos segundos, Juvenal volvió.

Víctor se arrodilló en la base de la acumulación con su rodilla a escasos centímetros de la sien izquierda de Pablo.

–Dame esa antorcha apagada.

Juvenal le pasó la antorcha y Víctor hundió el extremo en el montículo y la tea en posición horizontal. Enseguida la extrajo y volvió a hundirla varias veces.

–Okey, no hay rocas ni troncos, ¡nada! Podemos cavar aquí. –Se volvió hacia Juvenal y apuntó a la base del montículo–. Tú cavas. Usa la sierra.

–Ya, pero… ¿qué hago exactamente con la sierra?

–Un agujero por el costado del montículo, idiota.

Juvenal comenzó a aserrar en la nieve acumulada:

–¿Cuán profundo?

–Hasta el fondo, el hoyo debiera ser de tres metros cuadrados.

Mientras Juvenal hacía su labor, Pablo miró a Víctor, cuya angustia –con la cabeza envuelta en una bufanda de lana cuyos extremos había insertado en su cuello, el del gran chaquetón de lana– parecía transmitir que ese agujero practicado en el flanco de un montón de nieve no iba a servir de nada. Era un gesto absurdo y sin esperanzas. Recordó haber hablado con Víctor en el hospital de Santiago luego de que su amigo sobreviviera al desastre del Aconcagua. Hablado de su campamento a seis mil metros de altura, sobre el cual se había abatido por la noche una tormenta. Habían planeado una incursión a la cumbre que debía partir a las dos de la madrugada, pero ahora todas las tiendas de campaña estaban destruidas y Víctor, invadido del pánico y la cercanía de la muerte, solo había podido dar con otra persona viva, un guía y porteador indio cuyo nombre no conseguía recordar.

—Era un escalador muy fuerte —le había referido él mismo a Pablo—, un hombre del que nunca piensas que vaya a morir. —En su lecho de hospital, Víctor había desviado los ojos, soltando la mano de Pablo para quedar mirando fijamente al techo blanco y uniforme de la habitación—. Un hombre al que incluso la muerte tendría miedo de llevarse, era lo que creíamos todos.

—¿Y qué pasó con él, Víctor?

El rostro de Víctor, renegrido en varios lugares por efecto del congelamiento sufrido, parecía incapaz de ningún movimiento. En el blanco de sus ojos se multiplicaban las venillas, dando la impresión de alguien al que se le hubiera aplicado una descarga eléctrica. Sus labios apenas se movieron cuando reunió decisión suficiente para responder:

—Se dio por vencido.

—¿Y dijo algo?

—Sí, me pidió que les dijera a sus hijos lo mucho... —Víctor había tragado saliva, incapaz de hablar durante unos segundos—, la clase de tonto que había sido.

Juvenal aserraba ahora la nieve como si hubiera sido un adversario que debía abatir.

—Entonces no sabía yo hacer una cueva como esta. —Víctor cogió la sierra de manos de Juvenal y aserró adicionalmente el interior de la cueva dentro del agujero, a la altura de la cabecera de Pablo.

¿Estará cavando también la tumba de los demás? Pablo pensó que él mismo debía haberse ya muerto y que, de seguro, lo estaban enterrando, pero si Víctor cavaba a su vez la tumba de los demás... ¿quién lo enterraría luego a él?

Con cada corte aserrado, otro bloquecito de nieve se desprendía del montículo y muy pronto el borde alrededor de la tumba estuvo rodeado de pequeños bloques de hielo que atenuaban la ventisca. Al cabo de una hora, Víctor y Juvenal habían aserrado y excavado en el montículo una cueva suficientemente grande para que cupieran todos. En el interior de ella había dos repisas, separadas entre sí por un pasadizo un metro más hondo que ellas.

—¿Para qué son las repisas? —preguntó en ese punto Juvenal.

—El calor tiende a subir —le respondió Víctor— y el frío a descender. Dormiremos sobre las repisas, ahí estará más cálido.

Había hecho además un techo curvo que suavizó ahora con el reverso de la pala:

—El calor de nuestros cuerpos podría derretir una parte de la nieve aquí arriba. Siendo el techo curvo y suave, si se moja un poco, el agua resbalará por las paredes hacia abajo en lugar de caernos encima. —Víctor cogió una vez más la antorcha y con ella hizo un agujero en el techo del espacio creado para abrirlo al exterior—. El cuerpo emite además monóxido de carbono. Si clausuramos la entrada a la caverna con algunos de esos bloques de hielo, debemos evitar igual sofocarnos, es el sentido de este respiradero aquí arriba. —Se volvió hacia Ramada—. ¿Qué hay de los caballos?

—Están bien. No estamos lejos del bosque y los he asegurado en los árboles, como hizo don Pablo el otro día. Allí se acurrucarán para protegerse del viento.

Pablo se había sumergido nuevamente en el sueño, el que, igual que antes, tomó equivocadamente por la muerte, aunque esta vez intentó imaginarse cómo haría para describir algo así. Ahí estaba entonces, el mayor poeta lírico del siglo XX —"en cualquier idioma", había dicho Picasso— convirtiéndose de a poco, lentamente, en un gran bloque de carne congelada. ¿Qué podría hacer, eventualmente, algún triste novelista para referir un hecho así? ¿Cómo podía uno concebir los pensamientos del mayor poeta lírico del siglo siendo tan solo un laborioso escritorzuelo interesado en los réditos monetarios? Pero, en fin, ya lo había dicho Samuel Johnson, ¡que solo un cabeza de chorlito escribiría por algo más que el dinero! No era el caso de Cervantes, que escribió la segunda parte del Quijote al quedarse sin dinero. Ni de Shakespeare, desesperado con la venta de sus propias obras, escribiendo para atraer a la audiencia hacia El Globo. O de Charles Dickens, reacio a decepcionar a sus lectores, que pagaban una buena suma por la revista que adquirían con sus textos, y había adoptado la práctica de escribir el número exacto de palabras que se requerían para llenar exactamente la columna que esperaba llenar. O de Pablo mismo, escribiendo infinitamente y publicando de manera incesante en tanto su sueldo de diplomático representaba solo unos pocos y desdichados centavos en comparación a sus ventas como poeta. *Así, puede que un escritorzuelo laborioso no tuviera mayores problemas*, reflexionó, *a la hora de escribir una novela sobre la muerte lenta, en una tumba circundada de hielo y alejada de Dios, de ese otro escritorzuelo que era Neruda... Igual*, se preguntó finalmente, *¿qué diría yo mismo si tuviese una oportunidad como esa...?*

Delia. Y el amor tan parecido a ella. El azul, ese de la noche estrellada que ahora se vuelve negra, y los indicios en la distancia de esos astros que certifican la presencia efectiva del amor. Diamantes parecidos al hielo, pero el hielo se torna plateado y galáctico en esa circunstancia cegadora, y sus astros se ahogan en medio de esa luminosidad infinita.

19

CABEZA DE VACA

A la mañana siguiente brillaba sobre ellos un cielo frío, con el sol parecido a un medallón engastado de brillantes. Lo más que Pablo pudo hacer fue consolar al Tuerto, que había pasado la noche en el exterior y bajo la tormenta. En todo caso, el caballo lucía en mejor forma que él y eso lo hizo desear que fuera el Tuerto el que le palmoteara el cuello y los flancos y no tuviera que ser a la inversa, pero la tradición prevaleció al fin y el hombre fue quien ofreció solaz al caballo.

El claro en el cual habían pasado la noche se abría a una planicie elevada al centro de un valle. Sin ningún árbol a la vista, la planicie tenía el aspecto de un gran cuenco de nieve circundando por un bosque que resplandecía como mármol blanco bajo la luz brillante de la mañana. La planicie aterciopelada de montículos irregulares, según como fuera el piso ondulante bajo ellos, parecía ondular a su vez y a Pablo le pareció incluso posible ir hasta allí y acariciar los varios montículos. Las montañas glaciales en ambos flancos de la planicie se alejaban hacia el horizonte como dos hileras desordenadas de sementales que lucían a la vez resplandecientes.

Juvenal y Ramada estaban haciendo un agujero en la nieve para encender el fuego cuando se toparon con una calavera —el cráneo de un toro— enterrada en la blancura. Muy antigua, de un toro que habría sido enorme, con cada una de sus astas formando una "S" majestuosa, el izquierdo terminado aún en una punta fina. El diestro se habría roto en alguna época pasada, de modo que la delicadeza habitual de la punta afilada se había degradado hacía mucho tiempo. Ahora era simplemente un trozo de hueso mellado. A Pablo le entusiasmó todo ello: en su imaginación, conjeturó que el toro aquel había sido una especie de obrero condenado a luchar para conseguir cuanto había logrado. Un buey comunista. Un toro enorme y condenado a la tierra, musculado y lento, apenas capaz de alguna reflexión, pero un gran animal.

–Creo conocer al hombre que puso esto aquí –dijo Pablo.

Y exhaló un suspiro, viendo a Ramada depositar la calavera sobre la nieve, a corta distancia de la fosa abierta recién para alojar el fuego. Pablo se había despertado muy débil, pero el hecho evidente de que no estaba muerto aún había aplacado sustancialmente su ansiedad. Para alimentar el fuego, Juvenal reunió las pocas ramitas que había en los alrededores, buscando la adecuada combinación de sequedad y espacio para dirigir el aire caliente hacia el bosque.

–De hecho, lo conocí bien.

Juvenal solo gruñó:

–Pareciera que se está recuperando usted, don Pablo.

Pablo miró a los demás. El perfil asombrosamente bien delineado de las cumbres a ambos lados constituía un vector diáfano y apuntado a lo lejos, recto y claro ya en la visibilidad escasa que la tormenta de la víspera había permitido. Aquí y ahora, en ese espacio vasto y abierto, con ese fuego en ciernes y los porotos acompañados de papas que se aprestaban a ingerir, el cielo parecía vibrar con tal claridad que la bóveda azulada daba la impresión de absorber las montañas del entorno en su extremo superior. Pablo tuvo, de hecho, la sensación literal de que las montañas hubieran despegado de la tierra para unirse al cielo, como gargantuescas estalagmitas surgidas en una terraza.

–Su nombre era Álvar Núñez Cabeza de Vaca.

Víctor apoyó su espalda en el tronco caído que soportaba su cuerpo y cruzó sus dos manos tras la nuca:

–Siempre me he preguntado, mi querido Pablo, cómo podía ser ese el apellido de un hombre. ¿"Cabeza de Vaca"? Solíamos reírnos todos de él cuando éramos estudiantes. ¡Imagínate! ¿Qué clase de español tendría un apellido así?

Pablo imaginó que el propio Álvar debía haberse hecho infinidad de veces la misma pregunta.

—

–Es porque, hijo mío…

Teresa, la madre de Álvar, acurrucó la cabeza del niño contra su pecho para aplacar su pena. Los chicos de la parroquia vecinal, donde se formaban todos ellos como sacristanes, se habían burlado esa tarde de él por su apellido, "¡Cabeza de vaca, cabeza de vaca!", correteándolo hasta que el chico había debido huir sollozando de vuelta a su hogar.

–Hubo un hombre muy valiente, hace muchos, muchos años atrás, con el que tú estás directamente emparentado.

Teresa era un corazón generoso y su refugio ante cualquier adversidad, la mujer con la que el muchachito, de tan solo ocho años, podía comentar la causa de cualquiera de sus desdichas. Esa tarde vestía con sencillez y una falda larga de color gris, más una blusa sin ornamentos y con las mangas infladas, y sus viejos zuecos de madera. Abocada a supervisar a Rowena, la chica a su servicio, en el lavado de la ropa sucia, aunque nunca dejaba que la sencillez de sus ropas adecuadas al trajín diario rebajara en algún grado la belleza del collar de ámbar que solía utilizar, un obsequio de su esposo, o la intensidad del turbante azul oscuro de lana con el que se envolvía la cabeza. El único problema con el turbante era, para el chico Álvar, que ocultaba el generoso cabello negro de su madre, algo con lo que él mismo ensoñaba desde que era pequeño. Teresa gozaba de todo el amor de Álvar, pues, aunque ella misma no leía, amaba lo importante que era para su hijo agradar a los curas y a su propio tutor, un africano convertido al cristianismo de nombre Gabriel Ménesis, cuando le asignaban la tarea de leer algunos versículos de la Biblia.

–Trescientos años atrás –dijo Teresa– ese hombre peleó contra el moro infiel en un lugar llamado las Navas de Tolosa.

–¿Era un soldado, mami?

–No, un pastor. Pero era cristiano, y los moros, que habían vivido en nuestro país durante siglos, profesaban una religión distinta.

–¿No eran católicos?

–¡No, que Dios los perdone! –rio Teresa–. Y los ejércitos cristianos intentaban expulsarlos de nuestro país. Así que el abuelo Martín… –Teresa cogió la mano izquierda de Álvar entre las suyas y jugueteó con sus dedos, hablándole del personaje–: Su nombre era Martín Alhaja. Y bueno, ocurrió

que los moros habían ocultado un ejército completo en las montañas y que
Martín sabía dónde se hallaban apostados, por lo cual dijo a los cristianos
que pondría una cabeza de vaca en el camino que se abriera ante ellos y
conducente a las montañas, el cual no debían seguir porque los moros los
estaban esperando en mitad de la ruta para emboscarlos. —Teresa sonrió
cogiendo la otra mano de Álvar—. Los cristianos aprovecharon entonces
esa información y fueron capaces de rodear a los moros y atacarlos ellos
primero. Y ganaron la batalla.

—¿Y qué le pasó a Martín?

—Que el rey lo convirtió en noble —dijo ella y depositó su mano en el
cuello de Álvar.

—¿Un conde? ¿Un duque?

—Algo así. Y, considerando la ayuda curiosa que había prestado a los
cristianos, él mismo decidió cambiar su apellido por el de Cabeza de Vaca.

—Cabeza de Vaca.

—Correcto. Él era tu tataratatara… —Teresa sonrió y se acomodó el collar— No sé cuántos "tataras", pero sí que era el abuelo del abuelo del abuelo
de mi padre. Así que, Alvarito mío… —Liberó a Álvar y lo ayudó a sentarse
derecho, mirándolo a los ojos y revolviéndole el cabello—. Esa es la razón
por la que te llamas Cabeza de Vaca y le puedes contar a los demás niños de
la parroquia que el Cabeza de Vaca original fue un gran héroe en el proceso
de expulsión de los moros.

—

El sol había ya recorrido la mitad del cielo y seguía sin aparecer ninguna
sombra sobre la planicie. El dosel del propio cielo seguía estando en calma
sobre un vasto mar inmóvil hecho de nieve, en que no soplaba el viento.

—Treinta años después… —dijo Pablo removiendo el fuego—. En 1527,
Álvar naufragó en las costas de Norteamérica. —El humo se le metió en los
ojos y se volvió de espaldas al fuego, agitando la mano frente a su rostro—.
Había sido el tesorero de una expedición de cuatro barcos enviada al Nuevo
Mundo, con cuatrocientos hombres a bordo, comandada por un español de
apellido Narváez.

–Yo tuve un tío con ese apellido –dijo Ramada–. Celedonio Narváez. Carpintero.

–Es un apellido más que suficiente, Ramada, aunque el Narváez de mi historia era por desgracia un estúpido.

–Como el tío Celedonio, sin ir más lejos.

Pablo tuvo la sensación, a partir del tono empleado por el muchacho, de que él podía haber querido a fondo a su tío, a pesar de lo que el anciano hubiera hecho para granjearse esa reputación de estúpido.

–Habían explorado en busca de plata el estado de Florida, donde habían desembarcado primero y los indios habían atacado y eliminado a la mitad de los hombres que componían la expedición. Narváez hizo entonces varios botes de cuero más pequeños y los sobrevivientes navegaron hacia el oeste, lejos de Florida. Solo que esta vez fue una feroz tormenta lo que arremetió contra ellos en altamar y los que no murieron en la tormenta fueron capturados luego por los nativos. Después de un tiempo, solo Álvar y otros tres sobrevivientes eran los únicos que quedaban vivos.

–¿Pero no Narváez? –preguntó Ramada intuyendo la respuesta. Y sonrió.

–Tristemente, no. Y era, por cierto, como tu tío Celedonio.

–¿Y qué pasó con los cuatro sobrevivientes? –preguntó Juvenal.

–Fueron caminando y por tierra hacia la costa occidental de México.

–¿Y eso es lejos? –dijo Juvenal traspasando con la cuchara una porción de porotos a su plato de aluminio.

–A miles de kilómetros. Después de un montón de selva y, en buena medida, desierto.

–¿Cuánto les tomó?

Pablo se agachó y acaricio el cuerno roto de la calavera de buey, eso que alguna vez habría sido el hueso y blanco era ahora de color amarillento y lucía estragado por los efectos de varios decenios de inclemencias en la montaña. Si acaso, el ruinoso efecto de todo ello confería a la calavera una especie de brío muy viril. Había sido un animal duro, que se había resistido a morir.

–Ocho años. –Pablo extrajo un habano del bolsillo de su chaquetón y mordió un extremo de él. Ahora la planicie brillaba con la luz del atardecer y no había movimiento alguno en los árboles de alrededor. Pablo encendió el habano y le dio varias pitadas, apartándolo enseguida de sus labios y examinándolo. El humo revoloteaba frente a sus ojos–. Y en esos ocho años de la travesía fueron hechos cautivos en numerosas oportunidades por las tribus locales. Esclavizados. Tomados prisioneros. Pero Cabeza de Vaca era una especie de genio. Por una parte, enseñó a los indios a labrar, con un hombre al frente del arado y cuerdas atadas a sus hombros... –Pablo gesticuló ante los demás–. Imagínense a un hombre apellidado Cabeza de Vaca pretendiendo ser un toro ante esa gente que no podía siquiera imaginar lo que era un toro. ¿Cómo le explicas lo que es un toro a quien nunca ha visto uno...?

Indicó la calavera.

–Ese hasta podría ser... –se rio– el propio Cabeza de Vaca, por lo poco que sabemos. –Dio unos golpecitos a la calavera en la mollera–. Así que un hombre al frente, otro detrás, y las cuerdas atadas a un palo sólido. Les enseñó cómo plantar semillas y cultivarlas. Aprendió los idiomas de los indios, muchos dialectos, y se convirtió en una especie de brujo para ellos. Un hechicero. Y un curandero también.

–¿Los curaba?

–Incluso más. Dice en el libro que escribió él mismo sobre la experiencia que devolvía a la gente a la vida.

Juvenal pareció conmoverse:

–Dicen que había gente así también aquí arriba. En tiempos muy antiguos. –Miró a su alrededor, a la nieve revivida por el sol en la distancia. El propio sol descendía en esos momentos hacia las cumbres–. Y yo lo creo. –Se volvió hacia Pablo–. Imagino que un hombre como usted, don Pablo, un hombre de libros y palabras, un hombre con educación... no cree en todo eso.

–Ciertamente que lo creo, Juvenal. Para mí es tan verdadero como...

Ramada alzó una de sus manos e indicó un punto en la lejanía, un pequeño sendero que surgía de los árboles en el flanco alejado de la planicie. Por el cual apareció ahora un único jinete que espoleó a su animal hasta haberse adentrado varios metros en la planicie y luego se paró, quedó inmóvil unos segundos, estudiando el fuego de Juvenal y a los hombres en torno a él. El caballo lucía andrajoso, y la silla sobre él y los estribos eran de madera. El jinete, un gaucho, llevaba un poncho rojinegro y alargado similar al de Juvenal. Y una manta de lana enrollada al cuello. Su sombrero de ala ancha era negro y de fieltro, o algún material parecido, con el ala doblada hacia arriba en la nuca y descendente en la parte de adelante. Su barba era negra y profusa y el pantalón bombacho estaba rasgado en una de las piernas. Posiblemente fuera el único de su propiedad, quedando claro que estaba muy, muy usado.

Al cabo de un instante, se volvió e hizo un gesto hacia el sendero del que había surgido. Un hato de unos veinte novillos salió entonces al descampado junto a otros dos gauchos, seguidos de un carretón plano de dos ruedas tirado por un buey muy lento y estropeado. Las ruedas con radios de madera eran enormes, reforzadas en su borde externo por una pieza de hierro hecha a mano. Labrada, según sabía Pablo, para que el carretón pasara sobre los troncos caídos en el camino y los hondos campos de nieve. Había visto esos carretones en el puerto de Buenos Aires, donde se habían usado alguna vez para transportar la carga de los barcos que arribaban por la tierra al fondo de lo que era ahora una bahía, antes de que ella fuera dragada y ahondada para que pudieran atracar naves de calado profundo. Ahora esos carretones de Buenos Aires eran exhibidos como encantadores muestras de un pasado romántico. Este de ahora, sin embargo, seguía en actividad en medio de los estrepitosos crujidos y gruñidos que soltaba, medio cayéndose a pedazos.

Los otros dos gauchos se mantuvieron a distancia de la fogata, reacios a hablar con Pablo y sus amigos. Juvenal sostenía el plato bajo su barbilla, con la cuchara en su diestra. Su rostro poblado de arrugas sugería una reticencia parecida ante los visitantes. No era rabia, ni tampoco que estuviera cejijunto. Más bien, sus ojos se habían abierto muchísimo en expresión de velado asombro.

–¿Quiénes son? –preguntó Pablo.

–No lo sé.

–¿Y usted decía que los cuatreros ya no suben por aquí?

Juvenal dejó el plato sobre la nieve y quedó allí encorvado, con los codos apoyados en las rodillas. Enseguida empujó su sombrero hacia la nuca y su espalda. Los gauchos no decían una palabra y parecían, de hecho, querer evitar el riesgo de algún contacto. El ganado apenas si podía caminar por la planicie, agónico como venía –"Quizá muerto desde ya", masculló Pablo para sí mismo–, gimiendo y quejándose en su avance. Los tres hombres parecían haber atravesado la misma tormenta horrible que había caído sobre Pablo y sus amigos, a la que apenas habían sobrevivido. Sus ropas estaban hechas jirones y se los veía tan demacrados que los huesos del rostro presionaban contra la piel de sus mejillas.

–Era lo que siempre me había dicho –dijo Juvenal y recogió el plato, asiendo de nuevo la cuchara–. En mi vida he visto a esta clase de gente aquí arriba.

Finalmente, el primero de los gauchos espoleó a su cabalgadura para que se adelantara y viniera entre los montículos de nieve a través de la planicie. Aunque enervado por la batalla contra la tormenta, Juvenal se paró con lentitud y Pablo lo mismo. El caballo del gaucho venía muy lentamente, con la cabeza alicaída. El jinete se rascaba la barba con la mano izquierda al aproximarse. Parecía mantenerse con dificultades en la silla.

–Caballeros.

Nadie dijo nada. El gaucho y su animal le parecieron a Pablo faltos de sustancia, como meras apariencias de un hombre y su caballo.

–Perdonen, amigos, ustedes conocen la ruta, ¿no?

–Sí –dijo Juvenal.

Parado junto a él, Pablo pudo percibir su miedo.

–Vamos a San Martín de los Andes.

–Qué bien.

Cuando el gaucho jaló una vez más de su barba con los dedos pringosos de mugre, se hizo evidente que solo tenía la mitad de su dentadura. Entonces se volvió en la silla y apuntó hacia atrás y el oeste, de vuelta a la cordillera.

–No estábamos seguros de que supieran ustedes dónde se hallan. Es muy malo por allí atrás. Es fácil perder el rumbo.

–¿Nos habían visto? –preguntó Pablo.

–Sí. Es decir… –El hombre indicó al propio Pablo–. Lo vimos a usted, señor. —Se inclinó hacia adelante en la silla—. Por allí atrás, en el lago. Y vimos que estaba en problemas.

—¿Qué clase de problemas?

—Del alma. —El gaucho se restregó la barbilla—. Quiero decir, nosotros mismos estamos en ese mismo problema, abemos lo que es.

—¿Qué problemas?

—Los sueños. —El gaucho hizo una mueca y su rostro pareció perder toda la musculatura—. Y tantísima nieve, por supuesto. —Apuntó a los cielos—. Vagamos de nieve en nieve, un año sí y otro también.

—Ya veo.

—Usted lo ve, claro que sí. Por eso es que quisimos ayudarlo. —El gaucho asintió en dirección a la calavera. La luz residual incidió temblorosa en sus manos cuando estas aferraron las riendas del caballo—. Yo lo vi a ese toro desde que nació, ¿sabe usted? Una bestia de fina estampa, digamos —dijo aferrando el cuerno de madera de su silla—. Pero ahora lleva muerto un tiempo largo.

Hubo un movimiento de los demás gauchos, impacientes por marcharse.

—Así que vayan con Dios, amigos. San Martín de los Andes, eso es bien lejos de aquí.

—Gracias, hermano, lo sabemos. —Pablo indicó con su mano el fuego—. ¿Podemos ofrecerles algo de comer?

—No… no. Nosotros…

—¿Cuál es su nombre?

—Dominguín, maestro. ¿Y el suyo?

—Pablo Neruda.

Dominguín se rascó una vez más la barba, negando con la cabeza.

—No creo haber oído de usted.

—No, espero que no.

—Bueno, chicos, buena suerte.

Dominguín guio a su cabalgadura lejos de ellos. El caballo se movía con susurrante lentitud por entre los montículos. De pronto, Dominguín detuvo al animal y miró a Pablo y los otros—. ¿Conocen el túnel de lava?

—Sí —dijo Juvenal—. Está más adelante y arriba, ¿no?

–Eso es. Y si hubiera otra tormenta como la que acabamos de sufrid, nunca saldrían ustedes de aquí si no fuera por el túnel.

–Muy de acuerdo.

Los otros gauchos espolearon sus respectivas cabalgaduras y, una vez que Dominguín se les hubo unido, avanzaron lentamente hacia el bosque. Bajo la luminosidad del sol y sus reflejos en la nieve, cada movimiento de cada animal se hizo más nítido y se vio tan realzado por el resplandor circundante, que Pablo y los demás no llegaron a perderse nada, ni un gesto. El ganado –*animales degradados*, pensó Pablo, *comidos por las polillas*– avanzaban a su vez como lo hacía el carretón. Dominguín se tocó el ala del sombrero con los dedos de la mano izquierda y cogió las largas riendas con que venía dirigiendo a su caballo, azotando el flanco del animal con ellas. Los otros comenzaron a gritonear al ganado y los novillos, asustados por los gauchos y sus vocablos, por sus voces y rechiflas como surgidos de las sombras, se desplazaron artríticamente hacia los árboles al extremo de la planicie, entre cuyas sombras oscuras fueron desapareciendo uno a uno.

20
DELIA Y EL FOTÓGRAFO

Robert parecía seductoramente distraído, como de hecho lo estaba – Delia lo sabía bien– desde la muerte de Gerda, hacía tiempo de ello. Delia misma había estado sumamente distraída antes de su muerte, cuando a Pablo le había dado por sentirse brevemente enamorado de Gerda Taro, tocado por su ascenso extraordinario y tan instantáneo al estrellato mundial, y por su belleza. *La pequeña rubia,* era su apodo, y Pablo le había dicho alguna vez, en presencia de Delia, que solo sentía pena de no haber sido él quien le hubiera puesto el apodo.

–Robert, qué maravilla verte –le dijo y lo besó en ambas mejillas cuando pasó al interior y la abrazó.

–Para mí también, te he echado de menos –fue todo cuanto dijo él, ocho palabras. Delia recordó lo mucho que le gustaba su acento húngaro, esa forma entrañable de pronunciar el español, tanto que en cierta ocasión le había pedido que le leyera, a ella misma, algo de García Lorca, o de alguien más, solo para oír su pronunciación trémula y extraña.

–¿Has tenido noticias de Pablo? –preguntó él dejando su Leica sobre una mesita a su alcance y entregó su abrigo a su anfitriona–. Te he traído aquí algo. –Le entregó una cajita delgada y plana.

Robert Capa había sido, por un lapso breve, amigo cercano de Pablo y Delia, una docena de años antes. Para entonces, era ya famoso y su postura política respecto a la Guerra Civil Española había sido, antes de conocerse todos, tan coincidente con la de ellos que una amistad parecía la probabilidad más natural. En compañía de Gerda, Robert había acudido a Valencia a una gran convención de escritores en apoyo de la Segunda República Española, en julio de 1937. La guerra había entrado en una fase caótica y el Gobierno republicano le había dado dinero a Pablo para que organizara la convención aquella. Robert y Gerda habían solicitado los dos un pase de prensa y Pablo se había apresurado a conseguírselos, a los pocos minutos de conocerlos, quedando prendado de la belleza tan dulce de Gerda y disfrutando de la ironía tan evidente de que, a juzgar por sus fotos, era una mujer que no le temía demasiado a nada.

Una imagen de Robert mismo había terminado de persuadirlo de eso. Una foto hecha en un escenario urbano, ante lo que parecía un edificio de varios apartamentos al fondo. En primer plano, con la espalda apoyada en una gran pila de basura, dos personas se agazapaban bajo la balacera. A una —un soldado republicano con el fusil en su mano izquierda, mirando por sobre su hombro derecho, buscaba la oportunidad de tirarle de vuelta al francotirador o el emplazamiento en que se encontraba el arma cuyos disparos los habían obligado a los dos a cubrirse allí— se la veía aterrorizada. La otra persona era Gerda Taro, vistiendo una camisa arrugada y las mangas arremangadas, pantalones y zapatos embarrados, mirando a su vez por sobre el hombro en la misma dirección que el miliciano. Llevaba una Rolleiflex en sus manos y esperaba el momento oportuno para hacer la siguiente foto.

—Mírala, Delia —había comentado Pablo—. El soldado está más asustado que ella.

Cuando al fin se habían conocido, la primera felicitación de Pablo fue para ella y su actitud tan serena en ese instante. Después se acordó quién más había estado allí presente y le estrechó la mano a Robert, agradeciéndole por la fotografía.

Y ahora Delia recibió en su mano la caja que Robert le traía.

—Son las fotos que hice de ti ese día —le dijo él y ocupó una silla próxima a la ventana—. ¿Te acuerdas? En Valencia.

—Ay, Robert.

Robert seguía siendo tan sombrío, tan gallardo y guapo como en 1937, aunque ahora tenía 36 años y había cubierto, entretanto, la Segunda Guerra Mundial y varias de las guerras poscoloniales. Había envejecido un poco y su aspecto daba la impresión de que las guerras lo hubieran estragado un poco. Ella había leído que ahora se proponía ir a Vietnam, un país del que Delia sabía bastante poco. Acababa de llegar a París desde Israel, donde había fotografiado la fundación del país y su guerra de 1948.

–Quería que tuvieras estas fotos tú misma… porque, Delia… yo… –La miró en silencio. Delia advirtió que olía a whisky.

–¿Te gustaría beber una copa de vino?

–Por favor.

Cuando ella trajo el vino, él le dijo que adoraba el vestido que estaba confeccionando y estaba aún desplegado en el maniquí en una esquina del salón.

–Gerda nunca hacía esa clase de cosas. Nunca se dio el tiempo para ello. Ni era muy distinguida.

–Pero yo vi esa imagen de los dos en París, ¿no?

Delia ocupó el sillón frente a él, al otro lado de la mesa de centro, y palpó la cajita que él acababa de entregarle. La aludida foto de Fred Stein mostraba a Robert y Gerda en un café parisino y al aire libre, disfrutando de un momento de intimidad y el diálogo. Estaban los dos a mitad de camino en la veintena, vestidos muy elegantemente, en especial Gerda, que llevaba una boina francesa pequeñita y un traje de lana que le sentaba a la perfección. Los dos sonreían abiertamente, una pareja enamorada, muy sofisticada y sensual…

–Sí, ya. Pero ¿puesta a coger una aguja e hilo? –sonrió él–. Eso jamás.

Ese día preciso de 1937, Delia se la había pasado sufriendo por los celos que el flirteo de Gerda y Pablo le provocaba. Pablo era unos años mayor que ella, pero Delia era veinte años mayor que Pablo. La frescura y juventud de la joven Gerda lo había cautivado, estaba muy claro que la deseaba.

Pero Robert estaba a su vez celoso por las derivaciones de Gerda con el gran Neruda, el bardo de Sudamérica y afamado apologista de la Segunda República Española. Así que, mientras el poeta y Gerda salían a dar un paseo por Valencia y sus calles, Robert escoltó a Delia al apartamento en que ella y Pablo se estaba quedando y le preguntó si podía hacerle algunas fotos.

Delia estaba ahora ávida de abrir la cajita y ver lo que había traído, pero, al mirar a Robert en busca de su autorización, advirtió que él apenas si notaba su presencia allí, de momento.

Su rostro acababa de sumergirse en una tristeza reconcentrada.

—La echo en falta, ¿sabes? Nunca más ha sido igual, desde que… —El visitante se rascó la nuca y sacudió la cabeza—. Desde que ella murió.

Delia había posado para numerosas fotos ese día, y el estilo de Robert, su acento adorable y sus ojos, todo le había resultado fascinante. La cámara adquirió una mirada sensual por propio derecho, como si la hubiera liberado de súbito de su falda y la blusa y acariciado la seda blanca de sus bragas, quitándolas para dejar expuesto su hombro, el muslo, su deseo de Robert. Pasaron una hora juntos, Robert pidiéndole que se pusiera de pie o se reclinara en el pequeño diván del apartamento o se apoyara en el quicio de la puerta conducente al pequeño balcón con vistas a los tejados valencianos. El sonido mismo del obturador abriendo y cerrando sucesivamente el lente logró excitarla, como si cada foto que hacía hubiera sido una sugerencia de Robert para que se besaran o él le acariciara el cuello. O ella el suyo.

Finalmente se fue, a encontrarse con Gerda en un café. Tristemente para Delia, no se habían acariciado, ni besado. Ella tenía aún en su sitio sus prendas. Robert debía ir por unos días a París y Gerda a Brunete, para cubrir una batalla que podía ser decisiva para las fuerzas republicanas. Corría el rumor de que estaban allí enzarzadas en combates puerta a puerta contra las tropas de Franco.

—Nunca debí dejarla ir —dijo Robert, abandonándose a una tristeza aún más honda, como si hubiera estado por completo solo en esos instantes—. ¿Cómo pudo ser, que el conductor no viera el tanque aproximándose? ¿Cómo es que no se desvió, Delia? ¿Cómo pudo morir ella tan rápidamente? —Miró a Delia directo a los ojos. La luz de la ventana dejaba en sombras su rostro—. Yo la hubiera fotografiado, de haber estado allí. —Dejó a un lado su copa de vino—. Imagínate lo que será, fotografiar el cuerpo destrozado de tu amante. —Esbozó una mueca singular—. La forma en que… simplemente desapareció bajo esa máquina horrible. Ida para siempre. Mi amor. Mi eterno amor.

Delia le sirvió otra pizca de vino, evocando su propia angustia y su corazón hecho pedazos en el funeral en París, al que asistieron varios miles de personas, en el que ella hubo de sostener a Pablo porque él también lloraba la pérdida de la arrasada Gerda Taro.

21
LOS DUENDES

Exhaustos, los tres hombres y Pablo se relajaron alrededor del fuego. Aun recién comidos, se sentían fatigados, especialmente Juvenal, quien tras el intercambio con Dominguín se había tumbado junto a la fogata bajo su abrigo y una manta.

—Voy a poder levantarme, no se preocupe —le dijo a Pablo, que lo había ayudado a acomodarse—. Pero, la puta madre, poeta, no antes de mañana. —Una sonrisa circundada de sus canas subió desde donde estaba recostado—. No me despierten hasta entonces.

Todos dormitaron un rato, deshechos y cansados, reducidos todos a algo parecido a un montón de harapos. A Pablo le parecían todos espectros que se materializaban recién, reunidos y muy juntos bajo el sol tardío y aun brillante, y frío, acariciándolos con su luz y su tibieza decrecientes. Dio por sentado que él lucía tan golpeado como los demás y eso le hizo pensar que, juntos los cuatros, se habían convertido en duendes de las montañas, como fantasmas, aun cuando él bien sabía que un duende es mucho más que un fantasma. El término, de uso tan antiguo en español, se emplea para definir a un enano, un ser mágico. *¿Cómo les dicen en inglés?*, pensó. *Era una extraña palabra, difícil de pronunciar. Un* hobgoblin. *Y la otra palabra en inglés... ¿cuál era? ¿Un* bogeyman? *Un timador. Todas esas opciones.*

Y era a la vez el espíritu empeñoso que hacía posible la vida en sí. *"Lenguas en los árboles"*, había escrito Shakespeare. *"Libros en los arroyos que corren"*. Pablo recordaba otro verso de García Lorca: *"Solo se sabe que quema la sangre como un tópico de vidrios."*

Así, quizá si este reducido grupo de hombres y caballos se había reunido allí para celebrar un congreso profano de algún tipo, para hechizar el claro ese cubierto de nieve y todo lo que lo rodeaba. Los rasgos toscos de Juvenal mirando desde debajo de la manta lucían estragados y maltrechos. Ramada dormitaba como una figura aureolada de su propia serenidad indígena y masculina, excepto por su rodilla herida y la angustia que ella le había suscitado. La cabeza del baldado Víctor reposaba sobre sus manos ahora juntas en la nuca, esas manos del robusto explorador, del leñador lesionado y consejero del ingenuo poeta Pablo Neruda. Víctor, que podía explicarle el bosque al poeta y, más importante que eso, explicarle el poeta al bosque, gesto por el cual –Pablo sonrió para sí– el bosque había castigado al propio Víctor. Pero era Víctor quien había salvado a Pablo y los demás en la Cueva de las Nieves. Los caballos y el pobre Miedo, siempre tan rezongón, eran ellos también duendes, torpes animales que podían igual hacer cosas fantásticas.

¿Sería que las tres brujas habían predicho esto más atrás, allí en los bosques? Había sido un único árbol, ese contra el cual habían batallado en tres puntos distintos de él, pero cuando Pablo estaba aserrándolo, esforzándose por abrirse paso a través de él, les contó a su vez a Víctor y Ramada de las Grayas, los tres demonios femeninos de los mares, todas grises desde su nacimiento, encarnadas en las olas también grises, siempre mascullando imprecaciones y advertencias. Entre ellas compartían un solo ojo, pero a través de ese único ojo vislumbraban la verdad, el futuro y el significado de lo pretérito. Un ojo que se pasaban entre ellas por turnos y, mientras talaba el árbol, Pablo les refirió cómo en su niñez solía imaginarse el ojo bañado en sangre y con viscosidades colgantes al ser traspasado de un rostro al otro y colocado en su sitio.

–Sabe usted, somos afortunados, don Pablo. –Desde su sitio bajo la manta, Juvenal se entrometió en los pensamientos del poeta, con los rayos del sol ondulando sobre su cuerpo.

–Sí, claro, somos libres, Juvenal, ¡sobrevivimos a la nieve! –Pablo tuvo ahora la certeza de que él y los demás habían logrado cegar a las tres brujas y hecho fracasar a la gran cordillera en sus empeños, con todas sus miserias.

–Pero…

–Escapamos de la oscuridad que había al centro del bosque –prosiguió

Pablo–. Sobrevivimos a la negra noche. Casi fuimos cegados por la nieve. Casi nos ahogamos.

–Sí, claro, eso también. –Juvenal estaba a un paso de dormirse–. Y aún podemos ver el horizonte a lo lejos.

Pablo miró las montañas a su alrededor. Esas que sostenían el cielo y circundaban a los cuatro hombres. Otras cumbres hacia el Este esperaban por ellos. Y aun otras rodeaban a esas que los esperaban, todas desbordantes de nieve. Todas podían matarlos. *Y bajo esta luz*, pensó Pablo al enfocarse en el último trozo de carne en su plato de aluminio, cuando el sol en fase descendente dio un codazo último a una de las cumbres lejanas hacia el Oeste, haciendo que la nieve de otras montañas adquiriera un fulgor dorado y, más lejos aún, un tono rosado o un azul sombrío, *bajo esta luz podemos ver ahora, claramente, y asegurarnos los unos a los otros, que seguimos vivos.*

22
EL HISPANO

Pero muy pronto, aun subyugado por la imperturbable cadena montañosa que tenía ante él y las dificultades que aún habría de plantearle a él mismo y los otros, se abandonó a un momento singularmente oscuro de inquietud. Después de todo lo que habían visto, ¿qué más podía haber allí? De manera extraña, y afortunada, el único pedazo de carne que quedaba en su plato le recordó al Hispano y la risa de Ezequiel Ruibal, al igual que el *Winnipeg*, que olía tantísimo a pescado.

Sí, claro... La alegría de Ezequiel, esa que penetra a los demás o se queda en el corazón de los que están tristes, los privados de su familia y los que están lejos de su hogar. Es, con todo, pura risa.

—

—Bienvenido a Buenos Aires.

Pablo y Delia estuvieron unos días de visita en Argentina, antes de zarpar rumbo a Francia. El nuevo presidente de Chile, Pedro Aguirre Cerda, le había pedido al poeta que actuara como cónsul especial para la emigración española, con el fin de ayudar a los milicianos del ejército republicano prisioneros en Francia a que viajaran a Chile. El mozo Ezequiel les había traído minutos antes la carta y ahora puso en la mesa una copa de Malbec ante cada uno. Después retrocedió un pasito y extrajo su libreta y el lápiz para tomarles la orden. Era el mes de enero de 1939.

—¿Qué se van a servir los señores?

Era un hombre alegre y alzó enseguida los ojos de la libreta para mirar por la ventana hacia la calle Salta. Un individuo de mostachos y una sonrisa permanente en sus facciones, con grandes manos, que detentaba una autoridad parecida a la de un sacerdote, aunque igual de bien le quedaba el talante de un obrero español cargando a hombros un saco de arena. Igual que ocurría en Madrid, la vestimenta *de rigueur* de los camareros bonaerenses era una camisa blanca de manga larga, una corbata negra de lazo, pantalón negro y, ocasionalmente, un delantal largo de color blanco o negro. El de Ezequiel era negro y con rayas doradas, muy alegre. Y tendría, él, unos treinta años.

Pablo y Delia acababan de trasponer el umbral del Restaurante Hispano momentos antes de que se desencadenara una tormenta de verano, un aluvión en grande de agua y granizo. En el exterior, un flujo plateado discurría ahora por la calle, a causa del rebote del agua en todas direcciones, y había escasos transeúntes que cruzaran por allí. Una mujer bajo un escueto paraguas intentaba resguardarse de la tormenta. Un taxista volvía corriendo desde un portal a su vehículo estacionado frente a él. La calle vacía mostraba poco más que eso en la oscuridad reinante, y los edificios de fines del siglo XIX, complejos de apartamentos de dos y tres plantas, con las persianas de madera cerradas para capear la tempestad.

La calle tenía un aire colonial, iluminada por una única farola apreciable desde la mesa junto al ventanal. El provecho que la lluvia sacaba de esa luz hacía pensar en vidrio molido cayendo sobre la vía. Los rayos estallaban en el cielo. Los coches aparcados parecían animales acurrucados bajo la catarata febril. Una vez que el taxi se hubo marchado, no quedó ningún transeúnte a la vista ni tampoco circulaban automóviles. La tormenta se posesionó del lugar, ferozmente, con un furor de viento y agua a raudales.

El Hispano era uno de muchos restaurantes en un viejo barrio gallego de Buenos Aires. El término "gallego" se emplea en la ciudad porteña para describir a toda persona de origen español o ibérico. No es una palabra del todo halagüeña y se la emplea a menudo para sugerir la poca sagacidad o cierta estulticia de alguien. Por fortuna, había términos así para todos los grupos étnicos residentes en Buenos Aires, una ciudad en que era posible motejar a alguien de ese modo y ello se convertía solo en un elemento divertido dentro del discurso. Eso hacía del castellano bonaerense un absoluto placer para Pablo, visto lo mucho que detestaba la cortesía excesiva y, por ende, falsa. En todo caso, este barrio… la esquina de Salta con la Avenida 9 de Julio… era desde luego esencial para quienes habían venido desde España.

El interior del Hispano estaba amueblado con mesas de madera oscura y marrón y sillas iguales. Sobre la barra colgaban varias patas de jamón curado y las cortinas en las ventanas eran amarillas. En el aire flotaba el lirismo clásico de las melodías españolas, el sentimiento de *El sombrero de tres puntas* de Enrique Granados (ese pobre hombre, fue lo que pensó Pablo, desaparecido con el barco hundido por los alemanes durante la Primera Guerra Mundial, poniendo fin por esa vía a su música tan inquietante), y de los jardines moriscos, las plazas de pueblo, el flamenco, los toros miura, el son de las guitarras. Mapas de España decoraban las paredes junto a fotos antiguas de escenas urbanas españolas. Las arterias del restaurante latían con la calidez exuberante de una aldea española.

El agua en la calle comenzó a subir hasta casi el nivel de la acera. En la distancia estallaban los relámpagos, no demasiado lejos, de manera que el trueno asociado sobrevenía de inmediato y con gran estruendo. A causa de la tormenta, Pablo y Delia eran los únicos clientes en el restaurante, y la calidez del lugar, realzada por su muy hispánico romanticismo, los hacía sentir a salvo de la ferocidad desplegada por la tempestad.

—Qué bella tormenta —comentó Delia empleando aquel término perfecto para la vecindad atormentada y la intensidad de los relámpagos. Miró al exterior justo cuando una sacudida brillante irrumpía desde los cielos. Llevaba un vestido verde de algodón que Pablo había adquirido para ella en México alrededor de un año antes y le llegaba hasta los tobillos, con el corpiño bordado de una docena de rosas rojas como la sangre y entretejidas con firmeza. Cuando cruzaba las piernas, el vestido parecía moverse con ligeros filamentos que eran parte de la tela en sí. Llevaba un collar de plata con el motivo mapuche de un ave ceremonial en pleno vuelo. En el conservador Buenos Aires, un vestido así era una rareza ornamental en una mujer hermosa, y Delia disfrutaba de los comentarios que provocaba—. Querría que toda la infelicidad tormentosa fuera tan excitante como esto.

El agua resbalaba por los cristales como si hubieran sido la superficie plana de unos rápidos.

–Claro que sí, señora –coincidió Ezequiel–. A mí me recuerda a la guerra.

–¿Cuál de todas?

–La nuestra.

Delia y Pablo esperaron unos segundos por alguna explicación adicional. En Argentina misma había habido muchas, muchas guerras: coloniales, conflictos con los indios, guerras civiles. Pero Ezequiel hablaba con un acento inhabitual en un porteño bonaerense. Él era español. Así que Pablo tuvo el pálpito de lo que iba a decir a continuación.

–¿La de ustedes?

–Sí, señor, la del restaurante. La de aquí.

Sorprendido y sin entender, Pablo se imaginó algún asalto sufrido por el Hispano, contra su dura y pesada puerta de madera, quizás un centenar de años atrás. Esa puerta decorada de ornamentos de hierro y paneles de vidrio biselados con pericia. Quizá hubiera sido una gran barricada, con una bandera argentina flameando sobre ella, sacos de arena y torretas, y Ezequiel atento con su fusil y el casco puesto, ocupando su posición. Pero ¿contra quién?

En la calle hubo el destello de otro relámpago.

–¿De dónde es usted, amigo?

Ezequiel dio unos golpecitos a su libreta con el cabo del lápiz:

–Madrid.

–¿Y su familia está aún allí?

–Eso espero. –Apartó la punta del lápiz del papel. En la barra había otros dos camareros charlando–. Hace meses que no tengo noticias de ellos, las cosas andan muy mal por allí.

–Lo sabemos. Fui agregado cultural de mi país en Madrid durante unos años.

–¿Durante la guerra?

–Sí.

Ezequiel asintió.

–Y allí es donde vamos ahora mismo.

–¿Ah, sí? ¿Y a qué, señor?

–Sabe usted de los campos de concentración en Francia, supongo.

–Por supuesto, allí donde tienen encerradas a las tropas republicanas.

–Correcto. Bueno, mi gobierno me ha dado la tarea de traer a Chile a un par de miles de ellos.

Ezequiel esbozó un gesto de pesar, repentinamente sumido en tal tristeza que quedó con la vista perdida en el piso del lugar.

–¿Y podría usted poner ojo en un tal Gustavo Ruibal? ¿O en Pedro y María Luisa Ruibal?

–¿Y ellos quiénes son?

–Mi hermano y mis padres.

Pablo enfocó la mirada en su lápiz, apreciando lo firme que estaba ahora en su mano. Enseguida miró al propio Ezequiel y vio que el camarero estudiaba el pequeño círculo iluminado en torno a la lamparita que había sobre la mesa. Pablo recordó, como si hubieran sido a su vez un aluvión de cálida luz, las palabras de *Mi noche triste*, el primer tango grabado por el gran Carlos Gardel:

Y la lámpara del cuarto
también tu ausencia ha sentido,
porque su luz no ha querido
mi noche triste alumbrar.

–No sé si aún estén vivos.

Pablo y Delia guardaron silencio unos instantes, permitiendo que aflorara la inquietud de Ezequiel.

–Pero y… ¿qué guerra peleó usted por aquí? –le preguntó Pablo.

Ezequiel se volvió y les enseño la alta pared a espaldas de la barra:

–¿Ve usted esas banderas?

Había unas seis banderas pendientes de astas inclinadas que surgían de la pared. Con la tela dividida en tres franjas horizontales, roja, amarilla y algo como un tono púrpura.

–Como usted sabe, esas son las banderas de la Segunda República, que Dios las proteja. –Ezequiel se cruzó de brazos, sin dejar de mirar hacia la pared–. Comunistas. Anarquistas. Socialistas. –Hizo un gesto de parsimoniosa negativa con la cabeza–. Buena gente todos y cada uno de ellos.

–Suspirando, se volvió de nuevo hacia ellos y apoyó una vez más el lápiz en la libreta, presto a tomar la orden.

–Son distintas a las banderas de Franco –acotó Pablo.

Ezequiel alzó la mirada:

–Correcto. Francisco Franco es un simplote. Así que la suya es solo roja y gualda. –Hizo un gesto abarcador del restaurante–. Y este lugar, esto es aquí nuestra tierra. Este es un restaurante republicano.

–¿Y hay restaurantes franquistas en el barrio? –indagó Pablo indicando la calle.

–Los hay. Y ha habido batallas entre nosotros. Por fortuna, hay uno comunista al final de la calle que peleó de nuestro lado –dijo Ezequiel sonriendo–. Y una quesería también. Ningún sitio anarquista, así y todo. Es duro tener que batirse cada vez respecto a cómo se hace el mejor flan.

Un ramalazo de viento impregnó la ventana de gotas de lluvia.

–Los cocineros de todos los restaurantes de esta calle son republicanos. Los camareros, republicanos todo. Los clientes también. Un cliente franquista sería expulsado de aquí. –Comenzó a reír, derivando a un goce a mandíbula batiente que iluminó la totalidad del lugar–. Y ha habido escaramuzas en la calle, cuando nuestros camareros han ido tras los de ellos.

Ezequiel empleaba ahora el lápiz como una suerte de daga, en una breve pelea a navajazos como las de los dibujos animados, con un adversario invisible.

–O los suyos han venido detrás de nosotros. Hace un año peleamos aquí una batalla, cuando un grupo de hijueputas de un sitio llamado El tiburón irrumpió en la puerta e intentó quitar nuestras banderas. –Ezequiel frunció el ceño–. ¡Imaginadlo! Un lugar de comidas marinas. –Frunció el ceño otro poco–. Invadieron la cocina con cucharones de sopa y usleros. Sus malditos cucharones de sopa fascistas.

–¿Y quién ganó? –preguntó Delia.

–¡¿Quién ganó?! –El ceño adusto de Ezequiel dio instantáneo paso a una amplia sonrisa incrustada de oro. Y se puso la mano que sostenía su lápiz en el corazón. Un relámpago iluminó la calle en el exterior–. Che, con el debido respeto, mi señora, ¿quién cree usted? ¡Nuestros muchachos, quién más!

–Bravo.

–Pero basta de esto, amigos. Es igual muy amable de su parte que pregunten.

–Es que nos importa –dijo Pablo tomando la mano a Delia y besándole el dorso de los dedos.

–Así veo. Pero, de momento, me preocupa mucho más el hambre que tengáis, especialmente en una noche como esta. –Indicó hacia la vereda, donde la tormenta había ido en aumento–. Y no vamos a dejar que nuestros amigos republicanos de Chile pasen hambre, en especial alguien tan distinguido como usted.

–No, Ezequiel. Solo somos dos simples viajeros deseosos de comer algo.

–Pero usted es Pablo Neruda, ¿no?

Pablo se encogió de hombros. Acaba de ocurrir nuevamente, como parecía comenzar a ocurrir cada vez más.

–He leído sus poemas sobre Federico García Lorca, que fue un héroe. No podemos dejar que un hombre como usted venga a Argentina sin alimentarlo. –Ezequiel sonrió a Delia–. Y, con su perdón, mi señor... –Ahora miró a Pablo–, a su bella esposa.

–Gracias –dijo Delia y apretó la mano de Pablo.

–Pobre Federico.

Pablo escrutó la lluvia unos instantes, sintiendo que él mismo y Delia, y Ezequiel, y el restaurante en su totalidad, todo Buenos Aires y toda España incluso estarían pronto hundidos en el Atlántico.

–Eráis amigos cercanos, lo sé –dijo Ezequiel.

Con Delia observándolos en silencio, los dos hombres se abandonaron a un momentáneo duelo privado, experimentando cada uno de ellos sentimientos entreverados, en ese momento de súbita añoranza de aunque solo fuera una conversación adicional con ese mutuo y viejo amigo –en el caso de Ezequiel, a través de las páginas de un libro de poemas atesorado por él; en el de Pablo, mediante el intercambio vigoroso de nociones poéticas sobre cómo expandir una idea, o ampliar el alcance de una metáfora, o sobre cómo lo habría hecho alguien como Emily Dickinson.

–¿Qué le sirvo, maestro?

—La paella, hermano. Vamos a compartirla. Una ensalada mixta y una botella de tinto. Y, por favor, traiga una tercera copa para usted.

—Muy bien —dijo Ezequiel apuntando todo ello con una floritura de su mano.

23

LAS MANGAS
DE DELIA

—No, las mangas no están bien.

Cocteau examinó las mangas a través de sus espejuelos, recogiendo una de ellas con los dedos.

Delia examinó los hombros vaporosos que acababa de coserles. Ella pensaba que eran bellísimos, listados con rayas celestes y verde esmeralda, y parecían florecer a cada lado del corpiño, dos prendas de seda abombadas que descendían hasta las muñecas, siguiendo sensualmente la línea del talle al estrecharse. Era perfecto, había pensado en principio, con el vestido verde de gala que estaba cosiendo para el arribo de Pablo.

Había cosido diversas versiones de las mangas, cada una en lienzo, pero su tipo preferido de manga era la de la tela como un repollo. Solo que eso demoraba una eternidad en hacerse y, si uno cometía un mínimo error, la tela hecha un repollo tenía que ser estirada y luego recogida de nuevo. Le gustaban además las mangas cortas plisadas, ligeramente festoneadas de bordados, pero esa sí no parecía una opción muy apropiada a este vestido en particular. Un poco demasiado frívola. Su madre le había enseñado a coser el dobladillo ciego y Delia era experta en ello. Que un amante viera las costuras era embarazoso, inaceptable, así que había hecho una labor extra para asegurarse de que el dobladillo quedara totalmente ciego. Incluso así, el tema de las mangas la aburría. Pensó también en ponerles un relleno, pero eso suponía demasiado trabajo si luego tenía que quitar varias veces

205

las mangas que no le gustaran. Además, era difícil fijar los márgenes de las costuras.

Para abreviar, estaba frustrada.

Cocteau llegó media hora más temprano y ella le enseñó el vestido en el maniquí. Las mangas vaporosas estaban hilvanadas al vestido, una solución transitoria para ver si el gran Cocteau la aprobaba.

Cuando él la vio, rio:

—Ay, querida mía. ¿Andas buscando que un hombre quede sin aliento, como si fuera la primera vez que te ve, *non*? ¿Con esas bolsas colgando de tus hombros? No puede ser.

Todo el mundo sabía que Cocteau estaba enamorado de Picasso. Así, pues, ¿podía él saber, en rigor, lo que un hombre deseaba ver en una mujer? Traía puesto él mismo un terno gris marengo de lana y chaleco, camisa blanca y una de las nuevas corbatas de seda Hermes introducidas por la empresa hacia un mes o poco más y que eran desde ya una prenda habitual en el parisino bien vestido. Llevaba el pelo engominado y adherido al cráneo como duco, y se desplazaba con liviandad, moviendo los dedos como si hubieran sido plumas de seda.

—Pero póntelo igual, *ma belle*.

Se llevó un cigarrillo a los labios y el humo envolvió su cara como si hubiera sido un filamento de lana en el aire.

Habían cenado juntos la semana pasada en un lugar íntimo que Cocteau conocía en la Ile-Saint-Louis, el Saint Regis, que a él le gustaba porque la comida era buena y los camareros todos jóvenes. Habían estado hablando de *La bella y la bestia*, la película de Cocteau recién estrenada en París.

—Ay, Jean, ese vestido que Bella lleva puesto cuando deja que la bestia beba agua de sus manos…

—¿Te gustó? —había preguntado Cocteau cuchareando su sopa.

—Hermoso, por como deja al descubierto sus hombros.

Cocteau había dejado la cuchara en el plato y se había secado los labios con la servilleta:

—Me encantaría hacer un vestido como ese para ti, Delia.

—Ay, a mi Pablo le encantaría.

Cocteau había hecho un mohín de desagrado. Le gustaba suficientemente

Neruda, pero el poeta era para él una especie de bestia en vida. Uno de esos sudamericanos un poco salvajes, alto y con pantalones abombados, y tan caótico en su poesía. ¿Cómo podía un artista tan desaliñado haberse hecho así de famoso? De cualquier forma, solía guardarse esa opinión para sí mismo. Neruda debía estar muerto para entonces y Delia lo amaba claramente, de un modo que él mismo —Cocteau lo sabía— no podía entenderlo.

Ahora esperaba a que Delia volviera de detrás del biombo en que se había ocultado para ponerse el vestido, rezongando impaciente y en silencio, exhalando al mirar en la dirección del biombo, llevándose el cigarrillo a los labios y aspirándolo como si el tabaco fuera una materia tan por debajo de su propio desprecio que ni siquiera le parecía ya un elemento carente de distinción. De pronto advirtió, igual, pequeños retazos de la piel desnuda de ella a través de las rendijas del biombo en tres secciones tras el cual insistía en ocultarse. Un movimiento que lo excitó, por cierto, esa posibilidad de examinar su piel y tocarla. Y cuando ella volvió a aparecer, habiéndose puesto además un par de hermosos zapatos de charol de una tonalidad verde lima, se sintió incómoda con el vestido y sin saber qué decir.

—No, no, toda esta cosa está mal.

Cocteau estiro la mano para alcanzar una de las mangas y tiró de ella, cortando los hilvanes en un solo movimiento de su puño apretado. Enseguida examinó la prenda unos instantes, irritado con su diseño, y la dejó caer al piso.

—Y esta también.

Arrancó la otra manga de su sitio y retrocedió para apreciar lo que acababa de hacer. Entonces quedó resueltamente impactado.

—Esos brazos, Delia. Con brazos así, no necesitas mangas. —Indicó por señas el espejo en el *armoire* detrás de ella—. ¿Dónde conseguiste esa piel, dime tú?

Cuando ella se volvió a mirar su reflejo, quedó a su vez conmovida por la belleza de lo que vio. Sin las mangas, el vestido caía por su cuerpo delgado como agua que fluye libremente, con los hombros y brazos resplandecientes, suaves como el agua.

Advirtió además cómo Cocteau, con el cigarrillo en su mano derecha, examinaba su espalda. El brillo fugaz de sus ojos evidenció, durante un segundo o dos, la envidia de lo deseable. Entonces miró él a su vez al espejo y se descubrió sorprendido por ella en su indiscreción.

—Bueno, querida, este es un vestido que cualquier hombre querría arrancarte del cuerpo.

24

EL WINNIPEG

La lluvia que arreciaba cuando ingresaron al Hispano continuó cayendo sobre ellos al cruzar el gris Océano Atlántico rumbo a Burdeos. Un taxi los dejó, a él y Delia, en un muelle de Pauillac, el puerto de Burdeos, donde la lluvia caía a su vez con tal fuerza que hubieron de correr por el muelle de tablones hacia la deteriorada caseta visible sobre los pilotes, en la que había desde ya varios individuos refugiados del chubasco. Al extremo alejado del muelle, un barco carguero oxidado por todos lados permanecía echado pesadamente en las aguas como una vaca lechera salpicada de lodo. Era un antiguo barco utilizado en la Primera Guerra Mundial, adivinó Pablo, y un vapor que olía a pescado. El óxido parecía alcanzar hasta las chimeneas y su nombre, *Winnipeg*, batallaba por hacerse ver entre el moho de la popa. A Pablo le gustó ciertamente la nave. Era, para él, como una demostración palpable de lo que significaba el trabajo arduo. Como una exaltación de las labores difíciles. Una embarcación que casi no hablaba. Tan solo reunía sus fuerzas para moverse, aunque jamás podría correr y menos volar. Así y todo, Pablo lo sabía, siempre llegaba a destino.

—

Había cuatrocientas personas en la hilera, compitiendo todas ellas por las últimas docenas de literas a bordo del *Winnipeg*, que a la mañana siguiente habría de zarpar con dos mil doscientos españoles hacia Chile. La selección de los pasajeros había perfilad algunas de las jornadas más culposas en la vida de Pablo. Esos a los que había rechazado estaban tan calificados para escapar de Francia como los que había aceptado, y habías varios miles más en trámite. Los olores espantosos y conversaciones teñidas de miedo de los refugiados llenaban el depósito donde la selección tenía lugar. Delia servía café y repartía panes a la gente que esperaba. Una mujer que la acompañaba empujaba una carretilla llena de camisas, abrigos, pantalones y zapatos viejos que distribuían a quienes estaban en las peores condiciones. La hilera era casi amorfa. Los rostros y anhelos de la gente estaban plagados de heridas, arañazos, lodo, mugre y cierto dolor en la mirada propio de quien ha sido cruelmente obligado a abandonar su hogar.

Ante Pablo había ahora dos hombres de pie.

—¿Cuál es su nombre?

—Jakobe Goyeneche.

—¿Vasco?

—Sí, don Pablo, de la vecindad de Vitoria-Gasteiz.

Pablo sonrió.

—¿*Babazorros*, eh?

Eso significaba sacos de frijoles.

Jakobe era un hombre enjuto y de barba, una pelambrera enmarañada y gris.

—Así que sabe algo de nosotros. ¿Ha estado allí?

Pablo le estrechó la mano:

—He estado, sí.

Jakobe vestía un largo abrigo negro con una fea rasgadura en la manga derecha, deshilachado por todas partes. Sin botones. Llevaba el cuello subido y Pablo pudo apreciar que había sangrado alguna vez del propio cuello. Una cicatriz de algún tipo quedaba apenas oculta por el largo trozo de tela de algodón que envolvía su garganta. Llevaba consigo una valija de cartón llena de manchas en una mano y en la otra un bastón de madera.

—¿Qué edad tiene? —preguntó Pablo.

—Sesenta y uno.

—¿Documentos de algún tipo?

—Solo esto.

Jakobe extrajo una escritura del bolsillo de su abrigo, un documento embarrado y doblado en cuatro. Demostraba que en 1927 él y su esposa María Alesandese habían adquirido una vivienda.

Pablo escribió la información.

—¿Nada más?

—No. Perdí todos mis papeles durante la guerra.

—¿Cómo así?

—La casa esa. Ya no existe. Todos mis papeles se perdieron con ella.

Pablo añadió esta información, volviéndose al fin hacia el otro hombre:

—¿Y usted?

El tipo se encogió de hombros.

—Yo soy su hermano, don Pablo. Akil Goyeneche —dijo y extendió a Pablo sus documentos de identidad emitidos por la república española.

Pablo apuntó a la herida de Jakobe en su cuello:

—¿Qué le pasó ahí?

—Me caí de un árbol.

Pablo escribió también eso.

—Perdone usted, pero… ¿estaba escondiéndose? ¿Arriba del árbol?

—Lo estaba, sí.

—¿Había desertado?

—No. Estaba cubriendo a mi hijo.

—¿Y él que estaba haciendo?

Jakobe aspiró profundamente y luego se inclinó hacia adelante, apoyándose en el bastón:

—Estaba tratando de volar un nido de ametralladoras. Con una granada de mano.

Pablo alzó la mirada:

—¿Y tuvo éxito?

—No, señor.

—¿Qué le pasó a él?

La espalda de Jakobe se encorvó lentamente y comenzó a sollozar. Pablo dejó la lapicera sobre el libro de contabilidad que estaba empleando para el registro y esperó. Jakobe fue incapaz de hablar durante varios minutos.

Pablo bajó la cabeza y apretó los labios:

–Lo siento, Jakobe, pero después que su hijo… después que él… ¿qué pasó?

–Jakobe los mató a todos –intervino Akil.

Era un hombre bajito, de manos regordetas y sucias. Sus ropas estaban harapientas, incluyendo la boina manchada de suciedad que se sostenía con holgura sobre su pelo negro. Sobre un hombro llevaba enrollada una manta, amarrada allí con una cuerda. Daba la impresión de no haber ingerido nada desde hacía un buen tiempo. Pese al chaquetón inmundo de lana que llevaba puesto, tiritaba al hablar.

Jakobe seguía sollozando.

–Le llevó toda la noche, don Pablo. –Akil miró a su hermano–. ¿No es así?

Jakobe asintió, llevándose la palma de su diestra a la frente.

–Se hirió él mismo al bajar del árbol. –La voz de Akil sonaba desarticulada por la extrema fatiga–. Apenas si podía caminar, así que se arrastró. Y esperó. Había barro. Ratas. Espinas. Entonces, al cabo de un par de horas, se arrastró hasta el perímetro del lugar donde estaba emplazada la ametralladora. Quizá se hubieran dormido o quizá solo se descuidaron. Eran las cuatro de la madrugada. Jakobe arrojó un par de granadas y… los mató a todos.

Pablo seguía esperando. La hilera a espaldas de ambos hombres comenzaba a impacientarse, pero todos parecían entender, por la cabeza gacha de Jakobe, su espalda encorvada y su pena tan evidente, que la conversación era singularmente difícil y preferían no quejarse.

–¿Cuál es su especialidad, Jakobe? Quiero decir, su línea de trabajo.

Jakobe se secó la nariz y los ojos con el dorso de la manga del abrigo. Pareció feliz de poder cambiar al fin de tema:

–Trabajaba haciendo corcho.

–¿Corcho?

–Sí. Nosotros dos. Nuestra familia. Nuestro padre era fabricante de corcho. Mi hijo también. Desde el momento en que se lo remueve del alcornoque hasta que ha sido cortado, curado, moldeado y traspasado al viñatero para que lo use en embotellar el vino. –Terminada la explicación asintió, aún incapaz de mirar a Pablo a los ojos.

–Es una pena. En Chile no hay alcornoques.

Ahora fue el turno de Jakobe de alzar la vista. De pronto parecía totalmente dispuesto al combate:

–¡¿No hay alcornoques?!

Pablo asintió.

–Oiga usted –dijo Jakobe y se inclinó sobre la mesa, apoyando el dedo índice en el pecho de Pablo y presionándolo tres veces–. Póngame en ese barco y déjeme a mí el resto. Yo me aseguraré de que los alcornoques aparezcan muy pronto en su país.

Asombrado, Pablo firmó a toda prisa el documento que permitía a Jakobe abordar el *Winnipeg* y comenzó a llenar otra solicitud:

–¿Está aquí su esposa?

–La mataron, don Pablo.

Apesadumbrado, Pablo siguió escribiendo y le pasó ambos documentos a Jakobe.

–¿Y mi hermano?

Pablo le indicó ambos papeles:

–Es el segundo papel, ya verá. Akil también viene.

25

EL TÚNEL

Justo cuando la última luz de la tarde comenzaba a decaer, vio la entrada. Ubicada muy por encima de la línea de árboles, la cueva –a la que solo se podía aproximar uno por un sendero alternativo practicado en esa cara del acantilado, un sendero tan angosto que solo podía subir por él un caballo a la vez– hacía pensar en una orquídea, una única flor de veinte metros de alto y otros veinte de ancho, cuyos alrededores eran los pétalos curvos surgidos de aluviones feroces ocurridos mucho tiempo atrás.

Los caballos tuvieron problemas de entrada. A todo lo largo del túnel de lava discurría un arroyo y la superficie como de porcelana era allí tan lisa que los animales no encontraban asidero. Durante los primeros cuatro kilómetros, les dio aviso Juvenal, el túnel sería una inclinada pendiente, y estimó que subirían en total unos setecientos.

–Habrá un montón de nieve afuera, así que al menos me alegra que nosotros estemos aquí dentro.

Las herraduras de los caballos resonaban contra la roca, sacando auténticas chispas cuando subían por los trechos del túnel que no estaban bajo el agua y, aun cuando aquella superficie no suponía la inestabilidad traicionera del cruce del Curringue, era resbalosa a causa del hielo y el paso se dificultaba aún más por la falta total de luz en el túnel. Después del primer centenar de metros, la luminosidad proveniente de la entrada se había reducido a cero, dejando a Pablo y los demás sumidos en la oscuridad. Una oscuridad, como dijo Pablo, parecida a la de los sueños lastrados de cosas amenazantes.

Cuando Juvenal intentó encender una antorcha, el Tuerto resbaló y

Pablo salió volando de la silla, sin ver nada de nada, pero sí escuchó el relincho furibundo del animal al desplomarse, y gateó en pies y manos para escabullirse de su intento febril de enderezarse. Ninguno veía al otro. Pablo seguía la lucha del Tuerto por los ruidos que hacía, temeroso de que el caballo lo aplastara sin haberlo visto siquiera, y la forma en que sus cascos batían la roca y la musculatura vigorosa del animal daba contra ellas le aconsejó alejarse otro poco.

Pronto, la antorcha de Juvenal estuvo encendida y el Tuerto apareció de vuelta, parado y solo ante los cuatro hombres. Con las patas ensangrentadas, y hasta daba la impresión de estar rengo de alguna, pero la luz de la llama lo evidenció bufando y resoplando como siempre y mostró que él mismo desdeñaba esa posibilidad.

Repentinamente, manadas de otros animales se reunieron sobre ellos. Grandes lagartos ondulando y entreverados, pesados bisontes de cabeza enorme y venados astados corriendo por alguna pradera, y truchas doradas de los Andes nadando en círculos. Manos humanas habían ornamentado el sector con sendas batallas de otros seres humanos armados de lanzas y garrotes. Todo ello pintado en un techo circular del cual pendían finas estalactitas como de plata, como los hilos de una telaraña, resplandecientes como el agua, y el agua misma goteando de cada una. Las pinturas se habían organizado alrededor de esas estalactitas, de manera que una especie de partitura hecha de la piedra fría y certeros pigmentos giraba graciosamente y seguía apresurada su camino por el cielo inmenso de la cueva.

Juvenal dio a cada uno una antorcha. Cuando todos las hubieron encendido, el túnel se expandió repentinamente y apreciaron que él tenía, en rigor, las dimensiones de una gigantesca estación ferroviaria, solo que decorada bastante más dignamente que la Estación Central de Santiago, diseñada —algo que Pablo sabía muy bien— por Gustave Eiffel en 1897. El tamaño del túnel de lava lo dejó ahora sin aliento, especialmente al recordar el rapsódico lenguaje con que su padre le había descrito alguna vez la Estación Central. Pablo —Neftalí por entonces— tenía diez años y José del Carmen le refirió como el vapor envolvía a tantas locomotoras allí presentes a la vez, parecidas a ángeles de hierro que batallaban entre las nubes. Con las grandes ruedas metálicas poniéndose en movimiento, buscando encontrar la tracción sobre los rieles, hasta efectivamente encontrarla, imitando los engranajes celestiales cuando giraban con seguridad sobre sí mismos. Su padre había recreado para él el sonido de todo ello, del eco de las locomotoras, de la charla ambiente y el silbato de los trenes, de la risa y los pasos de la muchedumbre con prisa subiendo hasta el cielo raso de la estación, revoloteando allí arriba unos instantes y enseguida volviendo a la tierra. Y Neftalí oyendo todo eso con la mejilla apoyada en sus dos manos juntas, sentado a la mesa de la cocina y apreciando la fascinación en el rostro de su padre, se prometió ese mismo día, en ese preciso instante, que no moriría sin haber visto antes la Estación Central, y eso fue lo primero que hizo al cumplir los dieciséis.

Recordaba haber visitado también por primera vez la Torre Eiffel en 1927. Haciendo una pausa en su viaje a Rangún, se había reunido con el poeta peruano César Vallejo para tomar un café juntos y disfrutar de unos pastelillos en un café a orillas de la explanada de los desfiles, próxima a la torre. Del éxtasis hipnótico y reverencial que la belleza de la torre le provocó se distrajo tan solo cuando Vallejo le dijo que él, Pablo Neruda, se había convertido en el mayor poeta en lengua española desde Rubén Darío, pese a estar "allí sentado y bebiendo tu café, Pablito, con cara de niño…" Vallejo frunció el ceño: "¿Qué edad tienes, a ver?"

Pablo alzó los ojos hacia la torre, con su delicada intensidad, buscando la cima etérea del monumento desde la mesita del café: "Veintitrés."

Vallejo, un individuo enjuto y sólido, ataviado con un bello terno parisino a rayas, hombre de cabellos negros y nariz achatada, era él mismo una figura notoria en las letras de América del Sur. Esta vez se inclinó hacia adelante apoyado en su bastón, con la boca súbitamente abierta: "¿Tanto?"

–¡Miren todo eso! –dijo Ramada indicando el cielo raso.

Víctor y en especial Juvenal estiraron el cuello para examinar el despliegue de esos varios cientos de figuras en la piedra.

–Me acuerdo de esto –dijo Juvenal–. Mi padre me trajo aquí cuando era niño. Igual me había olvidado de que existía de verdad. Siempre creí que lo había soñado.

Alzó su antorcha hacia lo alto y los animales sobre su cabeza se movieron con cada nuevo cambio de la luminosidad.

Aves también. Pablo les habló de la focha gigante y negra, de los flamencos y las hembras de ñandú de menor tamaño, del carpintero andino con sus plumas que parecían alcanzadas por un rayo y el ganso andino con los colores del pingüino, del sorprendente gallo de las rocas, cuyo cuerpo negro azabache parecía en conflicto con su propia cabeza naranja, como de puro fuego, y de las distintas clases de mineros y pinzones de la sierra, las diucas, el motmot de cresta azul (con ese nombre, era desde luego uno de los preferidos de Pablo) y los cóndores andinos vistos desde distintos ángulos, los pájaros más grandes de la tierra, según sabía Pablo y que él había visto únicamente con binoculares, a distancias de centenares de metros. El techo del túnel le brindó ahora, de hecho, la visión más cercana de un cóndor de la que había disfrutado nunca.

Siguieron luego subiendo por el propio túnel y la luz de las antorchas decayó. El sendero frente a ellos se volvió penumbroso y después lóbrego. El agua goteaba desde el techo sobre ellos y sus cabalgaduras, y Juvenal encendió otra antorcha.

—Me equivoqué ahí atrás, don Pablo.

—¿Cómo así?

—No debí dejar que cada uno encendiera su antorcha, eso nos ha dejado… —Miró en la montura del Miedo, donde iba asegurado con una cuerda el puñado de antorchas restantes—. Pienso igual que bastarán para sacarnos de aquí. —Se volvió a mirar el túnel hacia adelante—. Nos queda, de todas formas, bastante camino aún. —La nueva antorcha alumbró el camino, si bien no el túnel en su totalidad. Las sombras, parecidas a oscuros gnomos, bailoteaban enfrente de ellos—. Tenemos que ser más ahorrativos con estas cosas. —Avanzó en silencio unos minutos—. Aunque no me hubiera perdido esa recámara por nada, ¿no, don Pablo?

—Por nada en el mundo, es cierto.

Una trabajosa hora después, el túnel terminó nivelándose y, en la profunda oscuridad del trayecto, llegaron hasta una laguna de aguas más oscuras incluso que el Lago de las Preguntas, aunque no era tan grande como este y el agua estaba quieta como un cristal.

—Esto sí que es nuevo —dijo Juvenal con un dejo de nerviosismo en la voz—. No estaba aquí la última vez que estuve.

La laguna llenaba por completo el espacio y no lograban discernir ningún senderito que la circunvalara. Las paredes curvas se alzaban sobre ella y la circundaban por todos lados, desvaneciéndose en el punto más elevado. Unos copos de nieve cayeron en la manga de Pablo, que miró hacia lo alto, aunque no consiguió ver nada. Los copos oscilaban ahora a la luz proyectada por la antorcha de Juvenal.

–Tiene que haber un agujero de salida en el techo –dijo el mismo Juvenal.

–¿Y cuán alto podría ser eso?

–No sé. –El guía estudió la laguna unos segundos. Al centro de ella había un pequeño islote de roca plana y amarillenta, que brillaba en la penumbra.

–¿Tendremos que cruzar por el agua, entonces? –preguntó Pablo.

–Creo que sí. Pero déjenme probar a mí primero. –Juvenal impulsó al Miedo para que se aproximara a la poza. El burro, nervioso a causa de ella, se plantó en sus cabales y no se movió–. Ya, pues, ¡vamos, maldita sea!

Pablo se adelantó:

–Deme la antorcha.

–¿Por qué?

–Para que pueda usar las dos manos.

Sorprendido por la sugerencia, Juvenal le pasó la antorcha encendida y Pablo la cogió con su diestra.

–Sosténgala bien alto entonces, para que pueda ver.

Pablo levantó la antorcha y su luz fue suficiente apenas para iluminar la orilla opuesta de la laguna. Pablo podía entender la actitud reacia del Miedo. El agua era oscura como la obsidiana y el burro estaba asustado ante ella. Sus ojos brillaban, de hecho, mirando hacia adelante y después no, como intentando justificar ante sí mismo lo que Juvenal le pedía que hiciera. Dos veces resopló abiertamente y después quiso excavar con la pata en su sitio.

–Juvenal, no creo que…

–¡Hijo de perra! –Juvenal esbozó una mueca de furor y dio un latigazo al Miedo en su costado, valiéndose de la rienda.

–Deme su poncho.

–¿Para qué?

–Si se hunde y se le moja, se va a congelar.

–¡Mierda! –exclamó Juvenal y se quitó a toda prisa el poncho para arrojárselo a Pablo.

–Deme las demás antorchas.

–¿Por qué?

–Puede que el burro se hunda.

–No, no conmigo… –dijo Juvenal y dio unas pataditas al Miedo con sus tacones–. No si le digo lo que debe hacer.

Entonces el Miedo entró vacilante en la laguna y, con Juvenal sobre él, se perdió de vista en la oscuridad.

—

–Agárrela, Juvenal. –Pablo arrojó un cabo de la cuerda a la laguna. Situado detrás suyo, Ramada se la había amarrado a la cintura y la aferraba con firmeza, mientras Víctor sostenía la antorcha sobre su cabeza–. ¡Atrápela!

Juvenal se agitó dentro del agua. Claramente, no era un gran nadador y se esforzaba por mantenerse a flote y respirar. Luego sus hombros se hundieron de nuevo. Y su cabeza. Y volvió a reflotar.

–¡Tome la cuerda!

El convocado palmoteó en el agua en busca de la cuerda, asegurándola al fin entre sus manos. Los otros jalaron de él hasta el borde de la laguna, pero la pendiente de la orilla era tan pronunciada que no conseguía salir del agua. El borde filoso y resbaloso de las rocas se lo impedía.

–Ayúdeme.

Pablo se arrodilló para tirar de la cuerda. Víctor también intentó ayudar, aunque para entonces su tobillo había dejado de funcionar por completo y mejor se sentó en la roca que había a espaldas de Pablo, sosteniendo la antorcha en una mano y tirando apenas de la cuerda con la otra. Enseguida la traspasó a Ramada. Lentamente, un brazo, luego el otro, después el pecho de Juvenal y su estómago, y por fin la porción superior de su cuerpo, con él medio asfixiado, lograron apoyarse en la roca. Pablo lo izó fuera de la laguna por la camisa, pero Juvenal se resistió al gesto y apuntó a la laguna.

–El burro.

Pablo lo obligó a alejarse otro poco de la orilla.

–¡Rescátelo! –dijo Juvenal liberándose del abrazo de Pablo y apoyándose de lado en la roca, indicando la oscuridad–. El Miedo. –Estaba él mismo demasiado exhausto para moverse y solo pudo permanecer allí apoyado en sus manos, con la cabeza colgante–. Saque al Miedo del agua.

Engrifado y mascullando que el burro podía cuidarse a sí mismo, Pablo cogió la antorcha de manos de Víctor, avanzó unos pasos hacia la laguna y la levantó sobre su cabeza. Enseguida, con una expresión de pesar, cerró los ojos. Después los abrió de nuevo con la esperanza de que lo visto fuese solo una visión morbosa, eso apenas: un tronco viejo o una roca aplanada, algo así, pero ahora descubrió que eso que veía a ras de agua era de hecho el Miedo, su cadáver flotando en la superficie de la laguna.

—

Juvenal tiritaba bajo el chaquetón, con el cuerpo correoso a causa del sudor y la fiebre. Igual consiguió dormir un poco, pero sus sueños estuvieron plagados de frases farfulladas en sueños y de dolor. Pablo, que no podía ver nada, intentaba mantener la calma. La profunda laguna se había formado, muy posiblemente, cuando el piso del túnel había cedido, desplomándose varios metros hacia abajo y dentro de otra caverna. ¿Quizás hacia un lago en el subsuelo? ¿Alguna gigantesca masa geológica de agua que se había levantado a través de la roca para llenar el vacío? No podía saberlo. Juvenal se había aferrado a la silla del burro mientras este luchaba por volver a la orilla, pero entonces el burro se había desvanecido, hundiéndose en las negras aguas, dejando que Juvenal intentara nadar por su cuenta para salir de ellas.

Ahora Ramada y Víctor lesionados y exhaustos vagaban a su vez en mitad de sus sueños, respirando pesadamente. El sueño de todos era claramente angustiado. Se habían tendido allí mismo cuando la única antorcha había comenzado a apagarse y nadie tuvo ánimos para hablar de lo sucedido, comprendiendo todos que, al despertarse, estarían aislados y en la oscuridad total.

Pablo se sumió en un sueño sorprendente. En él no había formas discernibles, gente o hechos. Solo veía colores, cada tono en su absoluta pureza, uno a la vez, como si todos los componentes del espectro lumínico hubieran estado intentando liberarlo del agujero negro que finalmente se tragó de vuelta el propio espectro multicolor.

—

Cuando despertó, la luz de la luna caía radiante sobre él e iluminaba un lado completo de la caverna. La abertura en la parte alta, a unos ciento cincuenta metros del suelo, era tan circular como la propia luna, y la pared de la caverna subía hasta ella formando un ángulo. Pablo se dio cuenta de que él mismo podía trepar por la pared, posiblemente a gatas. Y posiblemente pudiera alcanzar la abertura.

Solo él podía hacerlo. Aunque hubieran estado plenamente despiertos, ninguno de sus acompañantes podía escalar ahora la pendiente, y era algo que, claramente, había que hacer ya mismo. Una vez que la luna se desplazara en su posición, volvería la falta total de visión y quién podía saber cuándo habría de nuevo una oportunidad como esa. Acabarían por perecer todos allí en ese agujero. Así, pues, se levantó y buscó en la piedra cercana sus guantes, pero no consiguió encontrarlos. Echando pestes, examinó las vías posibles para subir la pendiente, se cerró bien el chaquetón y se dispuso a escalar hacia la luna.

Su mente era un torbellino de imágenes, embebida en el pesar de su propia estupidez. *¿Por qué tuve que hacer ese discurso en el Congreso? ¿Por qué no me fui sencillamente al campo de concentración en Pisagua, a pasar los días con los muchachos que tienen allí retenidos, en lugar de imponerles a estos de aquí el riesgo de perderse en estos parajes?* El miedo impulsaba a cada una de sus manos, una detrás de la otra, a escalar la pendiente en el vacío. *"Fui solo como un túnel."*, evocó mientras trepaba, esa línea irónica. Y refunfuñó para subir otro poco. *¿Dónde escribí eso? "De mí huían los pájaros..."* Pensó en todas esas pinturas de la cueva vistas el día previo, ahora desaparecidas, extraviadas en la oscuridad. *"Y en mí..."* No conseguía recordarlo. *"La noche entraba su invasión poderosa."* Al apoyar la palma de su diestra en una roca filuda se hizo un corte. *¡Huy, Dios!* Tuvo que aferrarse igual a la piedra para no caer de espaldas al abismo y cortarse todavía más, el cuerpo entero.

Trepó durante casi una hora, abriéndose camino por entre los peñascos, los mínimos riachuelos superiores, los pequeños campos de esquisto y pedregal, hasta que sus manos estaban tan rastrilladas que apenas si podía aferrarse a las rocas esas que lo iban arrastrando hacia la luz de luna. En una ocasión resbaló, deslizándose varios metros hacia abajo por la pendiente, con las rodillas arañadas y sangrantes. Y casi desistió del todo cuando un reducido peñasco cedió en su lugar y cayó rebotando por la pendiente hasta, el piso. Él estuvo cerca de rodar con él y le llevó algunos minutos contener el miedo. Miedo ante todo a que las fuerzas se le agotaran y terminara cayendo todo el trayecto hasta el fondo, a estar irremediablemente perdido. Y tenía sed. *"¡Mi ansia sin límite, mi camino indeciso!"*

La luna lo ayudó un poco. Una sucesión de nubes translúcidas comenzó a cruzar ante ella y su luz se volvió de un azul trémulo y cambiante, de modo que esa parte de la cueva, la que podía ver desde allí arriba y bajo él, parecía ahora un mar agitado por la marea. Se sintió como una criatura acuática y de otro mundo reducida a esa parte seca de la caverna, ondulando hacia la luz. Y siguió subiendo, enteramente iluminado por la luna, luchando a través de la pendiente cada vez más inclinada y escarpada.

A pocos metros por debajo de la abertura, escuchó voces. Había otra gente allí arriba, en el exterior. La enorme abertura posibilitó que la luz de la luna penetrara al túnel y siguiera por él, pese a cruzar tan raudamente por el cielo nocturno. Pablo tuvo, con todo, la certeza de que no había nadie más allí afuera; era solo una esperanza absurda de su parte de que hubiera efectivamente alguien esperándolo con alimentos y mantas, un habano y una botella de whisky. Una alucinación cabal y nada más, nada en absoluto. La única verdadera esperanza de Pablo era la de salir por la abertura y esperar allí hasta que viniera la mañana, momento en que tal vez podría hablarle a gritos a los demás. Ninguno de los caballos sería capaz de hacer la escalada que él acababa de hacer, así que los animalitos estaban desde ya condenados, pero con luz y rabia suficientes los hombres sí podían lograrlo. Él tendría que activar dentro de ellos esa rabia, una ira contra la muerte y contra Dios por obligarles a entrar en ese agujero. La ira los sacaría a todos de allí.

¡Fuera de aquí, Dios!

Ahora trepó casi en línea recta. Las salientes entre las rocas lo ayudaron, con las hendiduras y resquicios que había en cada peñasco, esas agarraderas naturales para los dedos, concavidades en que podía apoyar una rodilla o un codo. Su mano izquierda asió una estrecha lonja de piedra en la cima y, dándose impulso con su pie derecho, que había encontrado una hendidura horizontal en la piedra, se impulsó hacia arriba y salió a la luz de la luna en plenitud.

Estaba afuera.

Allí se desplomó de espaldas. Para su gran asombro, pese al hecho de que estaba rodeado de nieve, sintió que estaba bajo el agua. Entero sudado. Su mente ardía en ideas. El dolor físico era tan intenso en su interior que sintió que su cuerpo iba a entrar en combustión en cualquier momento. Él sería la única marca oscura en toda esa nieve, un chicharrón de carne cenicienta.

Comenzó a derivar al sueño y casi enseguida volvió en sí. El sudor se le había enfriado en todo el cuerpo y adivinó que solo le quedaba levantarse y caminar para lograr que la sangre circulara de nuevo dentro de su organismo. Enseguida rodó sobre un costado y quedó en pies y manos contra el piso de la montaña. Sintió que la cabeza iba a estallarle de dolor. Sus brazos y hombros apenas si lograban sostenerlo. Ante él, apiladas bajo el polvillo de nieve iluminado de azul, había media docena de antorchas.

Miró por encima de su hombro y después a su alrededor. Detrás suyo solo vio un bosque, nieve reseca y esa apertura en la superficie de la Tierra hasta la cual había trepado. Pero ante él había la visión de un cañón andino y docenas de montañas extendiéndose en la distancia. El fondo del cañón estaba a cuando menos un millar de metros allí abajo y los árboles crecían con tal profusión que ambos flancos aparecían jalonados de una sábana de inmensos conos celestes ornamentados de nieve. Tantos de ellos que era imposible contarlos en la lejanía.

Por debajo de la línea de nieve, los árboles adquirían una tonalidad azul marino y, finalmente, negra. Bastante por encima de esa línea, afiladas lancetas de roca a su vez negras y azules, algunas de ellos de unos mil metros, resplandecían allí donde la luna iluminaba la nieve adherida a ellas. La cadena montañosa en el horizonte llenó la retina de Pablo. Era tan inexplicablemente hermosa a sus ojos que estaba cierto de que nunca podría describirla cabalmente, si podía hacerlo en algún sentido. Ningún poema, de pocas o muchas palabras, podía equipararse a esto. La luz de la luna atenuaba el brillo de los astros, pero en ningún caso el de todos. Desde allí podía ver porciones vastísimas del firmamento austral.

Nunca saldremos de aquí, pensó. *¿Sin los caballos? ¿Aquí arriba? Vamos a morir todos.*

–Don Pablo.

Con la vista buscó a su alrededor.

–Poeta.

Parado muy cerca de su caballo, Dominguín sostenía las riendas en su mano, con los hombros tan alicaídos y golpeados que difícilmente parecía un ser vivo. En rigor, Pablo sabía que no lo estaba. Era un espectro oscuro como el padre de Hamlet, como el rey Duncan, Hotspur, la pobre Ofelia ahogada en las aguas… Y Dominguín tan muerto como el resto de ellos:

–Yo conozco su obra.

–¿Cómo puede ser? ¿Aquí en este lugar?

–Sí, claro. Y dígame usted mismo… qué hay con eso de *"Escribo para el pueblo, aunque no pueda leer mi poesía con sus ojos rurales"*. –Dominguín frunció el entrecejo y soltó las riendas–. ¿Usted escribió eso o no?

Pablo se encogió de hombros, asintiendo.

–Lo tengo conmigo ahora –dijo y apuntó hacia el agujero en el suelo–. Está allí abajo, en el túnel.

–Estaba equivocado, poeta. Los que estamos aquí, de este otro lado, disponemos de una eternidad para… bueno, para leer.

–Lamento si te ofendí, Dominguín.

–Sí, claro fue un insulto. ¡*Ojos rurales*, cómo no!

Pablo hizo un mohín.

–¿Por qué insistes?

La vestimenta gaucha de Dominguín estaba aún más harapienta y rasgada que la vez anterior en la planicie blanca. Su barba se escurría de su rostro como si hubieran sido llamas agónicas, invadidas repentinamente del pánico. Y fulminaba a Pablo con la mirada, como queriendo transmitirle cabalmente lo tonto que era. Escarbándose a la par los dientes con un facón de gaucho, aunque Pablo comprobó ahora que, en rigor, no había ningún diente en que escarbar... O quizá cuatro, cinco de ellos, nada que pudiera servirle al fantasma para una comida entera. Igual se dio cuenta, a la vez, de que nunca iba a necesitar una comida en propiedad. Con esa cuerda llena de nudos que constituía su cinturón, los bombachos tan sucios que parecían la mortaja de un viejo cadáver arrojado a una tumba lodosa, la camisa en estado ruinoso, semejante ella misma a un sinfín de cicatrices plegadas sobre su cuerpo...

Entonces el propio Dominguín le susurró:

—La muerte es mejor.

—¿Que qué?

—Que las pocas horas de triste vida que le quedarán si sigue intentando cruzar estas montañas.

—¿Cuántas horas?

—¿Quién sabe?

—¿Suficientes para llegar a París, Dominguín?

El gaucho alzó la mano y palmoteó el cuello infestado de pulgas de su caballo.

—¿Eso dónde está?

Pablo se preguntó si las pulgas no serían también fantasmas.

—Si verdaderamente fuera mejor..., si la muerte fuese mejor, Dominguín, ¿por qué me trajiste estas antorchas?

El gaucho miró a su alrededor con el rabillo del ojo, detrás suyo, a izquierda y derecha, buscando:

—Los otros no saben que estoy aquí.

—¿Y qué dicen ellos de nosotros?

—Que son ustedes todos unos tarados y que se merecen un destino como el nuestro.

—¿Un destino?

—El que estamos viviendo ahora. Deambulando por estas montañas.

Rodeados de nieve para siempre jamás. Inundados de nieve. Con la nieve fluyendo hasta por nuestros corazones, y nuestros sueños…

Dominguín suspiró, volviéndose a mirar su caballo. El caballo apenas si existía, era difícil apreciarlo, como si su espectral corazón hubiese muerto hacía largo tiempo y lo hubiera dejado sin fuerzas.

–Nadie me dio a mí ninguna antorcha, y vaya si las quería, yo mismo… – Dominguín bajó la cabeza–. Quería tanto seguir vivo, poeta.

Pablo examinó las antorchas. Siendo mayores que las del Lago de las Preguntas, alguien las había amarrado en un racimo.

–Tómelas.

Dominguín montó con parsimonia su caballo y no hubo el menor ruido de ningún tipo, del cuero al crujir o el jadeo del caballo, ni de un golpecito o las riendas al rozar sus carnes. En rigor, tampoco había carnes.

–No vuelva por aquí, poeta.

Y entonces ya no hubo tampoco más Dominguín.

Pablo recogió las antorchas, miró una vez más al vacío azulado de la quebrada vecina, luego a la enorme y vasta cordillera espléndida de nieve, y volvió a descender por el agujero en la tierra.

—

Con cautela, el Tuerto tanteó con la pata en busca de la cornisa. Pablo quiso espolearlo para que lo hiciera más rápido, pero sabía a la vez, después de haber cabalgado tanto tiempo juntos y a través de tantos peligros, que el caballo podía prever el futuro, al menos ese futuro hecho de moléculas, átomos y materia. El Tuerto sabía lo que había allí abajo, podía sentirlo.

Así que dio un pasito leve y luego otro. Sus pezuñas chapotearon en el agua siguiendo una angosta cornisa alrededor del borde mismo de la laguna. Un paso en falso y él, Pablo y Juvenal, estarían de vuelta en las negras aguas. Pablo sentía el rostro de Juvenal exudando su hálito en su cuello. Luego miró hacia atrás y vio al Ángel, el pinto de Ramada, pisando tan cuidadosamente como el Tuerto, y se preguntó si la osadía del Tuerto era lo que daba al Ángel el temple para seguir adelante. Víctor, rendido de cansancio, cerraba la marcha en la Pajarita.

De los otros dos jinetes, Ramada era el que estaba ahora en mejores condiciones. La hinchazón de su rodilla había disminuido, aunque la contusión y la herida seguían tan oscuras y de aspecto tan amenazador como antes. Pero al menos podía caminar, lo cual significaba que pudo ayudar a Pablo con las cuerdas y los caballos. Víctor apenas si podía soportar algún peso en su pierna lesionada y, en caso de que Pablo necesitara de una ayuda, su amigo solo podría aconsejarlo. Cualquier proeza física que alguna vez pudo realizar dependía ahora por completo de Ramada y, más importante aún, de Pablo.

Con todo, Pablo dependía del propio Víctor. Los cuidados que habían brindado a Juvenal eran fruto, ante todo, de las terribles experiencias de Víctor en el Aconcagua, cuando intentaba mantener viva a la gente en la peor de las hipotermias. "Yo no te hubiera perdido, Pablo, allí en la nieve y tampoco voy a perder a este hombre." Habían envuelto a Juvenal en su chaquetón y unos pantalones secos de Pablo. El recuerdo de las pérdidas sufridas por Víctor aquel día terrible en el Aconcagua, y del porteador indio muerto en sus brazos, habían gatillado las especulaciones obsesivas de Pablo con la muerte y con cómo sería ella —no solo la muerte imaginada.

Lo peor era, para él, que en última instancia esa muerte real era… ¿cómo lo había dicho Emily Dickinson? ¿"Los huesos reducidos a cero"? Sin Delia, sin palabras para describirlo, sin una mente ni un corazón, la muerte era la nada… y eso era, sin duda, lo peor.

Fue Víctor quien le indicó a Pablo que la cornisa alrededor de la laguna era la única vía posible de salida. Pablo había advertido una suerte de cabeza de playa a la derecha de donde habían acampado en la oscuridad, una extensión plana de rocas que entraba en las aguas formando un leve ángulo, y cuando fue a examinarla, vio que una cornisa amarillenta de casi medio metro de ancho recorría el borde de la laguna a unos veinte centímetros bajo la superficie. Sosteniendo una antorcha bien alto y por sobre su cabeza, reparó en que la cornisa, a veces más ancha, otras más angosta, parecía aferrarse a la orilla de la laguna en toda su extensión y hasta el flanco opuesto. Era ciertamente evanescente, esa forma amarillenta, y apenas visible en la débil luz disponible.

—Igual te será más fácil ver hacia adelante cuando estés sobre el Tuerto

–le había dicho Víctor–. Él sabrá, Pablo. Ponle atención cuando estés ahí al medio.

—

A mitad de camino y ya cerca del otro lado, el Tuerto se detuvo. No pensaba moverse ni un milímetro más y, cuando Pablo alzó la antorcha para ver qué podía haber más adelante y bajo la superficie, el animal sacudió la cabeza de manera violenta a ambos lados. Una salpicadura viscosa de sangre incidió en el rostro y el hombro izquierdo de Pablo. Él intentó limpiársela. Luego quiso volver atrás. Entonces comprendió que no había vuelta atrás, ni espacio para que el Tuerto y ninguno de los caballos se dieran vuelta. No quiso ni imaginar lo que ocurriría si, por otra parte, intentaban volver retrocediendo. Sin más alternativa, solo les quedaba seguir adelante.

–Tuerto.

El caballo volvió la cabeza.

–Juvenal, ¿puede usted quedarse solo en el caballo si yo me bajo?

Juvenal exhaló un suspiro, apenas capaz de emitir alguna palabra:

–Sí, claro, siga no más.

Muy cuidadosamente, Pablo se apeó del Tuerto tanteando con los pies el agua y la estrecha cornisa bajo la superficie, sosteniendo la antorcha hacia un costado y por encima del agua, tan alejada de la cabeza del Tuerto como le fue posible. El Tuerto miró hacia atrás, como temeroso de lo que Pablo iba a intentar. Este se deslizó pegado al costado izquierdo del animal y pasó las riendas por sobre su cabeza y orejas.

El animal intentó dar otro paso, pero Pablo quería examinarlo antes de proceder. Vio que de algún punto en la cabeza del caballo manaba sangre. Este lanzó un bufido, pero Pablo puso su mano libre bajo sus mandíbulas, acariciándolo. Y alzó la vista. Los ojos de Juvenal estaban clavados en él. Ninguno de los dos dijo nada, pero Pablo se dio cuenta de que el hombre entendía de algún modo lo que se proponía y sus ojos como nubes informes de barro le dieron permiso a regañadientes.

–Por aquí. Tú sígueme.

Con las riendas del Tuerto en su diestra, Pablo se volvió hacia adelante y comenzó a avanzar a lo largo de la negra cornisa, tanteando la senda con la punta de cada bota. El agua murmuraba a su alrededor. El Tuerto lo siguió detrás. La antorcha en su mano iluminaba el camino hacia adelante, aunque el agua reflejaba su luz y encandilaba a Pablo. Luego los últimos fragmentos de luz fueron absorbidos y extinguidos por las aguas y Pablo continuó a ciegas, paso a paso. La poza a su izquierda, profunda y oscura, era como el infierno o la muerte. Los otros caballos lo seguían y los hombres a lomos de ellos permanecían en silencio, como entendiendo que cualquier acotación podía distraer a Pablo y provocar que se hundiera. En cuanto a él, solo luchaba en su interior por mantener la calma, con el miedo desbordando su corazón, y aferraba con firmeza las riendas del Tuerto, deslizando cada pie hacia adelante sobre la roca invisible.

—

Llegaron a un túnel de lava secundario y a la derecha, como Juvenal había susurrado que ocurriría. Pablo hizo detenerse a los caballos y se apeó del Tuerto, pasando la antorcha a Ramada. Cogiendo la cabeza del animal entre sus manos, vio la sangre que manaba de sus fosas nasales en gruesos coágulos rojinegros. También había sangre en torno a sus ojos, y su ojo ciego estaba anegado de ella. El pobre animal había caído en un paroxismo de temblores.

"Bestia ciega. Bestia feroz." Pablo pasó su mano por el cuello del animal hacia abajo y apoyó su frente contra ese cuello.

—Te quiero, caballito.

Al descender momentos después por el túnel, Pablo sintió el cambio de aire, una brisa que provenía ahora del corredor. El avance se hizo más fácil para los caballos. Había un resplandor de luces más adelante.

—¿Eso es? —preguntó Pablo girando la cabeza.

Juvenal miró hacia adelante, con sus últimas fuerzas a un paso de extinguirse:

—Eso es.

—¿Y dónde llegaremos?

Pablo sintió la respiración de Juvenal en su cuello. Horas atrás, sus exhalaciones eran calientes y húmedas, ahora la fiebre lo consumía. Exhausto, igual respiraba con nitidez.

–A Argentina, maestro.

26

LA ACTRIZ RADIOFÓNICA

El Tuerto abría la marcha. Desde esa porción del camino que bordeaba el Lago Lácar –una inmensa masa de agua de color esmeralda circundada de riscos, serranías y cumbres de la gran Cordillera de los Andes en su lado argentino– Pablo examinó los miles de árboles antiguos y caídos en su sitio que habrían sido arrastrados hasta el lago por ríos y arroyos secundarios. Maderas a la deriva y retorcidas, de todas las formas posibles, resquebrajadas, con sus ramas despojadas de hojas y las raíces evisceradas, reunidas todas, muy a su pesar, en un cenagal de vegetación y pequeñas lagunas a la derecha del camino, en una extensión de varios kilómetros que alcanzaba hasta la parte baja de dos grandes picos nevados cubiertos de bosques. Hombres y cabalgaduras estaban en tal estado de deterioro que daban la impresión de haber surgido todos, recién, de un territorio volcánico y fundido por la lava. Las ropas de Pablo lucían rasgadas por todos lados. La basta de sus pantalones estaba harapienta y llena de lodo. Su chaquetón de lana olía a sudor y aguas podridas. Su cabello y la barba parecían babosas de tierra dispersas en sus mejillas. El equipo que había sido atado tan puntillosamente a la silla del Tuerto y las propias alforjas colgaban todas en absoluto desorden. Las bolsas, una de las cuales contenía su deteriorada copia del *Canto General*, parecían trozos de carne aporreados sobre los animalitos.

Los demás jinetes lucían igual de arruinados.

La única dificultad para el Tuerto era que Juvenal Flores iba a su vez montado sobre él, a espaldas de Pablo, sosteniéndose con tanta fuerza como era capaz. Víctor había sugerido amarrarle las manos delante del estómago de Pablo, de manera que le resultara mucho más difícil caerse del caballo. El propio Juvenal había protestado al principio, pero después Pablo le ordenó que se callara y el baqueano había acatado el procedimiento, dándose cuenta de que el asunto bien podía salvarle la vida. Al descender el pasadizo enmarcado en rocas y peñas que bajaba desde el punto final del túnel de lava hasta el lago situado a cierta distancia y más abajo, el Tuerto había tambaleado igual un par de veces y perdido pie. Descendieron por bosques escarpados, debiendo antes barajar los corredores a seguir, escogiendo angostas quebradas recubiertas de nieve, y siguiendo más tarde las varias sendas que bajaban por cerros ondulantes cubiertos a su vez de densos bosques. Sin el fino sentido del equilibrio del caballo y la habilidad de Pablo de acompañarlo en esa inestabilidad endémica de la ruta, Juvenal podría haber sufrido incluso un daño mayor.

Finalmente, después de varias horas de silencio y marcha dificultosa, entraron en el pueblo de San Martín de Los Andes.

Aferrado a un extremo del Lago Lácar, San Martín se componía de no más de un centenar de edificaciones y muy poca cosa ocurría allí. Las estructuras eran de tablones o de troncos, y solo unas pocas estaban pintadas. Muchos patios aparecían atestados de tablones y ladrillos derruidos, restos de viejos carromatos, herramientas de carpintería y equipos de labranza. Un arado de hierro o un automóvil ocasionalmente destartalado y cubierto desesperanzadoramente de óxido, sin cristales y ni tan siquiera el motor, solía estar invadido de bayas con espinas y otras malas hierbas silvestres. Dentro de casi todas las viviendas ardía un fuego. Pablo sabía que era una zona conocida por la pesca y fácilmente dio con un par de pensiones donde él y los demás pudieron alquilar habitaciones para disfrutar de un baño y una noche o dos de un sueño decente.

Fue en una de ellas que el mismo Pablo habría de cortejar, o tuvo al menos la intención de cortejar, a la actriz radiofónica.

—

También hubieron de enfrentarse a un ofensivo intercambio con Cecil Ardmore.

Cuando Pablo entró al pequeño recibidor, había un chico de los mandados ante el mostrador de La Pensión de Jorge Sexto. De cabellos negros y la piel morena, y de solo unos diez años, el chico quedó claramente alarmado ante la apariencia estropeada y un poco aterradora del poeta. Y ni siquiera respondió cuando Pablo le preguntó cuántas habitaciones había disponibles.

—¿Tienes voz, muchacho?

Las manos mugrosas de Pablo estaban ahora apoyadas en el mostrador. Él miró por sobre su hombro y advirtió a una jovencita extremadamente bella sentada en una especie de *pub* alternativo en la antesala de la recepción. En la mesita que ocupaba descansaban dos copas de vino y ella misma sostenía en sus manos un ramo de cuatro rosas de tallo largo, apoyadas en su falda larga y confeccionada en lana, como una semblanza de la sangre delicadamente pintada en ella. Evocaba ni más ni menos que a Evita Perón, con sus cabellos teñidos y sus mejillas deliciosas, que Pablo apreció en una segunda toma. Ella, por su parte, dio a entender que Pablo le parecía guapo o así fue, cuando menos, como él interpretó la mirada de generoso interés y dedicación que le destinó.

Sus ojos permanecieron fijos en él, y en sus labios gruesos se dibujó una sonrisa irónica. Pablo reparó en sus manos, que acariciaban las rosas como si hubieran estado hechas de suaves encajes. Sus muslos y caderas formaban un ángulo inclinado con la silla, cuya tela de terciopelo rojo le brindaba un cojinete como una nube, aunque Pablo pensó de inmediato en las llamas deliciosas y a su modo redentoras del Purgatorio. Él siempre había considerado el pecado de la carne como una cosa buena, y la belleza de esta mujer lo ratificaba.

Con el paso Lilpela ya a sus espaldas, había comenzado a pensar él mismo en lugares algo más suaves, de intensidades más apacibles.

Entonces se quitó el gorro de lana y se lo dejó entre las manos delante de él. Sabía que debía resultar en esos momentos un hombre parecido a un oso maloliente y aporreado y le preocupó que ella lo percibiera como una especie de ratero o asesino de paso. Igual se apresuró a sonreír, gesto que la mujer respondió de igual modo. Entonces fue hasta el *pub* y asintió ante ella de manera resuelta.

—Disculpe usted, señorita, mi… —Se miró hacia abajo, considerando lo muy sucias que estaban sus ropas, manchadas de sangre y sudor en general y sedimentos varios—, lamento si mi aspecto le causa algún asombro.

Ella cogió una de las copas de vino y bebió un sorbo. Llevaba puesto un sombrerito acampanado al estilo de un *cloche* francés, ladeado y de un tono parecido al del cobalto.

—Un poco, sí —dijo ella y devolvió la copa a la mesita—. Pero me imagino que ha estado usted de viaje.

—Lo hemos estado, sí.

—Me gustaría oír acerca de ello alguna vez.

Entusiasmado, Pablo solo atinó a asentir de nuevo:

—Por descontado que eso podría ser… ¿Puedo saber su nombre?

—María Paula.

—¡Ayayay! —suspiró Pablo—. ¿Española? ¿Portuguesa?

—Hoz de Alvear.

Una sombra cruzó fugazmente por la mirada de la chica y Pablo se inquietó pensando si la charla seguiría adelante o no.

—Argentina.

El chico del mostrador corrió hacia el cuarto que había detrás de la recepción.

Pablo escuchó allí un enredo de voces, una la del muchacho, otra la de un hombre cuyo español hablado con acento era apenas comprensible. Pablo se disculpó con María Paula y volvió a la recepción. Después de unos instantes, un hombre alto y huesudo, con lentes sin marco, rígido y ataviado en propiedad con una camisa blanca y pantalones marrón, cuyos dedos y manos permanecían enlazados a la altura de su estómago como varios gusanos de tierra recogidos sobre sí mismos, emergió de la cortina que obstruía el paso al despacho de atrás. Su piel evocaba una mortaja blanca colgando de sus huesos.

—*Yes?* —preguntó.

—Usted habla español, ¿no?

El español del sujeto era suficiente y pragmático, pero su acento evidenciaba todo el desdén imperial por el que eran conocidos los ingleses. Gente que, en ese mismo momento, estaba en fase de desmantelar enteramente su imperio, uno de los desplomes más fulgurantes de los que Pablo había disfrutado nunca en el curso de la historia que le había tocado vivir, entre los muchos fracasos políticos del capitalismo. La India, Paquistán, el sudeste asiático, América del Sur…, todo estaba perdido para ellos, o lo estaría muy pronto, haciendo que el desdén tan británico y ofensivo de este individuo resultara grotesco.

—*What is your name?* —gruñó Pablo.

—Cecil Ardmore, mi viejo. Y, como dirían los norteamericanos, *What's it to you?*

Pablo no entendió la frase. Y cambió al español:

—Hay otras tres personas conmigo y necesitamos habitaciones para todos.

—Sí, bueno, chico, ya se pueden ir todos yendo de aquí. No hay espacio para ustedes.

—Quizá debería presentarme yo mismo.

—¿Y por qué tendría que hacer eso alguna diferencia?

—Soy Pablo Neruda.

Las manos de Ardmore siguieron laxas y en su sitio, con la punta de sus dedos humedeciendo ligeramente la superficie del mesón donde ahora descansaban. Y escudriñó atentamente a Pablo. Terminado el escrutinio, sus labios estaban apretados y exhibían una curvatura hacia abajo en las comisuras:

—¿Y eso debiera significar algo para mí?

Una copa cayó al suelo en el sector del *pub*, con un chasquido de vidrios rotos contra el piso de madera. Interrumpida su charla, Pablo y Ardmore miraron hacia allí y, por primera vez, Pablo se dio cuenta de que María Paula Hoz de Alvear no estaba sola. Junto a su silla había ahora un hombre joven, recién llegado de vuelta. Un oficial del ejército argentino, agachado junto a ella como si acabara de darle un beso. Un hombre de piel muy morena y en extremo atractivo, de mirada algo nublada y evanescente, en torno a la treintena. Tenía el mismo aire egocéntrico del compadrito que había perdido la pelea en El Farol veinticinco años antes, solo que, mientras que el gaucho aquel era un niño bonito y un delincuentillo menor, libre como el viento y toscamente labrado, este tipo de ahora parecía una suerte de príncipe. O, para ser más precisos, un cantor de tango y actor como Carlos Gardel, o cualquiera de los otros gardelianos de segunda fila, ahora tan numerosos, que proliferaban en la industria cinematográfica de Sudamérica.

Él y María Paula miraron hacia la recepción. El oficial estaba especialmente impresionado con lo que Pablo acababa de decirle al inglés. Tenía los pies separados, con sus zapatos de piel marrón formando un ángulo entre sí. La camisa beige de doble bolsillo y mangas largas parecía, a la luz de las velas, una pared pintada de blanco con una raya vertical al centro, vale decir, su corbata del ejército. Una de sus manos estaba posada en el hombro de María Paula. La otra, que Pablo supuso sostenía hasta hacía poco la copa ahora rota en el piso, estaba empuñada contra su estómago. Alto y macizo, era un hombre que habría hecho un papel muy digno en cualquier riña. Cuando aún estaba inclinado sobre el mostrador de la recepción, Pablo se volvió hacia él y esperó a que el oficial se aproximara a ellos.

–¿Usted es Neruda?

La mandíbula del uniformado pareció tensarse en leve gesto de reprobación.

–Lo soy, sí.

–Pensábamos que estaba usted en Chile.

–Hasta hoy lo estábamos.

A ello siguió un prolongado silencio, durante el cual Pablo consideró la forma de escapar. Tristemente, el soldado bloqueaba el paso hacia la puerta y no parecía haber ninguna otra vía por la que Pablo pudiera evadirse.

–Una noticia perturbadora –dijo el soldado y exhaló un largo suspiro.

–¿Así que va a detenerme?

Los hombros de Pablo lucían alicaídos. Venir a concluir la larga travesía previa en el umbral mismo de alcanzar la libertad, ¡qué desastre! Aprehendido en un pequeño hotel de allí, la ladera más remota de los Andes, y conducido finalmente a una celda como un delincuente común.

–Sí. –El uniformado se encogió de hombros y se volvió hacia Ardmore. Después extrajo unos cuantos billetes y los arrojó al mostrador–. Esto es por el vino y la copa rota. —Se volvió de nuevo hacia Pablo—. Y ahora usted viene conmigo.

—¿Adónde?

El militar miró una vez más al inglés:

—No voy a beber en un lugar donde Pablo Neruda no puede hacerlo.

—¿Perdón? —rezongó el inglés.

—Usted y sus hombres, don Pablo…, se vienen con nosotros. Hay infinidad de habitaciones en otra pensión, que tiene el buen sentido de estar administrada por un argentino.

Dicho esto, rescató uno de los billetes del mostrador:

—Creo que te di demasiado, pelotudo.

Era un rudo término del habla coloquial bonaerense, sugestivo, en cualquier caso, de la flagrante estupidez del propietario inglés. Enseguida, el joven militar palmoteó a Pablo en el hombro y le hizo un gesto a María Paula.

—Vamos.

—

Luego de que Pablo y los otros tuvieran oportunidad de bañarse e instalarse en la Pensión Presidente Sarmiento, el militar se presentó:

—Carmelo Calderón.

El propietario del lugar, un argentino de nombre Hugo Schmitt, originario de Bariloche y dueño de la única motocicleta en todo San Martín de Los Andes, había traído al salón una marmita humeante con una densa menestra recién preparada y varios potes y cucharas. Disponía a la vez de una provisión de ropa usada en un cuarto trasero, la que aportó poco y nada para mejorar el aspecto decrépito de Pablo y sus amigos, que estaban aun sin afeitar, muy estropeados. Con todo, las ropas habían surgido de un baúl recién lavadas y suaves al tacto de sus pieles ahora enjabonadas y recién restregadas. Disfrutando del fuego y bebiendo de las copas de Malbec que Carmelo les había distribuido a su vez, todos le agradecieron con gran devoción su ayuda al uniformado, a María Paula y Hugo. Juvenal apreció especialmente la menestra, que dijo le calentaba al fin los huesos ateridos durante varios días. Complacido por la alabanza,

Hugo vertió una segunda cucharada de parmesano rayado en la sopa de Juvenal.

–¿Presta usted servicio aquí en el ejército?

Pablo y Carmelo estaban de pie ante un pequeño bar a un extremo del salón. Varias truchas en su soporte ornamentaban el mantelito sobre la chimenea, y la cabeza de una cabra montaraz emergía de la pared. María Paula estaba, en ese momento, claramente involucrada en un diálogo con Ramada, cruzada de piernas en un ángulo extremo respecto al suelo. A Pablo le dio la impresión de que estaban excitadas, esas piernas. La forma en que miraba a Ramada sugería una atracción inmediata e incuestionable hacia él, aunque eso no parecía inquietar mayormente a Carmel. El que sí estaba medianamente preocupado era Pablo.

–No, yo… –Carmelo hizo un gesto hacia su acompañante femenina–. Ella es una…, bueno, una amiga, podría decirse. –Observó unos segundos a los dos interlocutores y se encogió de hombros–. Una actriz.

–Como Evita Perón.

–Incluso más, si considera usted que mi María Paula… –Carmelo apuntó a su compañera–, cuando considera usted que ella también actúa en radio, como hacía Evita.

Pabló exhaló un suspiro:

–Esos apellidos. Hoz. Alvear. Son familias argentinas importantes, ¿no?

–Sí, y ella misma sufre un poco ante ellas, por el hecho de vivir tan expuesta, y tan descaradamente, en las ondas de radio.

–Y ante usted, me imagino.

–Sí, claro. Eso también.

–Pero usted no presta servicios aquí.

–No, ella y yo estamos aquí en una cita –dijo Carmelo y sonrió–. Somos amantes.

–¿Ha dejado usted el ejército?

Carmelo atendió de nuevo con la vista a la charla que tenía lugar al otro extremo de la estancia:

–Por ella, lo haría gustoso, pero…

–¿Por qué?

Parecida a una línea de sutura curva, la boca de Carmelo volvió a doblarse hacia abajo al nivel de las comisuras, de nada más pensar en la respuesta.

–Imagino que el ejército argentino verá con reprobación –dijo Pablo– a un oficial que se ausenta sin permiso oficial para conseguir el afecto de una actriz radiofónica.

–Y, che, puede ser, pero esta actriz radiofónica en particular… –Los ojos de Carmelo brillaban ahora con una tristeza parecida a la de un cocker spaniel. Parecía comenzar a advertir el giro en la atención de María Paula desde él a Ramada. En cuanto a Ramada, el bello y estólido leñador, hacía muy poco para agitar el fuego de la emoción en ella, pero era un fuego que igual parecía ir en aumento–. Cualquier soldado se arriesgaría por esta actriz radiofónica.

La puerta con rejilla de la pensión se abrió de golpe en ese momento y cuatro soldados irrumpieron en el interior, dos de ellos apostándose a ambos lados de la puerta. Los otros dos, uno de ellos un oficial, se aproximaron a Carmelo. El capitán andaba desarmado, pero el otro militar venía con un M-1, un fusil americano listo para usarlo. La maniobra de los recién llegados retumbó en el salón y María Paula dio un grito, llevándose la mano a los labios. Los militares se volvieron hacia ella, prestos a defenderse.

El capitán se enfrentó a Carmelo:

–¿Qué está haciendo aquí, teniente?

La inquietud hizo presa inmediata de Carmelo y extendió las manos ante él, con las palmas abiertas hacia arriba, en un gesto sugestivo de su desconcierto:

–Estoy buscando al fugitivo, capitán.

El capitán era un individuo ancho y de cabeza chata:

–Nos han dicho que podía estar aquí, pero usted no ha visto nada, ¿no?

–No, señor.

El capitán se volvió hacia Pablo:

–¿Y usted, amigo? ¿Ha visto a un hombre alto, bien vestido, con aire de estudioso? Probablemente lleve un libro. Buen conversador.

Pablo bebió un sorbo de su copa de Malbec derramando una pizca en su camisa. Su voz resonó hueca, como si hubiera tenido una cuota de grava atascándole la garganta, en un acento simulado del norte argentino, donde pronunciaban las palabras a medias, sin completarlas, con cierto descuido de la gramática.

–Yo no, amigo. ¿Anda bu'cando a alguien que mató a alguien, por casualidad?

El capitán escrutó el rostro de Pablo provocando la inquietud del poeta, que por un momento temió ser reconocido. Los demás permanecieron callados. Al cabo de unos instantes, el oficial sonrió abiertamente.

–No, hermano, nada parecido. –Se volvió hacia los restantes soldados–. No está aquí, muchachos, vámonos. –Avanzó a grandes zancadas hasta la puerta antes de volverse y hacerle un gesto a Carmelo–. Usted también, teniente. Lo necesitamos.

–Pero, señor, yo…

–A paso ligero. No tenemos tiempo para esto.

Intimidado y sujeto a las órdenes, Carmelo siguió al capitán por la puerta y rumbo a la noche.

—

Para cuando Pablo llegó a su cama, Ramada ya se había retirado al pequeño cuarto anexo, al cual se accedía a través de una puerta que el muchacho había dejado abierta. A juzgar por su respiración, estaba a esas alturas profundamente dormido. Pablo se quitó calladamente las ropas, caminó hasta la puerta que comunicaba a su cuarto e igual de calladamente la cerró. Y se metió en su cama.

Diez minutos después, una sombra se coló en su cuarto. Una mujer. A la luz escasa proveniente del pasillo, pudo apreciar sus trenzas rubias y platinadas, rutilantes como la plata de las minas de Potosí. Le llevó poco tiempo darse cuenta de que era María Paula, y la misma luz escasa proveniente del pasillo le reveló a su vez que llevaba poca ropa, o cuando menos poca ropa que la cubriera.

Pablo juntó fuerzas. Como recompensa a su exitoso paso de la cordillera, María Paula había entrado claramente en su habitación para sofocar su semisueño con besos y la certeza de su liberación. Y se preparó al asunto.

–Pablito –musitó ella y le tocó el hombro.

–Sí, mi amor –replicó él comenzando a apartar las sábanas y frazadas para permitirle acceder más fácilmente a sus afectos.

–¿Está Ramada aquí?

–¿Perdón?

–Discúlpame, debo estar en la habitación que no es. Pensé que me habría dicho… –La silueta de la chica quedó a contraluz del pasillo. Confundida, se llevó la mano a los labios. Pablo dedujo los rizos de su cabello y la delgada gasa de su camisa de noche, como la curva de sus caderas. Como la sedosa línea de sus piernas.

–Está aquí –suspiró Pablo y le indicó con un gesto la puerta cerrada del cuarto vecino–. Es por ahí.

–Ay, gracias, Pablito, eres tan dulce.

María Paula se dirigió a la puerta.

–Por supuesto, mi amor.

No pudo evitar quedarse escuchando durante los próximos quince minutos o así.

–Tú eres el estuario de lo femenino –dijo Ramada.

–¿Qué decís?

–Tu… tú eres… lo femenino…

–Ramada, bésame.

–Pero tú…

–¡Bésame!

Niña tonta, pensó Pablo. *Sin imaginación.*

–Ay, Dios, eres tan bello –sonó la voz de María Paula en un susurró próximo al frenesí–. Hazme tuya.

–Pero ¿no piensas que tú eres…?

–¡Ramada!

–Tú eres…

–¡No, idiota! ¡Tócame! Aquí, dame tu mano. Tócame aquí.

–¿Ahí?

–Sí, por favor... Ay, Dios mío.

–¿Así?

–¡Ay!

Aunque un poco deshecho, Pablo disfrutó de la conversación a pesar de su brevedad y su cualidad tan abrupta, igual que de los prolongados suspiros y declaraciones de amor que siguieron en el cuarto vecino.

El poeta Ramada en acción, pensó.

27

DELIA ENAMORADA

Delia supo al fin que Pablo estaba vivo. Había leído los informes en los diarios de París, sobre los alardes del Gobierno chileno jactándose de que no había sido encontrado y que, después de tanto tiempo, no podía estar vivo. Había desaparecido por completo, el comunista Neruda, el sedicioso y traidor, cumpliéndose para él su destino, según anunciaba el propio gobierno: el destino que un criminal así merecía.

Etc.

Ella no lo creyó, nada de eso, sintiendo que sus manos, las de él, le acariciaban el corazón, permitiéndole aún que la sangre fluyera por él sin obstáculos, alegremente. Era todo cuanto Delia necesitaba saber.

Pero el vestido seguía sin terminarse. Al final había dejado de lado las mangas, como Cocteau la había persuadido de que lo hiciera. Ahora era Picasso el que venía a visitarla justo esa tarde, y con una sorpresa, le había dicho. Ella había intuido que quizá fuera algún diseño que él mismo deseaba añadir al vestido.

Semanas atrás, había disfrutado de la charla cuando los dos, Picasso y Cocteau, la habían llevado de paseo a la Place des Vosges. Esa ruina gloriosa que era ahora la plaza en cuestión había sido alguna vez el paraíso vacacional de nobles y aristócratas, y sus hoteles como mansiones, las instalaciones donde solían encubrirse sensuales indiscreciones en el siglo XVII —bailes estivales y peligrosas diversiones, y lúbricas citas a medianoche—, de una mansión a la siguiente. Ahora, la humilde Place des Vosges estaba tan derruida que parecía abandonada. La fachada de sus casas lucía más alta o baja dependiendo de la solidez o blandura del terreno bajo ellas o el estado más o menos ruinoso de sus cimientos. Delia adoraba el lugar; le evocaba con su imagen alguna vieja obra de Moliere en que el pecado era aún posible, y algo que provocaba risas en el escenario, pese al lento desgaste que el tiempo había hecho de esas edificaciones antiguas en que ese pecado brillaba con sus galas.

En 1917, Picasso y Cocteau habían trabajado juntos en París en un ballet de Diaghilev titulado *Parade*, y ese día de la excursión le enseñaron ambos sus bocetos del vestuario y el decorado. Picasso trajo con él, a su vez, un pequeño dibujo a lápiz que había hecho para Erik Satie, muerto desde hacía largo tiempo, y que fue quien compuso la música del ballet. Ese día soleado, tanto que los árboles exhibían un brillo plateado en su verdor, Delia se enteró de los hilvanes requeridos por los trajes empleados en el ballet y de cómo los bailarines eran tan toscos al utilizarlos que, en ocasiones, el vestuario debía ser reparado entre uno y otro acto. Los arreglos en cuestión no eran para nada sencillos y a veces un traje casi entero se rehacía en diez minutos. Con las copitas de champaña que bebieron al aire tibio y delicioso y los diseños de esos dos genios, la excursión campestre resultó para ella un placer total, aun cuando Picasso insistiera luego en acompañarla a pie hasta su casa desde la mismísima Place des Vosges. Durante la caminata de vuelta, ella aprovechó de hablarle de sus propios avances en lo del vestido.

El asunto le dio tema y algo de qué hablar para no entrar en las habituales sugerencias de Picasso para que se metieran juntos a la cama. Un tema en que él era bastante insistente, aunque siempre dejaba el asunto cuando ella le pedía que lo hiciera. Sumido en un requerimiento obsceno de su parte, pero su aceptación de sus rechazos era de lo más caballeroso. Los intentos de ella con el vestido le dieron así algo más de qué conversar con el gran pintor, aparte de su insistencia en la belleza de su piel, sus fantasías con sus caderas desnudas y su avidez apenas simulada de ella cuando cruzaba el salón con una copa de vino en su mano. Lo que a ella le gustaba de Picasso eran, paradójicamente, esas mismas cosas conducentes a lo que debía rechazar de su parte. Su erotismo flagrante, su tosco estilo catalán y sus carcajadas ante los gestos juguetones de rechazo de ella…, todo eso le resultaba a ella misma muy divertido, sintiendo al final que Pablo Picasso era, a fin de cuentas, un hombre absolutamente digno de ser amado.

Solo que Pablo Neruda lo era más.

Picasso llegaría en pocos minutos con su sorpresa y ella se sentó ahora a mirar el Sena y la calle allí abajo. Un taxi paró ante su edificio y el pintor afloró de él. Alguien desde el interior del vehículo —el conductor, supuso Delia— le pasó un portafolio con dibujos. Contenta, Delia se levantó y caminó hacia el espejo al otro extremo del salón, donde se estiró falda y blusa y se pasó dos dedos por el cabello, agregando a último minuto un toque de color a sus labios.

Sintió pisadas en la escalera y luego un golpe fuerte en la puerta, al estilo de todas las visitas previas de Picasso. Y su voz cascada se dejó sentir como siempre desde el exterior:

—¡Venga, Delia! ¡Abre!

Entonces llegó ella hasta la puerta y vio a Pablo Neruda ingresando por ella con un capote y un sombrero de fieltro, trayendo un paquetito envuelto en papel encerado en una mano, el cual arrojó a un sillón para envolver a Delia en sus brazos.

—¡Corazón!

Su abrazo le provocó una suerte de encandilamiento, pura euforia, y sintipo su corazón encabritándose dentro de ella con sus besos.

—¡Finalmente! —musitó él y su sombrero cayó a sus espaldas y el suelo—. ¡Finalmente!

Delia le arrojó los brazos al cuello y casi llegó a desvanecerse de la sorpresa y el júbilo.

—¡La niebla encuentra a su violeta!

Era justo la clase de cosas que Neruda diría.

Punto en que ella advirtió, al mirar de refilón hacia la puerta de entrada, a Picasso estático allí en el umbral, con su amplia sonrisa y sus dientes deslumbrantes, y los ojos rebosantes de alegría, observando jubiloso ese abrazo que ahora tenía lugar frente a él.

28
Don Pablo, presentado por Don Pablo

—Quédate aquí. Y escondido.

Picasso dio una palmadita en el hombro a Pablo, teniendo que alzarse un poco para lograrlo. Se conocían los dos desde hacía doce años, tras encontrarse por primera vez en París, donde Picasso había estado trabajando en el *Guernica* para la Exposición Universal de 1937, por encargo del Gobierno de la República Española.

El pintor se asomó apenas por el borde de la cortina para examinar a la audiencia.

–Ya la verás por ti mismo cuando salgas.

Pablo se sintió ciertamente agradecido a él, sabiendo lo poco que a Picasso le gustaba hablar ante las muchedumbres. Igual recordó el discurso tan singular que había hecho hacía unos años, cuando el pintor había alabado la excelencia de sus versos, y sabía que el discurso que había preparado para esa tarde, por breve que fuera, habría de causar un estallido. Era el 25 de abril de 1949 y el pintor iba a dirigirse al Congreso Mundial por la Paz, en la Salle Pleyel. Una audiencia representativa de toda la izquierda del momento, susceptible por ende a un barullo de cierta intensidad. Se oían risas y un griterío sustancial, eslóganes y declaraciones de toda índole. Fréderic Joliot-Curie estaba entre bambalinas, a la vez que Paul Eluard y Louis Aragon, ambos admiradores de la obra de Pablo. Él mismo intercambió a su vez unas palabras con W. E. B. Dubois, un hombre apacible y con una discreta barbita entrecana. Pablo había leído suficiente sobre su labor para estar enterado de que era verdaderamente un gran hombre incomprendido en su país. De hecho, un hombre al que allí condenaban se manera activa... o, más bien, ignoraban. Pablo sentía algo parecido respecto a sí mismo, aun cuando se daba cuenta de que, por el color de su piel, los problemas de Dubois como ciudadano estadounidense eran más profundos que los de él como chileno.

Pero más sorprendente y gratificante para Pablo fue la presencia de Paul Robeson.

—Escuché por primera vez su voz en Rangún, Paul. Yo era el cónsul de mi país allí y tuve una amante, mi querida Josie, con la que escuchábamos juntos sus discos.

Robeson le estrechó la mano. Él mismo le había escrito en cierta ocasión al poeta chileno para decirle lo mucho que había disfrutado de sus *Veinte poemas de amor y una canción desesperada*.

—*"Deep river. / My home is over Jordan..."* —recitó Pablo en tono de bajo.

Su inglés tenía un claro acento español y Robeson sonrió al oírlo. Pablo no consiguió recordar el resto de la letra, pero sí que el canto sombrío y a un tiempo festivo de Robeson había inundado su alma.

—¿Y le hizo usted el amor a Josie al escuchar mi grabación?

Robeson era uno de los hombres más imponentes que Pablo había conocido nunca. Vestido con un terno negro, corbata azul y un pañuelo rojo sangre asomado del bolsillo delantero, parecía el presidente de alguna vasta inmensa nación africana.

—De hecho, *mientras* usted la cantaba, maestro, varias veces.

Robeson asintió complacido y le estrechó una vez más la mano.

De pronto llegó un estallido de aplausos desde el anfiteatro. Picasso acababa de aproximarse a los micrófonos, pero era tan bajito que estos ocultaban su rostro. Ello no interfirió, de todas formas, con el anuncio breve y abrupto del pintor.

—Esta noche, amigos, tenemos una sorpresa. Quiero presentarles a uno de los mejores hombres que he conocido nunca. —Entre el público corrió un murmullo sugestivo de la curiosidad ambiente. A la espera de que retornara el silencio, Picasso miró hacia un costado del escenario, donde Pablo esperaba con los brazos a ambos lados del cuerpo y un manuscrito de unas pocas hojas en su diestra. Desde allí, se llevó el manuscrito a los labios y lo usó para enviarle un beso a Picasso–. Y es que no es solo el mayor poeta de su país, Chile. –Con esto, el murmullo de la audiencia creció en su fervor y estalló en aplausos–, sino a su vez uno de los mayores poetas que hoy existen en la lengua española, ¡uno de los más grandes del mundo! –Picasso abrió ahora los brazos y los apuntó al costado, inclinándose hacia el micrófono–: ¡Amigos, míos! ¡Pablo Neruda!

–¡Está vivo!

El grito surgió espontáneamente de la audiencia. Otros rompieron en sonoras carcajadas, con afirmaciones de incredulidad y expresiones de gratitud y alegría.

Pablo avanzó por el escenario y abrazó a Picasso. Ahora el aplauso se transformó en una especie de trueno multitudinario y la audiencia se puso de pie. La ovación creció en intensidad. Ambos hombres permanecieron tomados de la mano en el escenario, con los brazos alzados en un saludo conjunto, hasta que Picasso dejó ir la mano de su amigo y caminó hacia el costado del escenario, uniéndose al rugido ahora ensordecedor de la audiencia.

–¡Mis amigos!

La audiencia se negaba a guardar silencio y de ella se elevó un cántico:

–¡Neruda! ¡Neruda!

–Por favor. Amigos. Se los ruego.

Delia estaba justo frente al escenario, ataviada con un vestido verde y de gala, sin mangas. A Pablo se le antojó una violeta estilizada y arrebatadora en su belleza, que lo aplaudía ahora con fervor.

–Por favor. Asiento, por favor –repitió Pablo varias veces y durante unos minutos, hasta que por fin la audiencia accedió a que se dirigiera a ella. Él desenrolló entonces el manuscrito que llevaba consigo al salir a escena y lo estiró en el atril, ajustando los micrófonos ante él e inclinándose levemente para recitar–. Les ruego perdonen mi pequeña demora en llegar hasta aquí.

Hubo otra ovación.

–Pero es que, verán, tuve que lidiar con algunos problemillas –dijo y se volvió hacia el costado para sonreír a Picasso, cuyo rostro lucía ahora resplandeciente–. Y ahora quisiera leerles mi poema *Canto a Bolívar*.

Un aplauso generoso acompañó al estruendo creciente de las voces.

–Por lo que el gran Bolívar consiguió en sus empeños de abolir el yugo, la servidumbre y opresión que sufría el continente de donde provengo.

Como ocurría a menudo cuando él leía, la audiencia guardó inmediato silencio. Unos pocos gritos de admiración terminaron al fin de diluirse y él dio inicio a la lectura, con su timbre de voz justificando ahora la gloria de sus palabras, que cantaban a Bolívar y el vasto alcance de sus ideas en todo el continente sudamericano, declamando los sacrificios que el mencionado prócer hubo de hacer para forzar al opresor español a embarcarse y dejar el continente en manos de quienes habían peleado para librarse de los perros de presa ibéricos.

Hizo una pausa en la que pensó en Gabriel González Videla y en si sería justo que un hombre así llegara a presidente de uno de los mayores proyectos de Bolívar. Pero, bueno, eso era algo que habría que abordar a futuro. Por ahora, se regodeó simplemente con el sonido de su voz y la ironía fantástica de lo que podría haber estado hablando en ese mismo instante con González Videla, como si nunca hubiera abandonado Chile; como si hubiese estado aún de pie en la misma recámara presidencial con el gran líder, apuntándolo con su nariz.

Así llegó hasta uno de sus pasajes favoritos dentro del poema, ese que lo hacía evocar el poder tan perdurable de Bolívar hasta hoy, y la memoria que él representaba de las luchas en América Latina. En ese momento, se le antojó que quizás hubiera escrito todo eso a propósito de sí mismo, aun sin saberlo entonces, y la voz se le quebró. Tuvo que reunir fuerzas para continuar. Después de un momento, mirando a Delia sentada en la primera fila, cuyos ojos resplandecientes de amor se clavaron en los suyos, prosiguió:

Tus ojos que vigilan más allá de los mares,
más allá de los pueblos oprimidos y heridos,

más allá de las negras ciudades incendiadas,
tu voz nace de nuevo, tu mano otra vez nace.

—

Ese mismo día al atardecer, él llamó a la región más íntima de ella *"el estuario de lo femenino"* y Delia se rio con tal estruendo, agitando los brazos con tanto júbilo en el aire, que Pablo aprovechó al instante la oportunidad de envolverla en sus brazos.

Delia apenas si se resistió.

—¡No, pero dime! ¿De dónde sacaste eso? —dijo enseguida, pero dejó prontamente a un lado la sensación de intriga para acometer sin aviso previo contra el poeta. Segundos después, ella misma incursionó en algo más hondo. Habían comenzado a hacer el amor y el sexo de Pablo se había anegado ya en sangre por dentro. Ella le indicó entonces que su pene era como "la península, amorcito, entre tus bosques sureños y mi hogar adoptivo aquí en Francia, con su vulva tan suave, el eterno París." Y palpó el apéndice en plenitud de Pablo, sonriendo al contemplarlo—. Es como una noche estrellada. —Y mirándolo enseguida a los ojos—: ¡Como una península, amor mío! Una península masculina.

—¡Ay, Dios mío!

—Y tan hermosa, poeta. —Delia lo besó una vez más, poniéndole su mano en la mejilla y deslizando enseguida el índice sobre su párpado derecho—. Es simplemente… —suspiró ella misma, tan invadida del asunto que su excitación casi logró abrumar a Pablo—, un éxtasis todo, simplemente.

29
LA POLICÍA

Al día siguiente, Jules Supervielle vino a visitar a Pablo. Le había telefoneado antes para preguntarle si tenía su pasaporte con él. Y Pablo aún lo tenía, por cierto, advirtiéndole a Jules que estaba algo estropeado, por ciertas dificultades vividas recientemente, pero al menos al día.

–Bien. Tenlo en tu poder cuando vaya a visitarte hoy por la mañana.

Jules, a quien Pablo conocía desde hacía años como el noble poeta uruguayo que vivía en París, tenía ahora 65 años y estaba muy delicado de salud, así que rara vez salía a la calle. Pablo quedó, pues, conmovido al encontrárselo esperando en la verada ante el edificio donde estaba el apartamento de Delia. Pese a la lluvia que caía en esos instantes, estaba allí muy erguido y obcecado bajo un paraguas negro, con el Sena discurriendo parsimonioso a sus espaldas como una franja de seda gris.

–Tengo un mensaje muy importante, Pablo –le dijo al verlo, mirando a uno y otro lado de la calle–. Mi yerno quiere verte.

–¿Tu yerno? –dijo Pablo y abrazó a su viejo amigo.

–Sí, Pierre Bertaux. Es el jefe de policía aquí en París.

–Oh. ¿Y sabes por qué?

–No.

Cruzaron juntos el Pont Saint-Louis hacia la Île-de-la-Cité y caminaron las calles que los separaban de la prefectura de policía. Como solía ocurrir con los edificios destinados a ese fin, sin importar donde estuvieran, su estructura pesada le helaba a uno el corazón, aunque en ese caso particular, y tratándose de Pablo, el edificio de la policía local tenía la suerte de haber sido diseñado por algún francés de buen gusto y durante la era napoleónica. De todas formas, su imagen le provocó cierto temor.

Por la escalinata de mármol subieron a la oficina del director. Mientras esperaban en las sillas de madera de la antesala, Pablo advirtió que el propio Jules estaba nervioso. Delgado como era, expedía un dulce aroma a fragilidad muy propia de su edad. Su traje de lana, la camisa blanca y corbata, el abrigo y sus zapatos negros y altos, medio pasados de moda, incluso el paraguas que ahora chorreaba sobre el piso de mármol, todo parecía acorde a una época pasada, quizá a la Belle Époque. Era un hombre de mejillas hundidas y, bajo la barbilla, exhibía ahora una bolsita de piel fláccida. Sus cabellos eran finos y blancos y hablaba un perfecto francés, habiendo vivido en París durante décadas, desde niño y ya en la adultez.

Escoltados al despacho del director por una secretaria, los dos tomaron asiento ante un escritorio plagado de teléfonos, al cual estaba sentado Pierre Bertaux. Eran esa clase de teléfonos franceses antiguos que a Pablo solían evocarle el esqueleto de un pterodáctilo ya muerto y colgado de un soporte de bronce. Pablo nunca había visto un escritorio con más teléfonos que ese, una veintena en total. Pierre y sus rasgos, que a Pablo le parecieron una muestra de sagacidad o astucia, lo examinaron apesadumbrados desde más allá del bosque ese de metales y maderas comunicantes. Pablo pensó que allí, en esas temidas instalaciones, debía estar el extremo terminal de cada línea portadora de algún secreto en todo París.

Pierre se inclinó hacia adelante en su silla y juntó sus manos sobre la mesa. Era un individuo formal, de cabello negro y rasgos gruesos.

—He leído sus libros.

Pablo quedó inmóvil.

—Quizá no se lo imaginaba usted, Monsieur Neruda... —miró a ambos costados como para asegurarse de que estaba solo, y solo con ellos dos—. ¿Puedo llamarlo Pablo?

—Sí, Monsieur Bertaux, yo... bueno, yo...

—Verá usted, conozco bien su obra —siguió Pierre y cogió un archivo con documentos varios en su interior—. Pero he recibido una petición del embajador chileno para que retenga su pasaporte. Su embajador alega que es un pasaporte diplomático e ilegal. –Fijo su mirada en Pablo–. ¿Es cierto eso?

–Helo aquí, Monsieur –dijo Pablo buscando en el bolsillo de su chaqueta y extrayendo el pasaporte con la tapa estropeada en sus bordes y manchas por doquier. Y se lo pasó por sobre el escritorio–: Puede ver usted que no es diplomático. Es un simple pasaporte oficial, mi pasaporte como ciudadano. Aunque, ya sabe usted, yo soy senador.

–El embajador dice que *era* usted senador.

–Yo digo que aún lo soy. Y, desde luego, no se puede negar que aun sea chileno, ¿o sí?

–Habiendo leído lo que ha escrito, tengo que coincidir.

–Gracias. Así que tengo derecho a ese documento. Usted lo tiene en sus manos, es verdad. No puedo evitar que usted lo examine, pero no puede usted confiscármelo porque es propiedad mía.

Pierre hojeó con el pulgar el pasaporte. Pablo recordó su entrevista a Jakobe Goyeneche, el trabajador del corcho. Su pasaporte de ahora estaba en el mismo estado ruinoso que exhibía la escritura de compraventa de Jakobe. Pierre lo manipulaba con extrema delicadeza, como temeroso de que se le desarmara entre las manos.

–Veo que está al día, como dice usted. ¿Quién lo autorizó?

–Por supuesto que lo está. Pero… ¿quién lo autorizó, dice usted?

–Sí.

Pablo miró a Jules, que asistía en silencio al diálogo. Tras extraviar un segundo la mirada en la ventana, Pablo sintió la tensión en sus ojos.

–No se lo diré.

–Pero, seguramente, poeta, es solo algún funcionario, algún…

–Mi gobierno eliminaría al pobre muchacho que me lo renovó antes de que me fuera del país.

–Ya veo –dijo Pierre y examinó la fotografía de Pablo. Después cogió uno de sus innumerables teléfonos.

La conversación telefónica fue crispada.

–No, señor embajador. No puedo hacerlo. Su pasaporte es legal. No sé quién lo autorizó.

Hubo un griterío en francés al otro lado de la línea.

–Sí, está aquí mismo.

Atento al griterío adicional, Pablo se imaginó las salpicaduras furibundas de saliva sobre el escritorio del embajador.

Pierre apoyó el auricular en su pecho y le susurró a Pablo:

–¿Quiere usted hablar con este idiota?

Pablo negó vehementemente con la cabeza.

Pierre devolvió el auricular a su oreja:

–No, no le voy a permitir que hable con él. Y déjeme que se lo diga de nuevo, señor embajador: sería ilegal que yo retenga sus papeles.

La voz en el teléfono se redujo a una especie de zumbido que enfatizaba cada sílaba, con una vigorosa promesa de tomar represalias al más alto nivel diplomático. Incluso Pablo oía lo que decía.

–No puedo, señor embajador, lo lamento.

Irritado, pero no muy en serio, Pierre colgó al embajador y se volvió hacia Pablo:

–Parece ser claramente un enemigo suyo, Monsieur Pablo –dijo y le extendió a Pablo de vuelta su pasaporte–. Más que nada por eso, mi conclusión es que puede usted permanecer en Francia el tiempo que desee.

–Gracias, Monsieur. Ha sido un enorme placer para mí asistir a esta conversación.

–Un poeta como usted…, un ángel lírico y creador… Sí, claro, espero que *fuera* en efecto una conversación de interés. –Pierre tomó uno de los muchos teléfonos y comenzó a marcar un número–. Lamento que no podamos bebernos una copa de vino juntos, pero… –Les mostró con un gesto el teléfono, alzando sus cejas.

–Está usted ocupado, desde luego.

–Lo estoy, sí. Y no me importa mucho su embajador. Ni su tono, ya sabe usted. –Siguió marcando a la vez que Pablo y Jules se levantaban para marcharse–. Me recordó a cuando tratábamos con los alemanes.

–¿Los conoció usted?

Pierre terminó de marcar:

–Íntimamente.

–¿Trabajó usted con ellos?}

–No, los maté. Yo era un… experto en bombas. En la Resistencia, ya sabe. –Se inclinó sobre el escritorio para estrecharle la mano a su suegro–. ¿Cenamos mañana, Jules?

La mano tan pequeña y anciana de Jules tembló brevemente en la de Pierre, a pesar del afectuoso cuidado del hombre más joven por su fragilidad.

–Por supuesto –dijo Jules–. ¿A las 9:00? ¿Maxim's?

Pierre se volvió hacia Pablo:

–¿Quiere usted unírsenos, maestro?

–Me encantaría.

–*Et la Madame?*

–Desde luego.

Pierre miró a Jules y una breve sonrisa asomó a sus labios al volverse enseguida hacia Pablo.

–Vaya si los maté.

30
LA ESPLÉNDIDA CIUDAD

izo una pausa. El viento monocorde del frío invierno sueco soplaba en el exterior del salón. Tenía poco más que decir del Premio Nobel y de su gratitud por haberlo obtenido. Había, de hecho, poco más que pudiera añadir. La muerte lo había visitado y puesto a prueba y luego dejado ir. Su lucha por el amor de Delia lo había rescatado en mitad del boscoso páramo andino con sus propensiones homicidas. Sus amistades habían conseguido que lograra llegar a París y hasta Delia. La amistad de los baqueanos, leñadores y escaladores, de un capitalista reaccionario, un burro y un sufrido caballo, un fantasma estragado por la pena, una actriz radiofónica insólitamente bella, un oficial de ejército enamorado, un gran artista revolucionario catalán y… *por supuesto, casi me olvido…* ¡de Rimbaud! Todos ellos lo habían salvado.

–Hace hoy cien años exactos, un pobre y espléndido poeta, el más atroz de los desesperados, escribió esta profecía. –Pablo escudriñó a su audiencia tan solemne del Nobel, parecida a un grupo de banqueros, toda ella pendiente de sus palabras finales, como transformada por lo que acababa de describir–: *Y al llegar la aurora,* dijo Rimbaud, *armados de una ardiente paciencia, entraremos en las espléndidas ciudades.*

Pero quizá, pensó enseguida, sonriendo para sí mismo, en un momento adicional de silencio, *hubo ya una espléndida ciudad, la Cordillera de los Andes.* Exhaló el aire y esperó todavía un momento. No sabía qué más decir, excepto reconocer la honda felicidad que le había dejado su amor por todos y cada uno de quienes había conocido en la cordillera.

–Recuerdo a la vez una acotación del célebre Domingo Faustino Sarmiento, un escritor maravilloso. –Pablo reunió sus notas dispersas frente a él en el atril, aproximándose al final de su intervención–. Fue presidente de Argentina hace un siglo y era un viajero impenitente, por todo el mundo. –Dobló un par de veces las hojas y las guardó en el bolsillo del esmoquin–. Sarmiento dijo una vez: "La lucha imponente en América Latina da lugar a escenas tan peculiares, tan características y tan fuera del círculo de ideas en que se ha educado el espíritu europeo porque los resortes dramáticos se vuelven desconocidos."

Un rumor de divertido interés recorrió la audiencia.

–Y debo decir a los hombres de buena voluntad, a los trabajadores, a los poetas, que el entero porvenir fue expresado en esa frase de Rimbaud: solo con una ardiente paciencia conquistaremos en América Latina… –Miró a la audiencia en su totalidad, como para abarcar al fin, personalmente, a cada uno de sus miembros–, o donde sea…, solo con esa ardiente paciencia podremos vivir alguna vez en esa espléndida ciudad que habrá de brindar luz, justicia y dignidad a todos los hombres.

Esperó unos segundos, sumido en un breve y melancólico anhelo de ver de nuevo a los amigos que veintidós años antes lo habían guiado a través de las montañas. Los echaba mucho de menos, a todos. Y abandonándose al goce último de su alma, terminó de cerrar en ese momento el círculo deslumbrante de la memoria, de su propia memoria enamorada al recordarlos, a todos y cada uno.

–Así la poesía no habrá cantado en vano.

ACERCA DEL AUTOR

Terence Clarke ha escrito varias novelas (Mercury House, Ballantine Books, Astor & Lenox) y cuentos breves (*The Yale Review, The Antioch Review, Kindle Singles, Tampa Review* y muchas otras publicaciones). Es cofundador y director editorial de la prensa Astor & Lenox, periodista (*San Francisco Chronicle, Salon.com, HuffPost*) y traductor al inglés de literatura, textos periodísticos y poesía en castellano. Vive actualmente en San Francisco, California.

ACERCA DEL TRADUCTOR

Jaime Collyer es un escritor chileno y destacado protagonista de la llamada "Nueva Narrativa", movimiento surgido en el decenio de 1990. Ha sido editor de *Planeta Chile*, colaboró con la revista *Apsi*, con el diario *La Epoca* y otras publicaciones. El *New York Times* lo ha calificado como "un narrador nato" y "un cuentista de excepción."